AF280124

Buch

Helenya: Das schmale Eiland der dritten Insel kämpft zeitweise mit Herausforderungen. Der bewusste Verzicht auf Strom ist dabei das kleinste Hindernis, denn die Insulaner gehen einen kräftezehrenden Pakt ein. Der Bau eigener Hütten und das wechselhafte Wetter bringen die kleine Gemeinschaft zeitweise an ihre psychischen und physischen Grenzen.

Anastasia Smith nutzt den Archipel der Coopers als Sprungbrett für ihre Zukunft als Journalistin. Sie bereist die Inseln und führt Interviews mit den Bewohnern. Doch als sie unerwartet ihrer ersten großen Liebe begegnet, traut sie ihren Augen nicht.

Autorin

Bina Botta, geboren 1977, lebt mit ihrer Familie am Zürichsee. Als ausgebildete Geomatikerin ist die Faszination für Gebäude ein fester Bestandteil ihres Lebens. Mit viel Fantasie schuf sie die Inselwelten.

Das Wesentliche zu erkennen, sich mit Menschen auszutauschen und den technischen Fortschritt kritisch zu beobachten, waren der Beginn ihrer Inselgeschichten. Die Begeisterung, Gedanken in Worte zu fassen und weiterzugeben, das ist ihr Antrieb.

Helenya ist ihr dritter Roman, eine Fortsetzung folgt.

erotisch – fesselnd - unerwartet

BINA BOTTA

Helenya

Roman

Bibliografische Information der Deutschen Nationalbibliothek:
Die Deutsche Nationalbibliothek verzeichnet diese Publikation in der Deutschen Nationalbibliografie; detaillierte bibliografische Daten sind im Internet über http://dnb.dnb.de abrufbar.

Umschlaggestaltung: Bina Botta

www.binabotta.com

Verlag: BoD · Books on Demand GmbH, In de Tarpen 42, 22848 Norderstedt, bod@bod.de
Druck: Libri Plureos GmbH, Friedensallee 273, 22763 Hamburg
ISBN: 978-3-7693-5817-9

1. NEUES LEBEN

Die Regentropfen prasselten auf die Terrassendielen und Tina blickte nachdenklich zum Himmel. Das Versorgungsschiff hatte vor wenigen Minuten angelegt und sie spürte, wie die Anspannung von ihr abfiel.

Seit dem verheerenden Sturm auf *Harmonya* war sie immer unruhig, wenn die Inseldelegation zum Festland aufbrach. Damals hatte sie geglaubt, Anthony für immer verloren zu haben.

Ihr ernster Blick verwandelte sich von einer Sekunde auf die andere in ein Lächeln. Der Gedanke an die Anfangszeit auf der ersten Insel hob ihre Stimmung. Damals, als die unerwartete Liebe sie beide in einen wahren Liebesbann gezogen hatte. Es schien eine Ewigkeit her zu sein. Dabei waren es erst etwas mehr als drei Jahre.

Sie zog die Terrassentür hinter sich zu und wickelte die dünne Strickjacke um ihren zierlichen Körper. Dann hob sie die Arme und band mit wenigen Handgriffen ihr langes, blondes Haar zu einem Dutt zusammen. Diese Angewohnheit hatte sie schon seit ihrer Studienzeit. Damals, als sie noch Psychologie studierte.

Mit den hochgesteckten Haaren und einer schwarzen Brille hatte sie sich sehr intellektuell und klug gefühlt. Dass sie keine Brille brauchte, hatte sie für sich behalten. Ihr gefiel das Kokettieren mit den verschiedensten

Accessoires. Die Brille hatte sie dann irgendwann abgelegt, aber der Dutt war geblieben.

Ihr Blick schweifte über das Mobiliar im Büro und sie freute sich, dass ihr das Team bald wieder Gesellschaft leistete. Sie mochte das turbulente, laute Leben und wurde in der Stille eher nervös.

Sie setzte sich an den Computer und scrollte gedankenverloren durch die Listen der zukünftigen Insulaner.

Eine magere Auslese, dachte sie und presste ihren Schmollmund zusammen. Aber die Vegetation des schmalen Eilands ließ nicht zu, dass sich zu viele Menschen ansiedelten.

Ein feiner Duft von angebranntem Gemüse zog durch das Büro. Tina seufzte und spürte, wie ihr Magen zu knurren begann.

„Ach Yvonne, wie soll ich mich da konzentrieren?", flüsterte sie mehr zu sich selbst und begann, Namen auf kleine Holztäfelchen zu schreiben.

Diese Schlüsselanhänger hatten in *Helenya* allerdings eher symbolischen Charakter, schließlich hatten die neuen Bewohner kein eigenes Haus, geschweige denn eine abschließbare Tür.

Wie unangenehm, dachte Tina und schüttelte instinktiv den Kopf. Auf so viel Abenteuer konnte sie verzichten. Da war ihr das angenehme und luxuriöse Leben hier im Haupthaus auf *Hillarya* doch lieber.

Obwohl sie sich noch gut an das sehr bescheidene Leben auf *Harmonya* erinnern konnte, so ganz ohne Elektrizität. Sie hatte es gehasst, auf offenem Feuer zu kochen und immerzu den Rauch zu riechen.

Das Licht im Eingangsbereich ging automatisch an und sie blickte erfreut auf. Ihre hellblauen Augen strahlten und sie rutschte erwartungsvoll auf die Vorderkante des Stuhls.

Die Tür wurde schwungvoll geöffnet und Lucas stand breitbeinig und lächelnd im Türrahmen.

„Hallo, meine liebe Schwester, wir sind wieder da!", rief er gut gelaunt in den großzügigen Büroraum und trat einen Schritt hinein. Sein Hemd war klatschnass und auf seiner Glatze glitzerten die Regentropfen wie kleine Diamanten. Auch sein kurzgeschnittener, weißer Bart tropfte.

Tina sprang vom Stuhl auf und eilte auf ihn zu. Obwohl sie nicht seine leibliche Schwester war, hatte sie sich nach all den Jahren an seine wiederkehrende Begrüßungsform gewöhnt. Es gehörte wohl zu den Gewohnheiten eines Pastors.

Sie nahm ihm eine Tüte ab und stellte sie auf den Tisch. Neugierig schaute sie hinein und zog ein kleines Päckchen und ein Bündel Briefe heraus.

„Kriege ich keine Umarmung?", fragte Lucas und sah sie enttäuscht an.

„Du bist von Kopf bis Fuß nass! Und außerdem wollte ich dir erst die Last abnehmen", erwiderte Tina und sah ihn lächelnd an. Er reichte ihr die zweite Tüte und drehte sich abrupt um.

Mit einem Handtuch aus dem Fitnessraum kam er zurück und sah ihr beim Sortieren der Post zu. Als sie den Inhalt der ersten Tüte auf einen Tisch gelegt hatte, drehte sie sich um und breitete ihre zierlichen Arme aus. Er wartete keine Sekunde und schloss sie fest in eine herzliche Umarmung.

„Lucas!", schrie Tina und wand sich wie ein kleiner, zappelnder Fisch. Sie stand nur noch auf Zehenspitzen und lachte laut auf: „Dein Bart raut meine Haut auf!"

„Das hat Ottilia auch schon gesagt", erwiderte er und ließ sie frei. Ihre Wangen glühten und sie sah ihn erwartungsvoll an.

„Wie geht es ihr?"

„Sehr gut, danke der Nachfrage. Sie hat sogar etwas für dich eingepackt", sagte er und wühlte in der zweiten Tüte. Stolz hob er ein kleines Glasgefäß hoch und hielt es Tina triumphierend hin.

„Tiramisuuuu!", rief sie freudig und nahm das süße Geschenk ehrfürchtig in beide Hände. Sie lief zu ihrem Stuhl, setzte sich und griff nach dem kleinen Löffel neben ihrer leeren Kaffeetasse. Glückselig klappte sie den Deckel auf und tauchte den Löffel ein.

Lucas beobachtete, wie Tina genüsslich einen Löffel nach dem anderen in den Mund schob und dabei immer wieder die Augen schloss.

„Ich habe leider schon zu viele dieser Kalorien intus, sonst würde ich auf eine gerechte Aufteilung bestehen. Genieß es, bevor dein gefräßiger Gatte kommt."

Als müsste sie sich vergewissern, dass Anthony noch nicht im Anmarsch war, hob sie erschrocken den Kopf.

„Keine Sorge, er kommt erst später. Brain braucht noch seine Hilfe beim Ausladen der Vorräte", beruhigte Lucas sie und griff nach einem kleinen Päckchen. „Es gab dieses Mal ganz schön viel Post, findest du nicht?"

Sie nickte mit vollem Mund und beobachtete, wie er das Päckchen vorsichtig öffnete. Er schaute hinein und grinste. Mit zwei Fingern nahm er einen kleinen, roten Apfel daraus hervor. Tina runzelte die Stirn, stellte die leere Schale auf den Tisch und trat näher.

„Wer schickt uns denn einen Apfel?", fragte sie und betrachtete ungläubig das mickrige Exemplar.

„Der muss von Barbara und Pietro sein!"

„Ist denn wenigstens ein Brief dabei?"

„Ja, da ist was drin", antwortete Lucas und klaubte ein kleines Etikett aus der Schachtel. *„B&P Natural Farms,* … das ist wohl ihr Logo."

„Und sie haben nichts dazu geschrieben?", fragte Tina ungläubig, die die essbare Botschaft ihrer ehemaligen Inselnachbarn nicht ganz verstand.

„Ich hoffe nur, dass ihre Ernte nicht ganz so mager ausgefallen ist. Wie sollen wir sonst diesen Winzling in fünf gleich große Stücke schneiden?"

„Auf mich braucht ihr bei dieser Verkostung keine Rücksicht zu nehmen, ich bin dank des Tiramisus für die nächsten Stunden satt", sagte sie augenzwinkernd und griff nach einem grünen Umschlag. „Von Emma und Justin", flüsterte sie und zog eine bunte Karte heraus. Ein großes Foto zeigte eine junge, glückliche Familie, bunte Luftballons zierten den Rahmen.

Ein dumpfer Schmerz breitete sich in Tinas Magen aus, der ganz sicher nichts mit der eben gegessenen italienischen Köstlichkeit zu tun hatte.

Baby-News waren für sie immer noch schwer zu verdauen. Nicht, dass sie den beiden ihr Glück nicht gegönnt hätte, nein, ihr eigener Verlust und die traurige Gewissheit, nie Mutter werden zu können, schmerzten noch immer.

„Ein guter Mix aus beiden", sagte Lucas und nahm ihr die Karte ab. Er lächelte die Familie an und spürte Dankbarkeit in sich aufsteigen.

Ein wenig vermisste er die beiden. Besonders Emma war ihm während dem Jahr auf *Hillarya* sehr ans Herz gewachsen.

Nun würden neue Herausforderungen auf die kleine Familie zukommen, die inzwischen wieder auf dem Festland lebte.

„Ein süßer Fratz", fügte Lucas hinzu und strich liebevoll mit dem Finger über das Baby.

Tina nickte und wischte sich eine Träne weg.

„Es scheint alles gut gegangen zu sein. Was für eine schöne Hautfarbe", flüsterte sie mit erstickter Stimme.

„Ja, wenn man bedenkt, wie dunkel Emmas Haut ist, bin ich überrascht, dass der kleine Wonneproppen so hell ist. Da haben sich wohl Justins Gene durchgesetzt."

„Ist es politisch noch vertretbar, dass wir hier über die Hautfarbe dieses kleinen Menschen sprechen?", fragte Tina und hob die Augenbrauen.

„Wir urteilen ja nicht … und verurteilen schon gar nicht! Wir freuen uns nur über die glückliche Vereinigung zweier uns liebgewonnen Menschen. Es ist ein Geschenk Gottes, dass sie jetzt zu dritt sind. Gerade wir beide wissen, wie kostbar ein eigenes Kind ist", sagte er und drückte Tina liebevoll an sich.

„Dafür hat er ihre dunklen, freundlichen Augen." Tina sah zu, wie Lucas die Karte prominent in der Mitte der Pinnwand platzierte.

„So können die drei uns bei der Arbeit zuschauen", fügte Lucas zufrieden hinzu und schnupperte dann theatralisch. „Hat Yvonne uns ein leckeres Essen gezaubert?"

„Stimmt, das habe ich ganz vergessen! Jetzt wo ich satt bin, werde ich euch zuschauen."

„Selber schuld, wer isst denn zuerst den Nachtisch? Eine Schande, eine Schande!", wiederholte Lucas lachend und machte sich beschwingt auf den Weg in die Küche.

Die Sonnenstrahlen fielen auf die Tagesdecke und feine Staubpartikel wirbelten durch die Luft. Das Zimmer war sehr schlicht eingerichtet.

Eine alte Kommode, ein weißer, zweitüriger Schrank und ein französisches Bett, das fast den gesamten Raum einnahm. Daneben stand ein Beistelltischen mit einer kleinen Leselampe.

Über der Kommode hingen gerahmte Schwarz-Weiß-Fotografien. Auf jedem Bild waren Menschen zu sehen, die Anastasia nicht kannte.

Ein älteres Paar, das auf einer Parkbank saß und aufs Meer blickte. Ihre vom Leben gezeichneten, faltigen Hände hielten sich fest und ein zufriedener Ausdruck lag auf beiden Gesichtern. Die Liebe schien greifbar, auch wenn es nur eine Momentaufnahme war.

Dann ein kleines Mädchen mit zwei Zöpfen, das sich mit den Händen an einem Seil festhielt. Die Beinchen hatte es fest an das Holzpferd gepresst und ein verzücktes Lachen lag auf dem Gesicht. Das Karussell verschwamm auf der Fotographie im Hintergrund. Man glaubte, das Jauchzen des Kindes zu hören.

Das nächste Bild zeigte ein verliebtes Paar, das sich an den Händen hielt. Der junge Mann hatte ein Plüschherz unter den Arm geklemmt, das er wohl beim Büchsenwerfen am Pier gewonnen hatte. Die abgebildete junge Zuneigung ließ einen aufseufzen.

Aber Anastasias Lieblingsbild war das größte in ihrer Sammlung. Es zeigte einen kleinen Jungen, der mit geschlossenen Augen an einem riesigen Eis leckte. Sein Gesichtsausdruck verzauberte jeden, der sich die Zeit nahm, das Bild zu betrachten. Man konnte die Freude und den Genuss von ganzem Herzen nachempfinden.

Es war wahrlich eine besondere Gabe, diese Momente des Lebens zu entdecken und sie so gekonnt für die Ewigkeit festzuhalten.

Doch Anastasia hatte jetzt keine Zeit, ihre Werke zu bewundern. Sie warf weitere Kleidungsstücke aufs Bett und raufte sich die langen, braunen Haare. Was sollte sie nur alles mitnehmen? Sie presste ihren Schmollmund zusammen und überlegte angestrengt.

Sie war noch nie auf einer Insel gewesen und fragte sich gerade, ob sie überhaupt ein elegantes Kleid brauchte, als ihre Mutter im Türrahmen erschien.

„Oh, das würde ich auf jeden Fall mitnehmen", sagte Nicole lächelnd und beobachtete, wie ihre Tochter die Stirn in Falten legte. „Das passt so gut zu deinen blauen Augen."

Anastasia nickte, warf es in eine übergroße Sporttasche und nahm das nächste Kleidungsstück unter die Lupe.

„Du wirst mir fehlen."

„Ach, Mom, es ist doch nur für ein Jahr. Du wirst froh sein, wenn ich weg bin. Dann kannst du dich ganz auf Chris konzentrieren", erwiderte Anastasia grinsend. „Er wird sich sicher freuen, wenn er in seinem letzten Jahr an der Highschool in deinem Fokus steht."

„Und dann geht er bald aufs College und ich bin ganz allein zu Hause", schmollte Nicole weiter und setzte sich aufs Bett. Anastasia verdrehte die Augen und widmete sich wieder ihrem Kleiderschrank.

„Ich bin ja fast nie zu Hause … seit meinem Studium", fuhr sie fort, wurde aber sogleich unterbrochen.

„Aber Weihnachten und Thanksgiving bist du immer da! Und wir telefonieren täglich."

„Ja, wenn man bedenkt, dass ich auf die dreißig zusteuere", erwiderte sie kleinlaut und stopfte ein paar Shorts in die Tasche.

„Du bist noch keine dreißig!", empörte sich Nicole, nahm die Shorts wieder aus der Tasche und faltete sie ordentlich zusammen.

Anastasia betrachtete die Sportleggings und hielt sie sich an ihren schlanken Körper. Ihre Beine schienen endlos lang zu sein und waren braungebrannt. Sie beschloss, auch wärmere Sachen einzupacken. Man kann ja nie wissen, dachte sie und warf die Leggings ihrer Mutter zu.

„Immerhin werde ich dieses Jahr achtundzwanzig. Das solltest du wissen, schließlich warst du bei meiner Geburt dabei."

„Ach, erinnere mich nicht daran! Gott sei Dank habe ich damals nicht gewusst, worauf ich mich einlasse, sonst hätte ich dich wahrscheinlich abge… ." Sie hielt sich erschrocken die Hand vor den Mund und sah ihre Tochter mit weit aufgerissenen Augen an. „Nein! Verzeih meine Worte, Anastasia. Du bist das Beste, was mir … was uns … passieren konnte. Wenn auch ein paar Jahre zu früh."

Anastasia setzte sich zu ihrer Mutter aufs Bett und legte einen Arm um sie. Noch heute haderte ihre Mutter damit, dass sie in der Highschool mit gerade mal sechzehn Jahren schwanger geworden war. Für die damalige Zeit ein Schock für die ganze Familie. Zum Glück hatte der Erzeuger sie abgöttisch geliebt und später auch geheiratet.

„Ich bin dankbar, für dich und für Christopher. Und natürlich für Martin. Hast du eigentlich seine Kamera eingepackt?"

„Es ist nicht seine Kamera!", korrigierte Anastasia und verdrehte die Augen. „Dad hat sie mir zum Abschluss geschenkt, das weißt du doch."

„Stimmt, … statt eines Autos", sagte Nicole kleinlaut und raffte ihre Schultern. „Es tut mir leid, dass wir immer zu wenig Geld haben. Ich hätte dir gerne mehr geboten."

„Ach Mom, sieh mich an. Ich habe die coolste Familie, ein schönes Zimmer, genug zu Essen und ein Dach über dem Kopf. Und ganz viel Liebe, nicht zu vergessen. Das reicht. Ich kann sogar die Uni besuchen und nun gehe ich für ein Jahr auf eine traumhafte Insel. Mein Leben ist perfekt!"

Nicole wischte sich lächelnd eine Träne weg und nickte gerührt. Sie war dankbar dafür, dass ihre Tochter immer das Positive im Leben sah, egal, wie oft sie hinfiel oder auch mal verzichten musste.

„Hast du Verhütung dabei?", wechselte sie abrupt das Thema.

Anastasia atmete tief ein, denn sie wusste, dass das ein wunder Punkt bei ihrer Mutter war. Sie hatte keine Lust, noch einmal darüber zu sprechen.

„Ich bin alt genug, Mom. Und ich habe außerdem nicht vor, mich in einen Inselbewohner zu verlieben. Ich gehe dorthin, um zu arbeiten, nicht zum Vergnügen."

„Du willst doch nicht ein Jahr keusch leben?"

„Warum nicht? Wäre ja nicht das erste Mal." Anastasia dachte an ihr erstes Jahr an der Uni. Damals hatte sie sich so auf ihr Studium konzentriert, dass sie das soziale Leben fast völlig vernachlässigt hatte. Was wohl auch an ihrem Liebeskummer gelegen hatte. Auch Jahre später fiel es ihr schwer, sich auf jemanden einzulassen. „Wo ist eigentlich Chris? Er wollte mich doch zum Flughafen fahren."

„Er schläft noch. Ich werde ihn wecken", antwortete Nicole und erhob sich. „Christopher!" Der laute Ruf hallte durch das kleine Reihenhaus und wurde von einem heftigen Klopfen gegen eine Tür untermalt.

Anastasia schloss für einen Moment die Augen und war froh, dass dieses Gespräch ein schnelles Ende gefunden hatte. Sie konnte es kaum erwarten, sich in das bevorstehende Abenteuer zu stürzen.

„Ist alles in Ordnung, Mr Newton?", rief eine junge Frau, die elegant die Treppe herunterkam. Ihre langen, schwarzen Locken umspielten ihre Arme und sie bewegte sich, als trüge sie ein elegantes Abendkleid. Doch die sehr kurzen Shorts und das enganliegende Top verrieten, dass sie eher auf dem Weg zum Sport als zu einem Ball war.

„Ähm, ja … alles bestens Melissa, Sie können jetzt gehen. Wir machen morgen weiter", antwortete Robin und räusperte sich. Er blickte nicht einmal über seine Schulter, seine Augen waren immer noch fasziniert auf das kleine Lebewesen in Michells Arm gerichtet.

Die junge Schönheit funkelte die unerwartete Besucherin böse an, stellte die mitgebrachten Krücken am Treppengeländer ab und ging erhobenen Hauptes in den hinteren Teil des Hauses.

Robin hörte, wie die Küchentür laut zugeschlagen wurde und sah Michelle unverwandt in die Augen.

„Soll ich ein anderes Mal kommen, … wenn es dir besser passt?"

„Nein, nein, schon gut. Komm rein", antwortete er rasch und trat einen Schritt zur Seite. „Das ist nur

Melissa, meine Physiotherapeutin. Doch ich kann den Termin mit ihr verschieben. Komm rein."

Physiotherapeutin, wer's glaubt, schoss es Michelle durch den Kopf und sie klammerte sich an ihren Sohn.

Die Augen einer Frau sagten mehr als tausend Worte, und Michelle würde diesen Blick nicht mehr so schnell vergessen. Sie las Eifersucht, Begierde und Wut.

Robin sah sie an und wies ihr den Weg zum Salon. Er nahm die Krücken und wartete, bis Michelle sich bewegte, dann folgte er ihr langsam.

Was für ein mondänes Anwesen, dachte Michelle und schluckte leer. Hatte ihr Mann von diesem Reichtum gewusst?

Michelle hatte vor ein paar Tagen die Rechnung für den defekten Kinderwagen gesucht und war in Michaels Chaos auf einen dubiosen Beleg gestoßen.

Darauf waren monatliche Überweisungen in Höhe von 1000 Dollar vermerkt. Keine weiteren Angaben, nur diese Adresse. Es bedurfte keiner detektivischen Fähigkeiten, um in wenigen Minuten herauszufinden, wer an dieser Anschrift wohnte.

Michelle hatte nicht schlecht gestaunt, als sie den Namen Newton vor sich sah.

Warum überwies Robin - oder war es Irma - ihrem Mann immer pünktlich zum Monatsende diese hohe Summe? Es musste etwas mit Maxwell zu tun haben, das lag auf der Hand.

Wie auf Kommando regte sich der Kleine in ihren Armen und schlug die Augen auf. Erstaunt blickte er sich um und nahm die neue Umgebung wahr. Seine runden, braunen Augen waren identisch mit denen seines Vaters. Obwohl Michelles Augen einen ähnlichen

Braunton hatten, waren die Intensität der Farbe und die Form eine gänzlich andere.

Robin schnappte nach Luft und umklammerte seine Krücken.

„Meine Fresse!", sagte er und sah erst den Kleinen und dann Michelle erschrocken an.

„Eher deine Augen", erwiderte sie matt und betrachtete ihren ehemaligen Liebhaber. Seine sportliche Figur ließ keinen Zweifel daran, dass er sich von seinem schweren Sturz gut erholt hatte.

Es war jetzt ein paar Monate her, dass er auf *Hillarya* verunglückt war. Ohne Hornbrille wirkte er allerdings verletzlicher, dachte sie und überlegte, was sie als Nächstes sagen sollte.

Er war nach wie vor ein sehr attraktiver Mann und das wusste er auch. In seiner Gegenwart fühlte sich Michelle immer etwas unsicher, was wahrscheinlich auch an ihrer Mission lag.

Es schien so unwirklich, dass sie beide auf der Insel ein Liebespaar gewesen waren. Aber der kleine Maxi erinnerte sie jeden Tag daran, dass sie in ihrem Leben eine große Dummheit begangen hatte.

Und doch empfand sie es als großen Segen, mit sechsunddreißig noch Mutter geworden zu sein. Michael und sie hatten viele Jahre vergeblich auf Nachwuchs gehofft. Sie hatten sich schon damit abgefunden, dass sie nie ein Kind haben würden.

Aber anscheinend war Robin der perfekte Mann, um eine Familie zu gründen. Oder ihre Gene passten einfach zusammen. Bei ihm hatten nur wenige Wochen ausgereicht, um dieses kleine Wunder zu zeugen.

„Komm doch in den Salon, … ich muss mich kurz hinsetzen", sagte er und ging, auf die Krücken gestützt, langsam auf eine Doppelschwingtür zu.

Michelle konnte es ihm nicht verübeln, fiel sie ja ohne Vorankündigung mit dieser Hiobsbotschaft ins Haus. Sie nickte und folgte ihm.

Edle Teppiche und schwere, dunkle Möbel strahlten eine Eleganz aus, die Michelle einschüchterte. Jeder Gegenstand schien zu schreien: Ich bin wertvoll und von einem namhaften Designer.

Sie kannte solche Räume aus Hochglanzmagazinen und war froh, dass ihr dieser Reichtum erspart blieb. Auch wenn sie froh wäre, wenn Michael etwas mehr verdienen würde, aber in dieser Liga würde sie sich definitiv nicht wohlfühlen.

„Ich habe einen Sohn", sagte Robin in die Stille und riss Michelle aus ihren Gedanken. „Wie lange weißt du es schon?"

Sie sah ihn irritiert an und setzte sich auf einen weichen Sessel.

„Wie bitte?", entgegnete sie, da sie die Frage nicht verstand.

„Seit wann weißt du, dass ich der Vater bin?"

„Seit unserer Rückkehr nach Philadelphia", antwortete sie und blickte ihn schüchtern an.

Ihr kastanienbraunes Haar schimmerte im Sonnenlicht und Robin stellte fest, dass sie sich kaum verändert hatte. Ihre Augen wirkten zwar etwas müde, was wahrscheinlich an dem Baby lag, aber sie war immer noch eine sehr attraktive Frau. Ihr Haar trug sie kürzer als auf der Insel, es reichte ihr nur noch bis zum Kinn. Ihre Wangen waren ein wenig eingefallen und auch sonst hatte sie wohl eher an Gewicht verloren, wo sie doch sonst schon sehr schlank war. Aber Robin fand, es stand ihr gut. Er fühlte sich immer noch zu ihr hingezogen.

„Spielt das eine Rolle?"

„Ähm, was?", entgegnete Robin. Er hatte den Faden verloren.

„Es kann nur dein Kind sein, ich hatte mit niemandem sonst Verkehr."

Robin hob irritiert die Augenbrauen und fand das Wort ‚Verkehr' sehr unpassend. Sie hatten Sex, geilen Sex. Meistens nach dem Sport unter der Dusche und sie faselte von Verkehr. Dabei war die ganze Insel autofrei.

„Was sagt Michael dazu?", versuchte Robin die Bilder aus der Dusche zu verbannen und sah sie neugierig an.

„Er hat es akzeptiert … glaube ich."

„Und warum kommst du erst jetzt zu mir? Warum hast du dich nicht früher gemeldet?"

Woher wusste sie überhaupt, wo er wohnte? Hatte Tina ihr die Adresse gegeben? Das wäre höchst unprofessionell, dachte er und spürte, wie ihm die ganze Sache über den Kopf zu wachsen schien.

„Ich habe die Überweisung gefunden, in Michaels Büro", sagte sie ruhig und fixierte ihn.

„Was für eine Überweisung?"

„Na, die 1000 Dollar, die anscheinend monatlich auf sein Konto fließen", sagte sie und spürte leichte Panik in sich aufsteigen. Wusste er nichts von diesem Geld? Es konnte doch nicht sein, dass Irma und Michael diese Zahlungen hinter ihrem Rücken arrangiert hatten.

„Ich habe keine Kenntnis von irgendwelchen Zahlungen", antwortete Robin trocken und erhob sich mühsam.

Anscheinend war seine Genesung noch nicht abgeschlossen, dachte Michelle, als sie sah, wie er zum Servierwagen humpelte und sich einen doppelten Whisky in ein Glas goss. Er griff nach einer zierlichen Zange und beförderte zwei Eiswürfel hinein.

Hatten wohlhabende Menschen tatsächlich Personal, das stündlich den Eisvorrat im Salon erneuerte, fragte sich Michelle und schüttelte den Kopf.

Robin setzte sich, nahm einen großen Schluck und atmete schwer. Dann schwenkte er das Glas leicht hin und her und sah sie wieder an.

„Irma", sagte er und lehnte sich müde in den Sessel zurück. „Irma", wiederholte er und leerte das Glas in einem Zug. Er leckte sich über die Lippen und ignorierte, dass es noch nicht einmal Mittag war. Die Eiswürfel blieben kaum geschmolzen im Glas zurück. „Irma muss ihm das Geld überwiesen haben. Mir hat sie nichts davon erzählt. Scheiße!"

„Ach Robin, es tut mir leid!"

„Es muss dir nicht leidtun. Ich habe einen Sohn!", rief er plötzlich feierlich und grinste sie an.

Maxwell erwachte, bekam große Augen und begann zu weinen. Anscheinend war ihm dieser aufbrausende Mann nicht geheuer und er schien die Anspannung seiner Mutter zu spüren. Ängstlich schlang er seine kleinen Arme um ihren Hals und weinte bitterlich.

„Alles gut, Maxi, alles gut", beruhigte sie ihn und streichelte ihm liebevoll über den Rücken. „Alles ist gut", flüsterte sie in seinen feinen Haarschopf und sah Robin erwartungsvoll an.

„Was wird jetzt aus uns?", fragte Robin und lächelte sanft. „Das kommt alles sehr unerwartet für mich."

„Liebst du Irma?"

„Ach, Michelle, die Liebe hat so viele Gesichter. Was ist schon Liebe?", antwortete er und dachte an seine Ehe, seine Zweckehe.

Er hatte alle Freiheiten, die er sich nur wünschen konnte. Alle Annehmlichkeiten, es fehlte ihm an nichts. Aber war er glücklich?

„Bist du glücklich?", fragte Michelle, als hätte sie seine Gedanken gelesen.

„Glück wird doch überbewertet", gab er resigniert zurück und fragte sich, ob er die Kraft hätte, ein anderes Leben zu führen. Es war so bequem und einfach, dort zu bleiben, wo man seit Jahren war. „Bist du mit Michael und dem Kleinen glücklich?"

Sie blickte auf und fragte sich im selben Moment, warum sie überhaupt den weiten Weg hierher auf sich genommen hatte. Was hatte sie sich nur dabei gedacht?

„Möchtest du, dass wir drei nun auf glückliche Familie machen?"

Michelle legte Maxwell auf ihren Schoß, er war wieder eingeschlafen. Sie starrte auf den teuren Teppich zu ihren Füßen. Dann schüttelte sie leicht den Kopf und atmete tief durch.

„Nein, ich liebe Michael. Auch wenn er nicht … noch nicht", korrigierte sie sich, „auch wenn er noch nicht genug Geld verdient, um uns angemessen durchzubringen, ich meine, ohne eure Unterstützung." Sie schämte sich, zuzugeben, dass sie ohne diese 1000 Dollar ziemlich aufgeschmissen wären. „Ich dachte nur, es wäre gut für Maxwell, seinen leiblichen Vater zu kennen."

Der Kleine schlummerte friedlich auf ihrem Schoß. Robin kratzte sich am Kinn und dachte nach. Er konnte sich ein Leben mit so einem kleinen Wesen nicht vorstellen. Geschweige denn mit Irma. Sie hasste kleine Kinder. Nein, Hass war wohl das falsche Wort. Sie konnte mit Babys einfach nichts anfangen. Dafür hatte sie einen guten Draht zu Teenagern. Robin staunte immer wieder, mit welcher Begeisterung sie von ihren Schützlingen vom Gemeindezentrum erzählte.

„Robin?" Michelle sah ihn fragend an.

„Ähm, ich bin einfach sprachlos. Vor einer Stunde wusste ich noch nicht einmal, dass ich Vater bin." Vor einer Stunde habe ich Melissa gefickt, schweiften seine Gedanken ab und er musste sich zusammenreißen, um sich der Situation hier mit Michelle zu stellen. „Ich habe keine Ahnung, was du von mir willst."

„Ich fände es schön, wenn du eine Beziehung zu deinem … unserem Sohn aufbauen würdest. Sozusagen als Bonus-Vater."

Robin lachte laut auf.

„Bonus-Vater? Ich bin wohl eher der leibliche Vater!" Er atmete schwer und fuhr sich mit den Händen übers Gesicht. „Und wie stellst du dir das vor? Und was sind die Rollen von Irma und Michael?"

Michelle schaute wieder zu Boden und schien zu überlegen. Robin dachte an seine Frau und fragte sich, warum sie ihm die Existenz seines Sohnes verschwiegen hatte. Wollte sie einen Kontakt verhindern? War es Schweigegeld, das sie Michael jeden Monat überwies? Irma war eine gute Schauspielerin, so viel war sicher, denn Robin hatte nie auch nur den leisesten Verdacht gehabt, dass sie ein so großes Geheimnis vor ihm verbarg.

„Irma will bestimmt nichts mit ihm zu tun haben", sagte Robin überzeugt und zeigte auf den kleinen

Jungen. Der hatte gerade seinen Daumen in den Mund gesteckt und nuckelte zufrieden daran.

Ein Lächeln huschte über Robins Gesicht und seine Miene entspannte sich. Plötzlich spürte er etwas in sich aufkeimen, das ihn mit Wärme erfüllte. Dieser kleine Kerl würde sein Leben gehörig auf den Kopf stellen, so viel war sicher. Robin sah sich schon, wie er mit seinem Sohn Baseballs warf und ihm Tricks beibrachte, wie er ihm das Cap zurechtrückte und in ‚seine‘ Augen blickte.

„Robin?" Abermals holte Michelle ihn in die Gegenwart zurück und lächelte ihn an. „Ich fahre alle zwei Monate zu meiner Familie aufs Land. Mein Vater bewirtschaftet eine kleine Farm. Wir reden, machen ein Barbecue und verbringen das Wochenende zusammen. Michael begleitet mich nur an Weihnachten und Thanksgiving. Vielleicht könntest du uns da mal besuchen kommen? Damit du Zeit mit Maxwell verbringen kannst? Dann müssten Irma und Michael nichts davon erfahren."

„Nein!", schrie Robin so laut, dass der Kleine erschrocken den Kopf hob und seinen Vater mit weit aufgerissenen Augen ansah. Die Ähnlichkeit war verblüffend und erinnerte Robin daran, dass er nun in einer besonderen Verantwortung stand.

„Alles gut", flüsterte Michelle und strich ihm liebevoll über den Kopf. Der Kleine schloss sofort wieder die Augen und schmiegte sich an seine Mutter.

„Sorry", sagte Robin und versuchte, sich wieder zu beruhigen. Er atmete tief durch und sammelte sich. „Ich will keine Geheimnisse mehr. Die Idee mit dem Besuch auf der Farm ist großartig. Aber ich möchte, dass Irma und Michael Bescheid wissen. Schließlich kann der kleine Kerl bald sprechen und wird uns sonst irgendwann verpfeifen … wenn er nach seinem Vater kommt", fügte er grinsend hinzu. „Und natürlich verdopple ich die monatliche Zahlung. Das sollte Michael den Mund stopfen. Er wird von der Idee bestimmt nicht begeistert sein."

Michelle nickte und lächelte ihn dankbar an.

„Aber ich muss dich warnen, meine fünf Brüder werden dich wahrscheinlich nicht mit offenen Armen empfangen", sagte sie mit einem spöttischen Lächeln. „Sie haben keine Ahnung, dass Michael nicht Maxis leiblicher Vater ist."

„Dann ist es wohl an dir, die Dinge in Ordnung zu bringen, bevor ich das erste Mal da auftauche", erwiderte Robin lässig und lehnte sich zurück.

Ein unbeschreibliches Glücksgefühl durchströmte ihn und er war sich in diesem Moment sicher, dass alles gut werden würde. „Wir packen das zusammen, für Maxwell."

2. AUFBRUCH

Das Licht flackerte und es roch streng nach Urin. Drei Männer saßen auf Pritschen verteilt, der Raum war vielleicht 16 Quadratmeter groß.

Zwei der Männer starrten mürrisch auf den schmutzigen Boden, einer lächelte in sich ruhend und sah sich interessiert um. Seine braunen Augen leuchteten förmlich in dem düsteren Loch.

Man hätte meinen können, er warte entspannt auf die bestellte Limousine, oder auf ein Flugzeug, das ihn in den wohlverdienten Urlaub bringt.

„Cooper? Sie können gehen!", rief ein uniformierter Polizist und trat an die Gitterstäbe. „Na los, ich habe nicht den ganzen Tag Zeit!", fuhr er fort und steckte einen großen Metallschlüssel in das Loch.

Seltsam, dachte der Mann, stand langsam auf und griff nach seinem Wollpullover. Es amüsierte ihn, dass in der heutigen Zeit solche Ungetüme immer noch zum staatlichen Inventar gehörten.

Er hörte, wie der Schlüssel geräuschvoll zu den anderen zurücksurrte und noch immer leicht an der Hüfte des Polizisten hin- und herschaukelte.

Wann war er das letzte Mal in einem Hotel abgestiegen, wo man an der Rezeption einen richtigen Schlüssel bekommen hatte? Er konnte sich nicht mehr daran erinnern, musste aber schmunzeln, als er an die riesigen Regale dachte. Meist aus Holz gefertigt und mit vielen Fächern versehen. Jedes Fach stand stellvertretend für ein Zimmer. Darin hing der Schlüssel, meist mit einem imposanten Anhänger, auf dem in großen Lettern die Zimmernummer eingraviert war.

Was wiederum ein echter Vorteil gegenüber der modernen Variante war: Man musste sich die Nummer nicht merken. Nein, man konnte einfach auf den Anhänger schauen und wusste wieder, wo man hingehörte. Etwas angetrunken, spätabends an der Bar, hatte ihn das schon so manches Mal gerettet.

Seit geraumer Zeit bekam man nun nur noch eine Plastikkarte in doppelter Ausführung. Natürlich ohne Nummer.

„Vielen Dank", sagte er und folgte dem Polizisten den Flur entlang. Er kannte das Prozedere und war froh, endlich rauszukommen.

Am Empfang blieb er stehen und lächelte den Mann hinter dem Panzerglas freundlich an. Ein Plastikfach stand schon für ihn bereit, darin seine wenigen Habseligkeiten, die in der Zelle nicht erlaubt waren: Ein Ledergürtel, eine Halskette aus kleinen Steinen, eine Brieftasche, ein alter Fotoapparat und eine Haarklammer.

„Hast du kein Handy?", brummte der Wärter und schob die Scheibe einen Spalt hoch.

„Nein", antwortete er und griff nach seinen Sachen.

Der Mann nickte, zog das leere Fach zurück und ließ die Scheibe wieder heruntergleiten.

„Bis zum nächsten Mal, Cooper", sagte er und grinste ihn an.

„Das glaube ich nicht", flüsterte John und ging zum Waschraum, der gleich neben dem Eingang lag. Dort wusch er sich gründlich mit viel Seife die Hände und fädelte dann den Ledergürtel durch die Schlaufen seiner Jeans. Den Gang zur Toilette ersparte er sich. Er würde später im Café die komfortablere Anlage benutzen.

Er blickte in den Spiegel und band sich das strähnige, fettige Haar mit der Klammer zusammen. Wenn er sich nur öfter die Haare waschen würde, könnte er sich diese lästigen Ausflüge wohl ersparen. Oder noch besser: Sich die Haare kurz schneiden, dachte er und lächelte sein Spiegelbild an. Aber er mochte das Wilde, das Verwegene. Es gab ihm das Gefühl von Freiheit und Unabhängigkeit, obwohl er sich in den letzten Stunden alles andere als frei gefühlt hatte.

Doch es war bestimmt das letzte Mal. Morgen würde er im Bus sitzen und in zwei Tagen konnte er seine ausgelatschten Lederboots an den Nagel hängen.

Er verließ das Gebäude und wechselte zielstrebig die Straßenseite. Dann verlangsamte er seinen Schritt und atmete tief ein. Er lauschte dem Lärm der Stadt und versuchte sich vorzustellen, wie es war, auf einer Insel zu leben, ohne Autos zu sehen, zu hören und zu riechen. Es musste einfach paradiesisch sein, dachte er und stieß die Tür zu seinem Lieblingscafé auf.

Verführerischer Kaffeeduft schlug ihm entgegen und er spürte, wie sein Magen zu knurren begann. Alle Tische am Fenster waren besetzt, aber er war zuversichtlich, dass bald ein Platz für ihn frei werden würde. Also ging er zuerst auf die Toilette und ließ sich Zeit.

Als John zurückkam, erhob sich gerade eine elegant gekleidete, ältere Dame und schritt zum Ausgang. Zufrieden nahm John ihren Platz ein und inspizierte den Tisch. Ein Fünfzigdollarschein lag neben einem kleinen

Teller mit Kuchenkrümeln und einer Kaffeetasse, die noch Schaumresten an der Innenseite aufwies. Großzügig, dachte er und lächelte.

„Hallo John, das Übliche?", fragte eine junge Kellnerin, steckte den Schein in die lederne Geldbörse und räumte den Tisch ab.

„Hallo Sandra, gerne. Was kannst du empfehlen?"

„Wir haben heute sehr leckere Karotten-Muffins, möchtest du?"

„Ja, danke", antwortete er und streckte die Beine unter dem Tisch aus. Die Kellnerin entfernte sich und John beobachtete das geschäftige Treiben vor dem Fenster.

„Hattest du einen harten Tag?", holte Sandra ihn wieder zurück ins Café und stellte ihm den Espresso, ein Glas Wasser und den Muffin hin. „Du riechst ein bisschen streng, wenn ich das sagen darf."

„Entschuldige bitte. Ich hatte noch keine Zeit für eine Dusche. Sie haben mich wieder einmal eingebuchtet und irgendwie bleibt der Geruch an mir hängen."

„Ich habe dich gewarnt, John. Es gibt Gegenden, da solltest du dich besser nicht rumtreiben!"

„Ja, ja, du hast recht. Aber ich kann ja nichts dafür! Ich laufe durch die Stadt und achte nicht darauf, wohin mich meine Füße tragen." Er hob die Schultern und stach dann mit der Gabel in den Muffin.

„Für wie lange?", hakte sie nach und beobachtete, wie er sich den Mund mit einer Papierserviette abtupfte. Seine guten Manieren passten wahrlich nicht zu seinem Erscheinungsbild: Abgewetzte, schmutzige Jeans, ausgetretene Lederschuhe und ein Pullover, der längst in die Mülltonne gehört hätte. Dazu die schulterlangen, fettigen, graumelierten Haare, die er stehts zu einem

Dutt zusammengebunden hatte. Und der weiße, viel zu lange Bart, der das schauerliche Bild abrundete. Er hätte ein attraktiver Mann sein können, wenn er sich nur ein wenig pflegen würde, dachte Sandra und rümpfte die Nase.

„Nicht lange, ein paar Stunden vielleicht", antwortete er und legte die Gabel auf den Teller. „Nach einem Blick in ihren Computer und in meine Brieftasche kamen sie schnell zu dem Schluss, dass ich gar kein so übler Kerl bin. Und meine Hotelkarte verblüfft sie wohl jedes Mal."

„Wann fliegst du? Ich werde dich vermissen. Also nicht den Gestank", wechselte sie das Thema und lächelte ihn verlegen an.

„Ich fahre morgen mit dem Bus nach Boston. Du kannst mich immer noch begleiten."

„Nie im Leben! Was soll ich denn da? Den ganzen Tag am Strand sitzen und aufs Meer schauen?"

Er lächelte und dachte an seine wunderbare Zukunft.

„Ich werde eine fantastische Zeit haben", sagte er und trank genüsslich einen Schluck Kaffee.

Eine dunkelblaue Limousine bog von der Straße auf den Kiesplatz ab und wirbelte viel Staub auf.

„Jetzt mach nicht so ein Gesicht! Es wird dir dort gefallen und du wirst bestimmt neue Freunde finden."

„Du klingst wie eine Mutter, die ihr Kind im Sommercamp abgibt!"

„Ich bin ja auch deine Mutter! Und Sommercamp trifft es erstaunlich gut", entgegnete die schlanke Mittfünfzigerin. Sie zog einen kleinen Spiegel aus ihrer Gucci-Schultertasche und überprüfte ihr Make-up.

Scott seufzte und strich sich über den kurz geschorenen Kopf. Eigentlich war er erleichtert, dass es nun losging und dass er sich bald von seiner Mutter verabschieden konnte. Er fürchtete, ihr penetrantes Parfüm würde ihn bald ersticken.

In diesem Moment ließ der Chauffeur das Fenster herunter, das den vorderen Teil des Wagens von den Passagieren trennte.

„Kann ich Ihnen beim Ausladen behilflich sein, Sir?"

„Nein danke, Obi, das schaffe ich schon", antwortete Scott und öffnete die Wagentür.

Der Chauffeur stieg ebenfalls aus und half Scotts Mutter beim Aussteigen. Obwohl sie keine Hilfe benötigte, dachte Scott und verdrehte die Augen. Sie war fit und sportlich und kostete es nur aus, wenn ein Mann sie wie eine Lady behandelte, auch wenn er dafür bezahlt wurde.

Scott schulterte seine Tasche und nickte dem Chauffeur kurz zu, der sich wieder in den klimatisierten Innenraum zurückzog.

Er überragte seine Mutter um mehr als einen Kopf. Beschwingt entfernte er sich vom Wagen. Dann wandte er sich dem Steg zu und blickte erstaunt geradeaus.

Eine elfenhafte Schönheit schwebte auf ihn zu. Ihr Schmollmund war zu einem breiten Lächeln geformt, das lange, blonde, gewellte Haar umschmeichelte ihre zierlichen Arme und das luftige weiße Kleid ließ sie wie einen Engel aussehen. Ein außergewöhnlich attraktiver Engel.

Scott blieb wie angewurzelt stehen und sagte: „Was für eine Wucht!"

Seine Mutter kam zu ihm und rückte ihre schwarze Sonnenbrille zurecht.

„Lass die Finger von ihr, sie ist verheiratet!", zischte sie und ging lächelnd auf die junge Frau zu.

„Na und?", erwiderte Scott und folgte seiner Mutter. Selbst an der frischen Luft roch er ihre aufdringliche Parfümwolke, oder hatte sich der Duft in seiner Nase festgesetzt?

„Hallo Iris", rief die blonde Schönheit und streckte ihr förmlich die Hand entgegen.

„Tina, wie schön dich endlich persönlich kennenzulernen", flötete seine Mutter und drehte sich dann um. „Darf ich dir meinen Sohn Scott vorstellen?"

„Hey Scott, schön, dass du mit uns ein Abenteuer wagst."

„Mit dir immer", antwortete Scott und zog Tina in eine innige Umarmung. Er drückte seine Nase in ihre Mähne und hätte sie am liebsten nicht mehr losgelassen. Der zarte Vanilleduft war definitiv eine Verbesserung gegenüber dem teuren Wässerchen seiner Mutter.

„Ich werde nicht auf *Helenya* wohnen. Wir vom Team sind auf *Hillarya* stationiert. Komm, ich zeige dir, wo du deine Sachen unterbringen kannst. Ist das alles?", fragte sie und schaute irritiert auf seine Tasche.

„Ich brauche nicht viel und wer weiß, wie lange ich bleibe", sagte er und wollte sich an ihre Fersen heften, doch er spürte, wie ihn eine Hand am Arm packte.

„Scott, benimm dich! Du weißt, dass Yvonne mir einen Gefallen tut, wenn sie dich auf die Insel lässt. Also benimm dich und zeig dich von deiner besten Seite!"

„Ja, ja, schon gut. Ich muss deiner Schulfreundin dankbar sein … blablabla."

„Wo ist eigentlich Yvonne, ich dachte, ich treffe sie?", rief seine Mutter ihm hinterher.

Im selben Moment stieg eine kleine, schlanke Frau von Bord. Ihr blondes Haar war zu einem sehr langen Zopf geflochten, und Scott dachte im ersten Moment, dass ihm ein Kind entgegenkam. Doch als sie die Sonnenbrille abnahm, blickte er in wache, blaue Augen und die Falten, die sie umgaben, verrieten, dass sie schon ein Leben gelebt hatte.

„Hallo Yvonne, schön, dich kennenzulernen. Vielen Dank, dass ich auf deiner Insel wohnen darf", sagte Scott brav und küsste ihre Hand.

„Oh, wie nett. Hallo Scott, schön, dass du da bist." Sie musterte ihn kurz und blickte dann an ihm vorbei. „Iris!", rief sie laut und wandte sich schnell von dem jungen Mann ab.

Die beiden Frauen lagen sich jetzt in den Armen und kreischten aufgeregt.

Scott hob die Augenbrauen. So etwas hatte er bei seiner Mutter noch nie gesehen. Jetzt hüpften die beiden und hielten sich an den Händen. Er schüttelte den Kopf, winkte seiner Mutter noch zu, doch sie schien ihn nicht mehr wahrzunehmen.

„Wie aufgeregte Teenager", sagte Tina lächelnd und zeigte ihm einen Platz für seine Tasche.

„Kann man wohl sagen. Die kennen sich schon eine Ewigkeit. Aber seit dem College haben sie sich nicht mehr gesehen, nur Briefe geschrieben, oder E-Mails", sagte Scott und musterte Tina genauer.

Sie sah verdammt gut aus und er fragte sich, wie er bei ihr landen konnte.

„Kann ich dir irgendwie helfen?", versuchte er es auf die schleimige Tour und sah sie lächelnd an.

„Wie aufmerksam von dir, danke Scott. Du könntest mir tatsächlich zur Hand gehen", sagte sie und wühlte in einer Schachtel.

„Wo immer du willst", antwortete er und fragte sich, wie sie wohl im Bikini aussah.

„Hier, das sind die Namensschilder, die brauchen wir für die Neuankömmlinge. Hier ist deins", sagte sie und klebte ein Etikett auf sein Hemd. Sie strich mit ihrer zarten Hand ein paar Mal über seine muskulöse Brust, damit es auch wirklich hielt und lächelte ihn an. Er versank in ihren hellblauen Augen und spürte, wie ihm heiß wurde.

„Ich geh' nach oben", sagte er mit belegter Stimme und zog sich hastig die Treppe hinauf. Tina sah ihm verwirrt nach, wurde dann aber von den schnatternden Frauen abgelenkt.

„Wo ist denn Scott hin? Ich will mich noch von ihm verabschieden!"

„Er ist oben, du kannst gerne zu ihm gehen."

Iris nickte und stieg die Treppe hoch.

„Hast du die vielen Tattoos gesehen?", flüsterte Yvonne und sah ihrer Schulfreundin nach. „Ich hatte ja keine Ahnung!"

„Ist doch heute fast schon normal, Yvonne. Gut, auf das Tattoo am Hals hätte er verzichten können, aber mir muss er nicht gefallen, zu muskulös. Aber er scheint sehr nett und hilfsbereit zu sein", fügte Tina hinzu und legte die Etiketten neben den Eingang.

„Hoffentlich macht er uns keine Schwierigkeiten. Iris hat mir ein paar unschöne Dinge erzählt."

„Stopp! Ich will nichts davon hören, Yvonne! Er soll bei uns eine neue Chance bekommen und sich nicht mit Altlasten herumschlagen müssen. Schließlich hat er auch kein Internet und muss sich ein ganz neues Leben aufbauen. Und vielleicht tut es ihm gut, von seiner Mutter wegzukommen, die scheint ja eine richtige Glucke zu sein."

Beide lachten und beobachteten, wie Iris wieder nach unten kam und sich am Bambusgriff ihre Gucci-Tasche festhielt.

„Tja, dann gehe ich wieder. War schön, dich wiederzusehen, Yvonne. Und melde dich mal, ob er sich benimmt", sagte sie und deutete mit dem Kopf nach oben.

„Ach, das wird schon, meine Liebe. Ich begleite dich noch zum Wagen. Wie geht es Peter?"

Tina hörte nicht mehr, wie es Scotts Vater ging, denn die beiden Frauen gingen Arm in Arm über den Steg und steckten die Köpfe zusammen.

Jennifer musste schmunzeln und sich das Lachen verkneifen. Gerade war die mondän gekleidete Frau wieder nach unten entschwunden und der Muskelprotz stand nun mit hängenden Schultern da.

Gut sah er aus, obwohl er es mit den Tattoos definitiv übertrieben hat, dachte Jennifer. Und auf ein Muttersöhnchen hatte sie sowieso keine Lust.

Zum Glück hatte er sie nicht bemerkt und sie genoss es, ihn in Ruhe mustern zu können.

Ihr Versteck war geradezu dafür prädestiniert, um die Inseldelegation aus sicherer Entfernung zu beobachten. Sie griff nach ihrer Limonade und nippte daran.

Wäre sie aufgestanden und hätte längere Arme gehabt, hätte sie wohl die Reling des Schiffes berühren können.

Aber sie blieb lieber auf dem bequemen Stuhl sitzen und genoss die Annehmlichkeiten des Restaurants.

Sie beglückwünschte sich innerlich, dass sie diesen tollen Platz hier oben auf der Terrasse gefunden hatte.

Zumal sie viel zu früh am Hafen angekommen war. Hier konnte sie sich kulinarisch verwöhnen lassen, hatte eine anständige Toilette und konnte das Treiben auf dem Schiff im Auge behalten.

„Darf es noch etwas sein?", fragte ein Kellner, der plötzlich wie aus dem Nichts neben ihr stand. Sie räusperte sich und schüttelte nur den Kopf.

Er entfernte sich wieder. Doch diese Bewegung schien den jungen Mann auf dem Schiff auf sie aufmerksam gemacht zu haben.

„Kommst du auch mit auf die Insel?", rief er und näherte sich langsam der Reling. Jennifer setzte sich aufrechter hin und spürte, wie sie rot wurde.

„Hey", krächzte sie und griff hastig nach ihrem Glas. Sie trank einen Schluck und versuchte, ruhig zu atmen, aber es gelang ihr nicht. Ihr Herz hämmerte wild in ihrer Brust.

„Gehörst du auch zu den Verrückten, die auf ein Leben ohne Internet schwören?"

Das war ihr Stichwort und sie riss sich zusammen.

„Ja. Und ich glaube, es kann nur besser werden. Ich bin Jennifer."

„Scott", antwortete er knapp und umklammerte mit beiden Händen die Reling. Seine Hände passten irgendwie nicht zu seinem muskulösen Körper. Er hatte lange, schlanke Finger und ihr fiel auf, dass seine Fingernägel schwarz lackiert waren.

„Hey Scott, freut mich, dich kennenzulernen", sagte sie und fand, dass ihre Stimme fremd klang.

„Hast du ein Handy dabei?"

Im ersten Moment dachte sie, sie hätte seine Frage nicht richtig verstanden und sah ihn irritiert an.

„Ein Handy?", entgegnete sie.

„Ja, ein Handy, so ein kleines Ding mit dem man sich austauschen kann. Hast du eins in der Tasche oder nicht?" Er deutete mit dem Kinn auf ihre geflochtene Strandtasche und sah sie genervt an.

„Nein! Man darf doch sowas nicht mitnehmen", antwortete sie schockiert.

„Na und? Wir sind immer noch hier!"

Er wurde ihr von Satz zu Satz unsympathischer und doch konnte sie den Blick nicht von seinen muskulösen Armen abwenden. Sie riss sich abermals zusammen und antwortete: „Nein, ich habe mein Handy zu Hause gelassen. Besser gesagt, ich habe es meiner Nichte geschenkt. Sie ist gerade zehn geworden und hat sich sehr darüber gefreut." Sie spürte, wie diese Erinnerung ein bedrückendes Gefühl in ihr auslöste und erhob sich rasch.

Der Abschied von ihrer Schwester und deren Familie lag wie ein Schatten über ihr und sie wollte sich jetzt nicht mit diesem Schmerz beschäftigen.

Scott hob die Augenbrauen und betrachtete nun die Frau auf der anderen Seite etwas genauer. Sie war sehr rundlich, wenn nicht sogar dick und er konnte den Blick nicht von ihr abwenden.

Lag es an dem üppigen, orangefarbenen Strandkleid, das sie trug, oder einfach daran, dass es in seinem Umfeld eigentlich keine dicken Menschen gab? Ihre Brüste schienen kurz davor zu sein, aus dem Ausschnitt zu hüpfen und er trat instinktiv einen Schritt zurück.

Sie schien es nicht zu bemerken, griff in ihre Tasche, legte einen Zwanziger auf den Tisch und wandte sich von ihm ab.

Ihr Hintern war so groß, dass er hin und her wippte, als sie in Richtung Treppe ging.

Sie musste dreimal so viel wiegen wie der blonde Engel unten, schoss es Scott durch den Kopf und er sah ihr gebannt nach.

Den breitkrempigen Hut, den sie trug, musste sie jetzt mit einer Hand festhalten, denn ein Windstoß fegte über das Schiffsdeck und die Terrasse.

Hoffentlich stürzt sie nicht die Treppe hinunter, dachte er und hielt den Atem an. Aber sie stieg elegant nach unten, als wäre sie eine Elfe. Und das in hochhackigen Sandaletten. Genau die besaß seine Mutter auch. Die beiden goldenen Initialen waren ihm sofort aufgefallen. Jetzt bemerkte er auch, dass sie ein teures Kleid trug und einen großen Klunker am Finger hatte.

War sie eine reiche, verwöhnte Göre, die ebenfalls von ihren Eltern in der Wildnis ausgesetzt wurde? Ein Schauer überlief ihn und er konnte nicht anders, als Parallelen zu seinem eigenen Leben festzustellen.

Vielleicht sollte ich etwas netter zu ihr sein, dachte er. Und auf der Insel würde sie bestimmt schnell ein paar Pfunde verlieren. Da gab es keine Fast-Food-Ketten und Donuts an jeder Straßenecke. Sicher könnte er sie motivieren, etwas Sport zu treiben. Dann würde sein Ausflug auf die Insel fast schon als humanitäres Projekt durchgehen.

Er setzte sich auf eine Bank und blickte auf das weite Meer. Es könnte Spaß machen, vor allem, wenn der blonde Engel in meiner Nähe ist, dachte Scott und grinste in die Sonne.

„Hey, ich bin Anastasia", sagte eine junge Frau mit einem breiten Schmollmund. Jennifer stellte ihre Strandtasche ab und hob den Kopf.

Die junge Frau war soeben an Bord gekommen und strahlte über das ganze Gesicht. Ihre mandelförmigen, blauen Augen, der Pferdeschwanz und die schlanke Figur sprühten vor positiver Energie.

Jennifer fühlte sich sofort zu ihr hingezogen. Die sympathische Ausstrahlung der attraktiven Brünetten schien wie ein Magnet zu wirken.

„Wie nett dich kennen zu lernen. Mein Name ist Jennifer", sagte sie, nahm ihre Sonnenbrille ab und reichte ihr die Hand.

„Oh mein Gott… Jennifer… Hanks?"

Im ersten Moment war Jennifer irritiert, dass diese ihr noch unbekannte Frau ihren vollen Namen kannte, aber schon in der nächsten Sekunde schluckte sie und nickte verlegen.

„Jap, Jennifer Angelina Diana Eliana Hanks … JADE Hanks, abgekürzt."

„Was für ein Zufall! Ich komme auch aus Santa Monica! Wie toll, dich persönlich kennenzulernen. Kommst du tatsächlich auch auf die Insel?", fragte Anastasia und ihre Worte überschlugen sich beinahe, ihre Aufregung flirrte förmlich in der Luft.

„Es sieht so aus. Ich brauche etwas Abstand vom realen Leben", antwortete Jennifer und setzte ihre Sonnenbrille wieder auf.

„Oh, ja. Mein herzliches Beileid. Wie unsensibel von mir. Ich war nur etwas erschrocken, als du einfach so vor mir standest. Tut mir wirklich leid."

„Danke, das ist sehr nett von dir. Aber ich will nicht darüber reden … noch nicht. Kommst du tatsächlich aus Santa Monica?", wechselte Jennifer das Thema und machte Anstalten, nach draußen an Deck zu gehen.

Anastasia folgte ihr und nickte. Sie trug kurze Shorts und eine geblümte Bluse. Ihr Pferdeschwanz wippte beim Gehen leicht hin und her. An den Füßen trug sie Flip-Flops und in der Hand hielt sie einen Fotoapparat. Sie trat neben Jennifer und lehnte sich nun ebenfalls an die Reling. Die beiden Frauen waren fast gleich groß, vielleicht war Anastasia eine Handbreit größer.

„Warum hast du eine Kamera dabei?", fragte Jennifer und deutete mit dem Kinn auf das ältere Modell.

„Das ist eine Pentax K1000", sagte Anastasia mit einer Inbrunst, als hätte Jennifer gesagt, sie hätte eine Mundharmonika in der Hand. „Eine der besten, wenn du mich fragst. Ich habe sie von meinem Vater zu meinem 16. Geburtstag bekommen … weil wir kein Geld für ein Auto hatten. Ich liebe das Design und die einfache Bedienung. Und die Bilder sind fantastisch!"

Jennifer musste ab der Schwärmerei lächeln und räusperte sich.

„Aber warum hast du sie dabei? Willst du dir auf der Insel eine Dunkelkammer bauen?"

Anastasia sah sie irritiert an und musste dann laut lachen. Ihr Schmollmund entblößte eine Reihe schöner, weißer Zähne, und in ihren Wangen zeigten sich süße Grübchen.

„Nein, wo denkst du hin! Ich habe mir einen coolen Job geangelt! Yvonne Cooper hat mich engagiert, um Interviews mit den Inselbewohnern zu führen. Sie will einen Bildband herausbringen und ihr Inselprojekt für die Nachwelt dokumentieren."

„Wow. Klingt wirklich nach einem tollen Job. Und wo wirst du leben?" Jennifer spürte eine leise Enttäuschung in sich aufsteigen. Sie hätte sich gerne mit dieser sehr sympathischen Frau angefreundet.

„Auf *Helenya*. Allerdings hoffe ich, dass ich das mit dem Hüttenbau hinkriege. Ich bin zwar handwerklich begabt, aber so ganz alleine wird das wohl nicht so einfach."

„Wir könnten doch eine Girls-WG gründen!", schlug Jennifer spontan vor und sah sie aufgeregt an. Anastasia hob erstaunt die Augenbrauen und ihr Mund blieb offenstehen. „Also nur, wenn du möchtest", schob Jennifer nach und rechnete bereits mit einer Abfuhr.

„Jennifer Hanks will mit mir zusammenleben? In einem Haus? Oh mein Gott!", sagte Anastasia und schlang spontan ihre Arme um sie.

Jennifer lachte erleichtert auf und legte zögernd ihre Arme um die schlanke Frau.

„Das wird sooo toll! Danke, dass wir das zusammen machen. Oh, bin ich froh, dass ich dich getroffen habe. Ich hatte schon ein mulmiges Gefühl, wer sich auf so ein verrücktes Abenteuer einlassen würde. Aber mit dir an meiner Seite wird es genial, da bin ich mir sicher", plapperte Anastasia aufgeregt weiter und trat nun wieder einen Schritt zurück. Jennifer musste sich eine Freudenträne wegwischen.

„Mir geht es genauso. Wie schön, dass wir uns gefunden haben. Ich kann eine Freundin momentan gut gebrauchen. Vor allem eine, die sich nicht wegen meines Bankkontos mit mir anfreundet."

„Ach, Geld interessiert mich nicht. Und meine Kreditkarte habe ich zu Hause gelassen. Damit kann man sich sowieso nichts kaufen. Und viel ist da leider auch nicht drauf", erwiderte Anastasia leise und winkte dann energisch einem Mann zu, der sich mit schwungvollen Schritten näherte.

„Das ist übrigens John. Ich habe ihn am Flughafen kennengelernt und wir sind zusammen mit dem Taxi hierher gefahren. Er wird dir gefallen, ein feiner Kerl. Leider etwas zu alt für meinen Geschmack.“

„Aber er sieht gut aus und ist sehr attraktiv“, flüsterte Jennifer und musterte ihn von Kopf bis Fuß. Er stand in einiger Entfernung und unterhielt sich mit Tina.

„Ja, er sieht gut aus, aber mit seinen 58 Jahren könnte er mein Vater sein. Und ich habe zum Glück keinen Vaterkomplex“, antwortete Anastasia leise und sah Jennifer erschrocken an. „Oh, sorry!“, fügte sie schnell hinzu und hielt sich die Hand vor den Mund.

„Alles okay. Meine Eltern sind zwar tot, aber du kannst mir gerne von deinem Vater erzählen. Ich bin sehr gespannt auf deine Lebensgeschichte!“, sagte Jennifer ruhig und zupfte an ihrem Strandkleid.

„Mein bescheidenes Leben?“

„Nur weil meine Familie wohlhabend ist … war, heißt das nicht, dass mein Leben interessanter ist als deins. Jedes Leben ist es wert, erzählt zu werden, vergiss das nie“, erwiderte Jennifer lächelnd.

Rebecca schaute in eine Kiste und überprüfte, ob sie alle ihre Lieblingsbücher eingepackt hatte. Sie fuhr mit dem Finger über einen goldenen Einband und ein Lächeln huschte über ihr Gesicht. Es war der Bildband, den Vanessa ihr bei ihrem letzten Besuch mitgebracht hatte.

Beim Gedanken an ihre Zwillingsschwester fühlte sie eine tiefe Freude in sich aufsteigen. Bald würde sie ihren Herzensmenschen wieder bei sich haben, dachte sie, als sie den Deckel auf die Kiste legte.

Sie überlegte, ob sie sich anziehen sollte, entschied sich aber dagegen und ging ins Schlafzimmer. Dort lagen ihre wenigen Kleidungsstücke verstreut auf dem Bett und sie fragte sich, was sie für die Überfahrt anziehen sollte.

Da entdeckte sie ihr gestreiftes Haarband, nahm es in die Hand, roch daran und stellte zufrieden fest, dass es frisch gewaschen war.

Mit beiden Händen zog sie es über den Kopf und augenblicklich war ihre schwarze, krause Mähne aus ihrem Gesicht verbannt. Dann raffte sie die Kleider grob zusammen und stopfte sie in eine leere Kiste neben dem Bett. Als sie so gebeugt dastand, spürte sie plötzlich zwei kräftige Hände an ihren Hüften.

„Heee!", rief sie und wollte sich aufrichten, doch eine Hand legte sich kraftvoll auf ihren Rücken. Sie hatte keine Chance.

„Sorry, wenn du so einladend dastehst, kann ich nicht widerstehen", sagte eine raue Männerstimme hinter ihr. Sein Griff wurde fordernder und nun spürte sie, wie er seinen Penis fordernd gegen ihren Hintern drückte.

„Ich werde bald ohnmächtig, wenn mein Blut weiter in meinen Kopf fließt", sagte sie und spürte erleichtert, wie er sie sanft hochzog.

„Das will ich natürlich nicht! Ich kann einfach nicht glauben, dass du hier kein Höschen trägst."

„Hallo? Ich bin in meinem Schlafzimmer und das ist mein Pyjama! Du tust so, als würde ich nackt durch die Gegend rennen und nur darauf warten, von jemandem gebumst zu werden."

„Ich liebe es, wenn du so vulgär sprichst. Kann man das auch ausziehen?", fragte er und streifte ihr das

Nachthemd über den Kopf. Da stand sie nun, nur mit ihrem Haarband bekleidet und grinste ihn an.

„Ach Rob, ich werde später weiterpacken", sagte sie und sah ihm tief in die Augen.

Seine grauen Augen funkelten sie an und er zog sie an sich. Jetzt kratzte sein Dreitagebart über ihre Brust und sie seufzte wohlig auf. Sie fuhr mit ihren Händen durch sein kurzes, graumeliertes Haar und er widmete sich ausgiebig ihren Brustwarzen.

„Dreh dich um, ich will dich von hinten nehmen", raunte er ihr ins Ohr. Wie befohlen presste sie ihren Po an sein bestes Stück. „Du machst mich verrückt."

„Hoffentlich, ich muss es noch auskosten. Später auf *Helenya* wirst du für solche Aktivitäten keine Energie mehr haben", erwiderte sie und führte seine Hand zwischen ihre Beine.

„Bestimmt. Der Hausbau kann warten. Aber jetzt sind wir ja noch auf *Harmonya*, Beccy."

Sie liebte es, wenn er ihren Kosenamen benutzte. Es fühlte sich so besonders an. Sie spürte seine geschickten Finger und stöhnte auf. Dann bückte sie sich, hielt sich am Bett fest und lud ihn ein, sich ihr so zu nähern, wie sie es sonst niemandem gestattete.

Er zögerte keine Sekunde und drang in sie ein. Ihr Atem ging schneller und das erregte ihn noch mehr. Am liebsten hätte er das noch stundenlang mit ihr gemacht, aber die verlockende Erlösung rollte auf sie beide zu und er genoss nur noch ihre Nähe.

„Du bist eine Wucht", sagte er wenig später und blickte in ihre glücklichen, blauen Augen, „ich liebe dich."

„Ich dich auch." Sie schmiegte sich an ihn und seufzte zufrieden auf. „Glaubst du wirklich, dass wir das

Richtige tun? Unser gemütliches Nest zu verlassen und auf diese kleine Insel zu ziehen?"

Robert drehte sich auf den Rücken und starrte an die Decke. Er hatte seine Bedenken zurückgehalten und jetzt schien es nicht der richtige Zeitpunkt zu sein, noch einmal darüber zu sprechen.

Dass er mit Tom einen Deal ausgehandelt hatte, verschwieg er Rebecca. Er wollte sich einfach eine Tür offenhalten, falls er seine Entscheidung bereuen sollte. Sein Haus auf *Harmonya* wurde später an Gäste vermietet und würde ihm jederzeit wieder zur Verfügung stehen. Rebeccas Haus hingegen würde schon bald von neuen Inselbewohnern bewohnt werden. Aber im Moment brauchte sie nichts von seinem geheimen Plan zu wissen. Sie konnte immer so aufbrausend sein.

„Es wird bestimmt großartig und wir gehen ja vor allem wegen Vanessa. Wenn es ein Reinfall wird, können wir die ganze Schuld auf sie schieben", sagte er.

Rebecca kicherte und wurde dann augenblicklich wieder ernst. Sie sah ihn an und flüsterte: „Hoffentlich treibt sie keinen Keil zwischen uns."

„Das schafft sie nicht. Und schon gar nicht wegen Sex. Ich weiß, was ich an dir habe, auch außerhalb des Bettes", erwiderte er und erinnerte sich an die vielen Male, in denen er mit beiden Frauen gleichzeitig Sex gehabt hatte. Anfangs hatte er es seltsam gefunden, mit eineiigen Zwillingen intim zu werden. Zwischenzeitlich hatte er sogar den Überblick verloren, welche der Frauen ‚seine' war. Aber als Mann stand man über solchen Kleinigkeiten, dachte er und grinste.

„Machst du dir keine Sorgen?"

„Nein", antwortete er bestimmt und drückte sie an sich. „Ich mache mir eher Sorgen, wie das Leben in so einer kleinen Gemeinschaft sein wird."

„Es wird eine Nord- und eine Südkolonie geben, die sich bekriegen. Sie werden sich heimlich die Vorräte stehlen und um das Angel-Territorium kämpfen. Bis aufs Blut werden sie ihr Revier verteidigen!" Beide prusteten los und das Bett bebte.

„Und wir sind noch keine fünfzig Jahre alt, wir müssen noch etwas Neues wagen, sonst rosten wir in diesem Paradies noch ein", fügte Robert hinzu.

„Und einen Arzt nehmen sie mit Handkuss."

„Und eine exzellente Köchin ebenso. Wir sind in jeder Hinsicht ein Dreamteam."

„Ich freue mich auf Lucas. Tina hat mir erzählt, dass er für die Eingewöhnungszeit ebenfalls auf *Helenya* leben wird", sagte Rebecca lächelnd.

„Du redest, als würden sie dort Tiere auswildern und Lucas wäre der Dompteur!"

„Und dann kommen noch zwei aus *Hillarya*", fuhr Rebecca fort und versuchte, sich an ihre Namen zu erinnern. „Ich weiß nur noch, dass sie blond ist und beide in einem Krankenhaus gearbeitet haben."

„Du meinst Siena und Thomas. Die waren mir auf Anhieb sympathisch. Beide top trainiert und die Ruhe selbst. Die beste Kombination für dieses gewagte Projekt. Zum Glück stellen sie uns einen großzügigen Schuppen zur Verfügung. Damit wir am Anfang nicht im Regen schlafen müssen."

Rebecca schauderte innerlich bei dem Gedanken an ein riesiges Mehrbettzimmer voller fremder Menschen.

Hier auf *Harmonya* hatte sie ihr eigenes Tiny House und Robert das seine. So luxuriös würden sie wohl nicht mehr leben.

Auch wenn sie das Neue reizte, wäre sie gerne hier geblieben. Gut, auf die lärmende Kinderschar konnte sie verzichten, aber einige Bewohner würden ihr sicher fehlen. Aber dafür kam ihre Schwester auf das Eiland, und das war Grund genug zu gehen.

Das Schiff glitt über das Wasser und die kleine Gruppe stand am Bug und klammerte sich an die Reling. Es schien, als müssten sich alle festhalten, so umwerfend schön war der Anblick.

Die Sonne strahlte vom Himmel und die Wasseroberfläche sah aus, als würden hunderte kleiner Diamanten auf ihr herumhüpfen. Das klare, türkisfarbene Wasser gab den Blick frei auf jeden noch so kleinen Fisch. Niemand sagte ein Wort.

Als der Kapitän hupte, zuckten alle gleichzeitig zusammen. Das riss sie aus ihrer Starre und nun wurde wieder gesprochen.

„Meine Fresse, sieht das geil aus", sagte Scott als Erster und zog sich die Baseballkappe tiefer in die Stirn.

„Nicht schlecht", meinte Jennifer lächelnd.

„Oh mein Gott", flüsterte Anastasia.

„Endlich zu Hause", sagte John.

„Ich sehe Lucas. Er wird euch in Empfang nehmen", sagte Tina und stellte sich auf die Zehenspitzen. Mit einer Hand winkte sie energisch, mit der anderen hielt sie sich an der Reling fest.

Lucas winkte zurück. Er stand bereits auf dem Steg. Ein weißer Hut mit breiter Krempe schützte seine Glatze vor der Sonne.

Lucas half, das Schiff festzumachen und betete dabei leise für die Neuankömmlinge.

Die Überfahrt war bei herrlichem Wetter geglückt und nun hoffte er auf einen angenehmen Empfang für seine neue Herde.

„Herzlich willkommen, meine lieben Brüder und Schwestern", rief er feierlich und einige Passagiere starrten ihn irritiert an.

„Der hat wohl zu viel Sonne abbekommen", flüsterte Scott und blieb wie angewurzelt stehen.

„Ich glaube, das ist der Pastor", sagte Anastasia leise und ging an Scott vorbei.

„Hallo Lucas, ich bin John und freue mich, dich kennen zu lernen." Die beiden Männer umarmten sich wie alte Bekannte, Tina grinste. Genau der richtige Mann für Lucas, dachte sie und wurde dann ebenfalls herzlich umarmt. Einige nutzten die Gelegenheit und eilten an den beiden vorbei.

Der heiße Sand begrüßte die Neuankömmlinge und sie liefen schnell zu den Palmen hinauf, wo es augenblicklich angenehmer war.

„Alle mir nach!", rief Tina gut gelaunt und ging an den Wartenden vorbei. Lucas und John bildeten das Schlusslicht und unterhielten sich angeregt.

Die neuen Inselbewohner bestaunten die üppige Vegetation und folgten Tina, überwältigt von den vielen Eindrücken.

Nach wenigen Minuten standen sie vor einem länglichen, gemauerten Gebäude mit einem Bambusdach. Seitlich gab es ein paar Fenster und eine weit geöffnete Tür. Rundherum war eine überdachte Terrasse mit Tischen und Stühlen.

„So, hier werdet ihr für die nächsten Wochen, ... oder Monate wohnen", sagte Tina und schaute zufrieden in die Runde. „Es gibt verschiedene Zimmer und natürlich Komposttoiletten. Die Duschen befinden sich im Nebengebäude, natürlich outdoor. Der Vorratsraum für die Süd-Delegation ist ebenfalls in diesem Gebäude und alle Werkzeuge, die ihr für den Bau der Hütten braucht. Es gibt sogar ein Satellitentelefon, aber nur für Notfälle."

„Sehr schön", sagte John und schritt lächelnd an Tina vorbei. Er warf einen Blick in den ersten Raum und entdeckte zwei Etagenbetten und leere Bambusregale. Wie in einem Sommercamp, dachte er lächelnd und ging weiter.

Eine Feuerstelle erregte seine Aufmerksamkeit und er stellte fest, dass dies wohl die Indoor-Küche war. Das würde sein Reich werden, dachte er und strich andächtig über das massive, geölte Holz der Küchenabdeckung. Seine Bar drängte sich für einen Moment in seine Gedanken und er war froh, dass er kein Bedauern empfand.

„Du hattest doch ein Restaurant", sagte Lucas und trat neben ihn.

„Restaurant ist wohl zu viel gesagt. Es war eher eine Kneipe. Aber ja, ich war der Chefkoch", antwortete John und grinste ihn an. „Allerdings bin ich auf den Menüplan von hier gespannt. Ich denke, dass Burger und Spareribs nicht allzu oft auf den Tisch kommen? Was mir sowieso lieber ist, ich bin seit Jahren…" Lucas packte ihn am Arm und rief laut: „Bitte kein Veganer!" John hob erschrocken die Augenbrauen und lachte dann laut heraus.

„Nein, keine Sorge, ich bin Pescetarier."
„Pesce-was?"

„Pescetarier", wiederholte John und musterte Lucas amüsiert. „Komm schon, als Pastor musst du das Wort doch schon einmal gehört haben. Ansonsten hast du eine kulinarische Bildungslücke!"

„Pescetarier sind Fischesser", ertönte eine Stimme hinter ihnen und Lucas drehte sich abrupt um.

„Rebecca!", rief er und lief eilig auf sie zu. Sie lächelte ihn an und breitete die Arme aus. Neben ihr stand ein grinsender Mann, der zusah, wie seine Liebste fast erdrückt wurde.

„John, schön, euch kennen zu lernen."

„Robert, danke auch. Das ist meine Partnerin Rebecca. Fischliebhaberin und die beste Köchin." Robert wollte instinktiv sein Revier abstecken.

„Oh, das freut mich. Ich lerne gerne von einer Meisterköchin. Mein Spezialgebiet lag leider bei fetttriefendem Fleisch. Deshalb bin ich irgendwann auf Fisch umgestiegen."

Robert nickte und erwiderte: „Fleisch wird es hier ohnehin nicht geben. Es sei denn, du begleitest Lucas aufs Festland. Seine Liebste kocht hervorragend italienisch."

„Sprichst du von Ottilia? Ja, ihre Saltimbocca ist einfach unwiderstehlich", stimmte Lucas zu und ein zufriedener Ausdruck huschte über sein Gesicht.

„Ich glaube, es gibt nichts, was sie auf den Tisch zaubert, dem du widerstehen könntest", fügte Rebecca lachend hinzu.

„Da könntest du Recht haben. Ich stelle sie dir gerne einmal vor, wenn du etwas aus *Brown's* Shop brauchst. Ihr gehört unsere sogenannte Versorgungsstätte auf dem Festland. Sie organisiert unsere Vorräte und ich besuche sie mindestens alle zwei Wochen. Sie ist meine Verlobte", fügte er stolz hinzu.

„Hast du ein eigens Boot?", fragte John interessiert.

„Ja, so bin ich flexibel und mobil. Es sei denn, das Wetter spielt nicht mit. Was hier leider sehr schnell der Fall sein kann", antwortete Lucas.

„Hilfst du beim Hausbau?"

„Klar! Und wenn es mal nicht so gut läuft, bitte ich meinen Boss um Unterstützung, das hilft immer", sagte Lucas, deutete mit dem Finger an die Decke und strich sich dann über seinen kurz geschorenen, weißen Bart.

Scott trat aus einem der Zimmer und beobachtete die Gruppe, die fröhlich plauderte. Zum Glück waren noch Leute in seinem Alter hier, er hatte keine Lust auf ein Inselleben wie in einem Altersheim.

Tina schritt eilig an ihm vorbei und er fragte sich, wie er ihre Aufmerksamkeit erregen konnte. Doch im nächsten Moment lag sie in den Armen eines großgewachsenen, attraktiven Mannes. Das musste ihr Ehemann sein, dachte Scott und spürte eine leise Enttäuschung in sich aufsteigen. Dieser gutaussehende Kerl hatte den Jackpot geknackt.

Hinter dem verliebten Paar stand ein junger Mann, der etwas verlegen aussah. Er stellte seine prall gefüllte Tasche auf den Boden und ging an den beiden Knutschenden vorbei. Scott ging zielstrebig auf ihn zu und reichte ihm die Hand.

„Hey, ich bin Scott und sehr froh, dass du keine weißen Haare hast!"

„Warum weiße Haare?", fragte der Neuankömmling und strich sich instinktiv über seinen kurzen, blonden

Haarschopf. Scott nickte zu Lucas und John rüber und grinste.

„Gut, Lucas hat gar keine Haare!"

„Dafür aber einen weißen Bart, das sagt alles", erwiderte Scott und bemerkte, wie Anastasia mit weit aufgerissenen Augen dastand.

„Annie?"

„Oh, mein Gott! Liam? Was machst du denn hier?", fragte Anastasia und kam langsam näher.

„Annie?", wiederholte der blonde Mann.

Wie lange war sie nicht mehr bei ihrem Kosenamen genannt worden, schoss es Anastasia durch den Kopf. Bestimmt seit dem Collegeabschluss. Damals hatte sie beschlossen, erwachsen zu werden und sich nur noch mit ihrem vollen Namen ansprechen zu lassen. Und da niemand aus ihrer alten Schule Journalismus studierte, war die Umsetzung keine große Sache gewesen.

Nun stand sie vor ihm, blickte in seine vertrauten, hellblauen Augen und konnte es nicht fassen. Bilder aus der Vergangenheit stürmten auf sie ein.

Liam machte Anstalten, sie zu umarmen, spürte aber, dass sie in Gedanken weit weg war und lächelte sie nur verlegen an.

„Ihr kennt euch?", mischte sich Scott ein und sah verwirrt von Liam zu Anastasia und wieder zurück.

„Ähm, ja … von der Schule", stammelte Liam.

„Ja, … wir kommen aus der gleichen Stadt … aus Santa Monica. Oh, du wirst nicht glauben, wer auch hier ist: Jennifer Hanks, … die Jennifer Hanks!", sagte Anastasia und drehte sich um, auf der Suche nach ihrer neuen Freundin. Die würde sie auch dringend brauchen, jetzt, wo Liam da war.

Liam zuckte nur mit den Schultern und war ein wenig beleidigt, dass sie Scott verschwieg, dass sie einmal ein Liebespaar gewesen waren. Gut, vielleicht war sie immer noch sauer auf ihn.

Er strich sich über sein markantes Kinn und fragte sich, warum seine erste große Liebe ausgerechnet auf dieser Insel sein musste.

Wie groß war diese Wahrscheinlichkeit? Eher würde man fünfmal vom Blitz getroffen und zweimal in der Lotterie gewinnen! Und woher hatte sie überhaupt das Geld dafür? Schließlich konnte sich nicht jeder dieses Inselabenteuer leisten. Und Annies Familie war schon immer knapp bei Kasse gewesen.

„Hey, ich bin Jenny, freut mich, dich kennenzulernen. So schnucklige Typen kann es auf der Insel gar nicht genug geben", sagte sie und küsste Liam ungefragt auf beide Wangen.

„Freut mich, Jenny, ich bin Liam. Kommst du tatsächlich auch aus Santa Monica?"

„Das war einmal, ab heute lebe ich hier", antwortete sie feierlich und drehte sich theatralisch um die eigene Achse. Ihr orangefarbenes Sommerkleid flatterte um ihren fülligen Körper.

Anastasia stand immer noch da und ihre Gedanken überschlugen sich. Sie nahm die Menschen um sich herum nur noch verschwommen wahr.

Sie dachte an den Abschlussball. Wie Liam sie von zu Hause abgeholt hatte. In einem schicken Smoking, seine Mutter hatte darauf bestanden. Sie hatte sich für ihr schlichtes, blaues Sommerkleid ein wenig geschämt. Aber für mehr hatte das Geld nicht gereicht. Und dann das Blitzlichtgewitter, als sie zur Ballkönigin und er zum Ballkönig gekrönt wurden. Wahrscheinlich nur, weil er der attraktivste und reichste Junge der Schule gewesen war.

„Annie?", Liam versuchte, sie ins Hier und Jetzt zu holen und wollte sie umarmen, doch sie streckte nur erschrocken den Arm aus und bot ihm förmlich die Hand. Er nahm sie in seine und stellte fest, dass sie eiskalt war. Und das, obwohl es draußen mindestens fünfunddreißig Grad heiß war.

Sie zog ihre Hand zurück, als hätte sie sich verbrannt. Mehr Nähe konnte sie im Moment nicht ertragen.

„Wo ist unser Zimmer?", fragte sie rasch an Jennifer gewandt und griff sich deren Hand. Mit viel Kraft zog sie ihre neue Freundin von den jungen Männern weg.

„Scheiße, Jenny, wir müssen reden", flüsterte sie. Jennifer stolperte fast mit ihren hochhackigen Sandaletten und beobachtete ihre neue Freundin irritiert aus den Augenwinkeln.

„Was ist los, Anastasia?"

„Hier rein", sagte sie, bugsierte Jennifer in den nächsten Raum und schloss die Tür hinter sich. „Oh mein Gott, was für eine Scheiße!"

Jennifer hob die Augenbrauen und sah sie fragend an. Anastasia lehnte sich an die Wand und ließ sich langsam zu Boden gleiten. Jetzt hockte sie da, ihre Arme um die Knie geschlungen, und Tränen kullerten ihr über die Wangen.

„Liebes, was ist denn los?", fragte Jennifer bestürzt und setzte sich zu ihr auf den Boden. Der Sisalteppich war etwas kratzig, doch das ignorierte sie. Sie legte einen Arm um die schluchzende Anastasia und drückte sie an sich.

Nach einer Weile räusperte sie sich und sagte mit erstickter Stimme: „Jetzt, wo ich endlich über ihn hinweg bin, kommt dieses Arschloch ausgerechnet auf meine Insel! Auf meine Insel!"

„Du kennst Liam?"

„Ja. Wir waren auf der Highschool zusammen. Richtig zusammen. Er war meine erste große Liebe."

„Das gibt's doch nicht! Und warum seid ihr kein Paar mehr? Optisch würdet ihr auf jeden Fall gut zusammenpassen. Ihr habt beide so schöne, blaue Augen."

Anastasia blickte auf und wischte sich die Tränen weg. Sie atmete tief durch, lehnte den Kopf an die Wand und schloss dann die Augen.

„Er hat mich vor den Sommerferien eiskalt abserviert. Eine kurze Nachricht war alles, was er mir geschrieben hat. Er müsse mit seinen Eltern auf einen Europatrip. Und da wir an verschiedene Unis gehen würden, hätte es keinen Sinn, zusammenzubleiben. Kein letzter Kuss, kein ‚Es tut mir leid', nichts. Er hat mich nach all den Jahren einfach eiskalt mit einer SMS abserviert."

Jennifer schluckte leer und brachte nur ein Wort heraus: „Arschloch!"

„Dieses Wort hat sich wirklich in meinem Gehirn fest mit ihm verknüpft. Du kannst dir nicht vorstellen, was für einen beschissenen Sommer ich danach hatte! Keine Strandpartys, keine Spaziergänge am Pier, keine lauen Sommernächte am Feuer. Ich habe nur geheult und mir immer und immer wieder unsere Fotos angesehen. Eines Tages hatte ich mir ein Herz gefasst und alle Geschenke, alle Fotos und Erinnerungsstücke eingesammelt und im Garten verbrannt."

„Braves Mädchen", sagte Jennifer und nickte.

„Dann habe ich mich aufgerafft und mich auf mein Studium konzentriert und nie wieder etwas von ihm gehört. Er schien wie vom Erdboden verschluckt. Jedes Mal, wenn ich am Pier entlangging, erwartete ich diese unangenehme Begegnung. Aber er kam nie. Und dann steht er da, gerade jetzt, wo ich endlich über ihn hinweg bin. Das darf doch nicht wahr sein!"

„Kommt ihr Mädels?" Die Tür ging auf und Tina sah irritiert zu den beiden Frauen, die immer noch auf dem Boden hockten. „Ist alles in Ordnung bei euch?"

„Nicht ganz", antwortete Jennifer und erhob sich mühsam. „Liam und Anastasia waren mal ein Liebespaar. Und er hat sie eiskalt mit einer SMS abserviert. Und jetzt ist er hier. Das ist die Kurzversion."

„Oh!", war das Einzige, was Tina herausbrachte. Anastasia erhob sich und fuhr sich mit beiden Händen übers Gesicht.

„Leihst du mir deine Sonnenbrille?", fragte sie Jennifer und löste ihren Pferdeschwanz. Ihr braunes, leicht gewelltes Haar fiel ihr über die Schultern und verlieh ihr etwas Magisches.

„Klar", antwortete Jennifer und reichte ihr die Gucci-Brille.

„Danke. Wie sehe ich aus?"

„Wie Anne Hathaway in ‚Der Teufel trägt Prada'. Zeig's ihm!", sagte Jennifer und hakte sich bei ihr ein.

„Wir treffen uns draußen am Feuer, dann weihe ich euch in das Inselleben ein", sagte Tina und ging voraus.

Die Sonne sank rasch und würde in wenigen Minuten den Ozean berühren. Es war ruhig geworden und alle schienen mit irgendetwas beschäftigt zu sein. Vom Feuer duftete es angenehm nach Essen und Anastasia lehnte sich müde zurück.

Der Tag war anstrengend gewesen und sie konnte es immer noch nicht glauben, dass Liam hier war. Zum Glück war er von Lucas und John in Beschlag genommen worden und sie hatte mit Jennifer in Ruhe ihr Zimmer beziehen können.

Jetzt war sie froh für die paar ruhige Minuten am Strand und betrachtete die kräuselnden Wellen. Der Himmel leuchtete orangerot und sie schloss die Augen. Die Vögel riefen zur Nachtruhe und sie atmete tief ein.

„Was für ein Tag!“

Anastasia riss erschrocken die Augen auf und erkannte Scott, der lässig an einer Palme lehnte und die Arme vor der Brust verschränkt hielt. „Stell dir vor, sie hätten die Insel dafür abgeholzt, dann würde womöglich kein einziger Baum mehr stehen“, sagte er und deutete mit seinem kantigen Kinn auf das Material, das Anastasia als Rückenlehne diente.

Sie sah ihn verwundert an und stand auf. Mit den Händen klopfte sie sich den Sand von ihren Shorts und schaute auf die vielen Holzlatten, die feinsäuberlich gestapelt neben ihr lagen.

„Stimmt. Und vergiss nicht all die Bambusstäbe, das ist eine Menge Material, was sie hierhergebracht haben. Mir graut schon bei dem Gedanken, dass wir das alles verbauen müssen.“

„Darauf freue ich mich am meisten. Endlich mal anpacken und was Gescheites machen.“

„So wie dein Body aussieht, hast du sicher Erfahrung im Gewichtheben. Wie oft gehst du ins Gym?“

„Vier bis fünf Mal die Woche. Man muss seinen Followern ja auch etwas bieten, obwohl einige wohl eher an meinem sonstigen Lifestyle interessiert sind, … waren. Scheiße, die werden mich sowas von vermissen.“

„Okay, du bist berühmt? Sorry, ich kenne mich da nicht so aus. Ich folge nicht vielen.“

„Berühmt ist ja relativ. Meine kleine Fangemeinde hat die 2- Millionen-Grenze geknackt. Aber ich habe keine Ahnung, wie viele noch übrig sind, wenn ich wieder auf dem Festland bin. Meiner Mutter sei Dank“, sagte Scott und verzog das Gesicht. „Wegen ihr bin ich hier. Ach, was soll’s, machen wir das Beste daraus.“

„Und was meinst du mit deinem übrigen Lifestyle?“

„Meine Eltern sind reich. Nicht super reich, aber es geht uns ganz gut. Ich poste einfach ab und zu Videos davon, wie ich mit dem Privatjet irgendwohin fliege. Oder wie ich mit dem Lambo posiere.“

„Was ist ein Lambo? Euer Haustier?“

Scott prustete los und seine ernsten Gesichtszüge bekamen augenblicklich etwas Freundliches. Seine blauen Augen funkelten, als er antwortete: „Ein Lambo ist ein Auto, … ein Lamborghini. Mein Vater liebt alles, was vier Räder und viele PS hat. Aber der Lambo ist mein Liebling. Golden mit schwarzem Interieur. Innen schlicht, außen schick.“

Anastasia nickte und dachte an die bescheidenen Verhältnisse ihrer Familie. Wahrscheinlich war sie die Einzige in dieser Inselidylle, die sich dieses Leben eigentlich nicht leisten konnte. Nur wegen des Jobangebots war sie hier. Alle anderen hatten tief in die Tasche greifen müssen. Sie musste das ungute Gefühl abschütteln und es einfach genießen.

„Und du kennst Liam wirklich von der Highschool?“, wechselte er das Thema und bereute es sofort. Das süße Lächeln auf Anastasias Gesicht erlosch und sie sah ihn erschrocken an. „Sorry, schlechter Zeitpunkt?“

Sie zuckte mit den Schultern und ging langsam an ihm vorbei zum Wasser. Er folgte ihr mit etwas Abstand und beobachtete, wie sie sich in der Nähe der Wellen in den Sand setzte. Ihre schlanken Beine ragten seitlich von ihr ab, da sie im Lotussitz saß.

„Mochtest du die Highschool?", fragte sie und sah zu, wie er sich neben sie setzte. Er blickte aufs Meer und überlegte, wie weit er sich ihr öffnen sollte, konnte.

„Das war nicht gerade meine Glanzzeit, würde ich sagen", antwortete er und blickte geradeaus auf den Horizont.

Anastasia nickte und strich mit den Händen über den feinen Sand. Mit seinen ausgeprägten Muskeln wäre er der Schwarm aller Mädchen an ihrer Schule gewesen, dachte sie.

„Und du?", wollte er wissen.

„Ach, es war ganz okay. Ich mochte die Bälle. Diese romantischen Abende mit Musik, Punsch, vielen Lichtern und so", sagte sie und lächelte. Ihr breiter Schmollmund wirkte weich und sehr verführerisch, sodass Scott schnell den Blick abwandte.

Er fühlte sich neben ihr sehr wohl, als würde er sie schon lange kennen.

„Meiner Meinung nach haben Highschool-Bälle nichts Romantisches an sich. Im Gegenteil, sie fördern einfach nur Angststörungen."

Sie hob die Augenbrauen und erwiderte: „Du bist doch bestimmt zum Ballkönig gekrönt worden!"

„Dazu hätte ich eine Begleitung gebraucht. Ich bin nur hingegangen, weil meine Mutter darauf bestanden hat." Er machte eine Pause und fuhr dann fort: „Sie hat mir einen maßgeschneiderten Smoking gekauft, weil sie dachte, ich würde so zu einem Mädchen kommen. Aber ich saß den ganzen Abend mit meinen nerdigen Freunden in einer dunklen Ecke und schaute verstohlen und neidisch auf die Tanzfläche."

„Du, ein Nerd?", entgegnete Anastasia und sah ihn erstaunt an.

„Kaum zu glauben, ich weiß. Vor dieser Masse", er klopfte sich auf die muskulösen Oberschenkel, „war ich eher ein schmächtiger Typ, Team Lauch, würde ich sagen. Ich habe erst an der Uni mit dem Training angefangen, aber dann volle Kanne."

„Darf ich bitten?", fragte sie und erhob sich. Ihre zierliche Hand versperrte ihm nun den Blick auf die untergehende Sonne.

„Ich brauche keine Almosen."

„Ach komm schon! Das sind keine Almosen! Ich bitte dich hier und jetzt um einen Tanz. Eine bessere Kulisse kann man sich nicht wünschen", entgegnete sie und deutete mit einer leichten Verbeugung zum Horizont, wo die Sonne gerade im Meer versank.

„Nein danke, Tanzen ist nicht so mein Ding."

Anastasia stemmte nun ihre Fäuste in die Hüften und sah ihn herausfordernd an. Ihre langen, schlanken Beine faszinierten ihn und er musste sich zusammenreißen, um ihr in die Augen zu sehen.

„Ach komm schon! Hättest du nicht Lust, mich zu umarmen und über diesen wunderschönen Strand zu wirbeln?"

„Da hätte ich die eine oder andere Idee, was ich mit dir an diesem Strand gerne machen würde. Und mit Tanzen hat das nicht viel zu tun", sagte er und grinste sie an.

„Wo ist denn der schüchterne Nerd geblieben?"

„Den habe ich an der Uni erfolgreich abgelegt“, antwortete er und stand auf. Er nahm ihre Hand und zog sie an sich. „Willst du wirklich tanzen oder was anderes?“, fragte er und sah ihr tief in die Augen.

Sie schnappte nach Luft und spürte, wie die Hitze in ihr aufstieg. Seine starken Arme schienen sie beinahe zu erdrücken und er roch streng. Plötzlich wollte sie nur noch weg und stemmte sich mit beiden Händen gegen seine Brust.

Augenblicklich ließ er sie los und flüsterte: „Sorry, ich wollte dich nicht bedrängen.“

„Alles gut. Ich sehe mal nach, wann es Essen gibt“, sagte sie und eilte davon.

Er blickte ihr nach und fragte sich, ob er die Frauen irgendwann verstehen würde. Ihre kokette Anmache hatte er wohl falsch gedeutet. Warum konnten Frauen nicht einfach klar und deutlich sagen, was sie von einem Mann wollten? Er schüttelte den Kopf und folgte ihr langsam.

Dass Liam die ganze Szene beobachtet hatte, war Scott nicht aufgefallen. Er ging an dem Baumaterial vorbei und bemerkte ihn nicht.

Liam strich sich über das Gesicht und schloss für einen Moment die Augen. Er hockte hinter einem Holzstapel und atmete erleichtert aus.

Gut, dass sie sich nicht geküsst haben, schoss es ihm durch den Kopf. Er konnte es immer noch nicht fassen, dass ausgerechnet Annie hier war.

Und dann musste er auch noch mit ansehen, wie sie von diesem Muskelprotz umgarnt wurde. Seine Zeit in diesem Paradies würde nervenaufreibender werden, als er gedacht hatte.

3. AUFBAU

Ein leises Rascheln weckte Helene und sie schlug die Augen auf. Im ersten Moment wusste sie nicht, wo sie war. Die Decke über ihrem Bett schien sich zu wölben und sie berührte mit einer Hand den beigefarbenen Stoff. In diesem Augenblick drehte sich ihre obere Bettnachbarin von einer Seite zur anderen und Helene weitete erschrocken die Augen.

Jennifers Masse drückte so stark auf die Matratze, dass es von unten aussah, als würde die Decke gleich bersten. Gut, Matratze war vielleicht übertrieben, die Matten waren nur eine Handbreit dick.

Helene streckte sich ausgiebig und schwang sich dann leise aus dem Bett. Das Zimmer war nur schwach beleuchtet, weil der Vorhang vor dem Fenster offen war. Anscheinend war es noch früh am Morgen, aber sie konnte nicht mehr schlafen. Alles tat ihr weh und sie musste sich etwas Bewegung verschaffen.

Sie schlich aus dem Zimmer und schloss leise die Tür hinter sich. Dann ging sie in die Küche und wurde von einem Vogel abgelenkt. Dieser stolzierte frech über die Küchenablage und suchte wohl nach etwas Essbarem. Als sie sich näherte, hüpfte er leichtfüßig weg und flog dann durch die offene Tür davon.

Helene folgte dem kleinen, gelben Vogel und lehnte sich müde an den Türrahmen. Sie massierte sich den

Nacken und hoffte, die frische Luft würde ihr gut tun. Dann atmete sie bewusst einige Male tief ein und aus.

Ihre schulterlangen, grau melierten Haare wehten leicht hin und her. Ihre feinen Gesichtszüge wirkten entspannt und ihre hellblauen Augen schweiften über das satte Grün, das sie umgab. Sie konnte es noch nicht so recht glauben, dass sie wirklich hier war.

„Wie schön", flüsterte sie sich zu und vernahm im nächsten Augenblick ein Rauschen. Da der Himmel bereits hellblau schimmerte, konnte es definitiv kein Regen sein.

Sie stieß sich vom Türrahmen ab und folgte dem Geräusch. Barfuß schlenderte sie einen Trampelpfad entlang und spähte um eine Mauer.

Da stand er, wie Gott ihn geschaffen hatte. Sie konnte den Blick nicht von ihm abwenden.

Da sie bei der Ankunft einen heftigen Migräneanfall gehabt hatte, war der gestrige Tag an ihr vorbeigerauscht, ohne dass sie ihre neuen Mitbewohner richtig kennenlernen konnte. Dass er so gut aussah, fiel ihr erst jetzt auf.

Sie lehnte sich mit neugierigem Blick an die Mauer, die Arme vor der Brust verschränkt. Sein offenes Haar klebte an seinen Schultern. Nass schienen die Haare leicht gewellt zu sein. Der nackte Hintern war schneeweiß im Vergleich zu den Armen und Beinen.

Dann drehte er das Wasser ab und griff nach einem Tuch. Als er sich umdrehte, sah er sie erstaunt an.

Aber er fasste sich schnell und trocknete sich seelenruhig das lange Haar. Sein Penis baumelte dabei leicht hin und her. Er schien sich über ihren Blick köstlich zu amüsieren.

Helene errötete und wandte sich hastig ab. Sie schritt zum Haus zurück und hätte sich ohrfeigen können. Was hatte sie sich nur dabei gedacht? Das war ja ein toller erster Eindruck, den sie da hinterlassen hatte.

„Guten Morgen, Helene", sagte eine raue Männerstimme ein paar Minuten später. Sie stellte gerade eine Kanne Wasser aufs Feuer und blickte auf. „Kann ich auch eine Tasse haben?", fragte er und setzte sich.

„Ja, natürlich. Wie heißt du eigentlich? Sorry, nicht gerade meine Stärke."

„John, John Cooper", antwortete er und musterte sie lächelnd. „Fühlst du dich heute besser?"

„Ja. Danke. Wirklich beschissen, so ein Einstieg."

„Dafür hast du heute Morgen schon einiges von der Insel gesehen", fuhr John augenzwinkernd fort und genoss es, sie ins Straucheln zu bringen. Helene funkelte ihn böse an und stellte ihm eine Tasse Tee hin.

„Tut mir leid wegen vorhin. Ich wollte dich nicht beobachten. Ist eigentlich nicht meine Art."

„Kein Problem. Ich denke, wir werden hier sowieso offener und ungezwungener miteinander umgehen als auf dem Festland … hoffe ich jedenfalls."

Helene hob die Augenbrauen, ihre feine, gerade Nase verlieh ihr etwas Aristokratisches.

„Bist du mit Tom verwandt?", wechselte sie geschickt das Thema und blickte ihn interessiert an.

„Nein. Nicht, dass ich wüsste. Cooper ist ein weitverbreiteter Name. Aber er ist ein feiner Kerl … genau wie ich", antwortete John, seine braunen Augen funkelten sie freundlich an.

„Du bist ganz schön selbstbewusst", sagte Helene und setzte sich ihm gegenüber an den Tisch.

„Ich würde eher sagen, ich bin mit mir im Reinen. Ich kenne meine Stärken … und meine Schwächen. Ich bin dankbar für jede Gabe."

„Was sind denn deine Schwächen?", hakte sie nach und umklammerte ihre Tasse.

„Ich möchte lieber über meine Stärken sprechen. Deshalb bin ich hier. Jetzt habe ich endlich Zeit für mein Hobby."

„Und das wäre?"

„Holz. Ich liebe alles, was mit Holz zu tun hat." Er griff in seine Hosentasche. Helene wartete gespannt, was er ihr präsentieren würde. Doch es war nur ein Haargummi, mit dem er nun seine noch feuchte Mähne grob zusammenband.

„Ich finde es schöner, wenn du sie offen trägst", sagte Helene und musterte ihn eingehend.

„Kann schon sein, aber zum Arbeiten ist es so viel praktischer", erwiderte er und trank seine Tasse aus. „Vielen Dank für deine Gesellschaft und den Tee, aber ich muss jetzt gehen. Der Zug fährt bald", sagte er und zwinkerte ihr zu. Bevor sie antworten konnte, war er zur Tür hinaus und nicht mehr zu sehen.

Sie räumte das Geschirr weg und überlegte, ob sie ihn mochte oder nicht. Sein durchtrainierter Körper gefiel ihr außerordentlich, aber er schien ein sturer Kopf zu sein. Und dann dieser Dutt, nicht gerade nach ihrem Geschmack. Mit kurzen Haaren wäre er bestimmt viel attraktiver, dachte sie und ging ebenfalls nach draußen.

Weit konnte er nicht sein, denn die Insel war nicht sehr groß. Sie brauchte auch nicht lange, um ihn zu finden.

„Stalkst du mich?", fragte er und schulterte gerade ein paar Bambusstäbe, die er zusammengebunden hatte.

Ohne ihre Antwort abzuwarten, ging er los, ohne sich nach ihr umzudrehen.

Helene überlegte, was sie tun sollte: Ihm folgen oder zurück ins Haus gehen. Da die anderen noch schliefen, entschied sie sich für Ersteres. Sie war neugierig, welches Fundament er gewählt hatte.

„Schöner Platz", sagte sie, als er vor einer rechteckigen Betonplatte stehen blieb und seine Last absetzte.

„Jedes Fundament hat Platz für zwei Häuser, … Hütten", korrigierte er und lächelte sie an. „Wenn du willst, kannst du meine Nachbarin sein."

Sie überlegte und sah sich um. Leider hatte man von hier aus keinen freien Blick aufs Meer, aber der Weg zum Wasser konnte nicht weit sein, denn sie hörte die Wellen rauschen. „Oder hast du dir schon einen anderen Platz ausgesucht?"

„Nein, dazu hatte ich noch keine Zeit. Es ist schön hier, wirklich. Ich schaue mal, wie man zum Strand kommt."

Er deutete auf ein Loch im angrenzenden Gebüsch und machte Anstalten, sich hindurchzuzwängen. Der Pfad war schmal und ab und zu streiften die Pflanzen ihre Arme. Doch schon nach wenigen Schritten lichtete sich das Dickicht und ein weißer, unberührter Strand tat sich vor ihnen auf.

„Schön privat", bemerkte John.

„Du kennst mich nicht mal und bietest mir gleich die Nachbarschaft an?"

„Die Tatsache, dass du auf diese Insel gezogen bist, sagt viel über dich aus. Und du gefällst mir", fügte er hinzu und trat einen Schritt näher.

Seine muskulösen Arme hoben sich, und er strich mit den Fingern sanft über ihre schmalen Wangen. „Ich glaube, wir beide passen gut zusammen."

Sie hob das Kinn und wusste nicht, was sie antworten sollte. Sein Duft schien sie magisch anzuziehen und sie blickte verträumt auf seine volle Unterlippe, die Oberlippe war vom Bart verdeckt.

Er kam näher, bis sich ihre Nasenspitzen berührten. „Darf ich dich küssen?", fragte er.

Helene konnte nur nicken und schloss im nächsten Moment die Augen. Zärtlich umfasste er mit seinen Händen ihren Kopf. Zuerst küsste er sie ganz sanft, doch dann wurde er rasch fordernder. Sie keuchte auf und er saugte nun gierig an ihren Lippen.

Die Welt um sie herum schien nicht mehr zu existieren, nur der weiche, warme Sand unter ihren Füßen war noch real.

Dann hob er sie mühelos auf seine Arme und legte sie sachte auf den Boden. Im nächsten Moment lag er auf ihr.

„Ich kenne da ein Mittel gegen Kopfschmerzen."

„Es geht mir schon viel besser," flüsterte sie ihm ins Ohr und ließ alle Bedenken fallen.

„Soll ich aufhören?"

„Bitte nicht", flehte sie, spreizte ihre Beine und umklammerte ihn.

„Du bist ganz schön stark", sagte er und löste seinen Dutt. Sein weiches, feuchtes Haar fiel ihr nun ins Gesicht und sie roch den verführerischen Duft von Mandeln und Vanille.

„Yoga", antwortete sie schwer atmend und wühlte verzückt in seinen Locken. Er zog ihr das Strandkleid über den Kopf und schlüpfte aus seinen Shorts.

Jeder Handgriff ging so mühelos in den nächsten über, als wären sie ein eingespieltes Team.

„Verhütung?", fragte John und liebkoste ihren Hals.

„Alles geregelt", antwortete sie gepresst und wollte ihn noch näher. Sie hob ihr Becken an und flüsterte: „Komm zu mir, … ganz."

Er nickte und drang in sie ein. Sie umklammerte ihn wieder mit ihren Beinen und ließ ihm nicht viel Spielraum. Eigentlich liebte sie das sanfte Liebesspiel, das sich langsam hinzog. Aber heute wollte sie eine schnelle Erlösung.

Als er spürte, dass ihr Höhepunkt nahte, konnte auch er sich nicht mehr zurückhalten und stöhnte mit ihr zusammen laut auf.

„Ich möchte, dass Scott unser Nachbar wird, dann kann er uns beim Hausbau helfen", sagte Jennifer und zog sich das T-Shirt über den Kopf. Ihre prallen Brüste drückten das Muster ihres BHs auf das pinke Oberteil.

„Solange es nicht Liam ist, habe ich kein Problem damit", antwortete Anastasia und drehte sich im Bett um. Jetzt hatte sie einen besseren Blick auf ihre Freundin und beobachtete, wie sie sich in ihre Shorts zwängte.

„Wenn er nur nicht so viele Tattoos hätte, schrecklich! Findest du nicht?"

„Finde erst mal einen, der keine hat", erwiderte Anastasia und kletterte die Leiter hinunter. „Ich habe so gut geschlafen, bis auf das Schnarchen von Helene. Hast du sie auch gehört?"

Jennifer errötete und blickte verlegen auf.

„Das war wohl ich", flüsterte sie und schlüpfte in ihre Flip-Flops. „Meine Mutter hat mal erwähnt, dass ich schnarche, … sorry."

„Ach, kein Problem. Ich gehe duschen. Und du suchst unseren Handlanger, bis später", sagte sie, schnappte sich ein Tuch und schwebte davon.

Jennifer sah ihr nach. Dann riss sie sich zusammen und trat ebenfalls aus dem Zimmer. Wie gerufen schlenderte Scott aus einem der Zimmer in Richtung Küche.

„Hey, du starker, gutaussehender Mann", sagte Jennifer und klimperte mit den Wimpern.

„Was willst du?", fragte er genervt und setzte sich. Seine ernste Miene zog eine tiefe Furche zwischen seine Augenbrauen, wodurch er nichts Freundliches mehr an sich hatte.

Jennifer trat näher und lächelte ihn an. Sie zupfte an ihrer Shorts und stellte fest, dass ihre Brüste beinahe auf seiner Augenhöhe waren. Das könnte ein Vorteil sein, dachte sie und streckte ihm ihren üppigen Vorbau entgegen.

Er wich instinktiv zurück und sah sie irritiert an.

„Brauchst du meine starken Hände, um deine Titten zu kneten, oder warum streckst du sie mir ins Gesicht?"

„Wäre tatsächlich eine Option, wann hast du Zeit?", erwiderte sie keck und spürte, wie sich ihr Puls beschleunigte.

„Ich habe keine Zeit. Erst will ich mein Haus bauen", sagte er und trank einen Schluck Kaffee. Was für eine eklige Brühe, schoss es ihm durch den Kopf.

„Wo wir gerade beim Thema sind: Willst du unser Nachbar werden?", fragte Jennifer und musterte ihn.

„Häää?"

„Wir suchen einen passenden Nachbarn. Jemanden, der seine Hütte neben uns baut. Anastasia und ich wollen nicht ganz alleine wohnen, verstehst du?"

„Weil ihr Angst habt, dass euch nachts ein paar Kriminelle ausrauben oder vergewaltigen?", erwiderte er sarkastisch und kippte den Kaffee in den Waschtrog. „Kein Starbucks, schon klar, aber den Scheiß kann man nicht trinken", sagte er grimmig und ging davon.

„Was sagst du? Bist du dabei?", rief Jennifer ihm flehend hinterher. Scott blieb stehen und überlegte kurz. Eigentlich wäre er daran interessiert, in der Nähe von Anastasia zu wohnen, aber er hatte andere Pläne für seine Hütte.

„Kein Interesse, ich habe meinen Platz schon gefunden und da gibt es bestimmt keine Nachbarn", sagte er und ging zur Tür hinaus.

Fast wäre er mit Anastasia zusammengestoßen, die gerade ins Haus zurückkam. Ihr langes, nasses Haar umspielte ihre schlanken Arme.

„Süße, du lebst nicht allein auf der Insel", sagte er und hielt sie mit beiden Händen an ihren Schultern fest.

„Entschuldigung! Ich habe gerade gesehen, dass Helene mit John knutscht", sagte sie und nickte in Richtung der Baumaterialien.

„Gut so, wenn die grauen Eulen unter sich bleiben", erwiderte Scott und fragte sich im selben Moment, ob es nicht doch klug wäre, neben dieser Schönheit zu wohnen.

„Hat Jenny schon mit dir gesprochen?" Sie musterte ihn mit ihren umwerfenden, stahlblauen Augen und lächelte so süß, dass er dahinschmolz.

Er wollte sich bereits einen Ruck geben und seine Entscheidung revidieren, aber der Wunsch nach Abgeschiedenheit siegte.

„Ja, das hat sie. Aber ich möchte allein leben. Ganz nah am Wasser", sagte er und grinste sie an. „Wenn ich schon auf einer Insel lebe, dann möchte ich einen freien Blick auf den Ozean haben."

„Aber so nah am Wasser gibt es kein Fundament."

„Na und? Dann baue ich mir eben selbst eins. Kann ja nicht so schwer sein … mit denen", sagte er und spannte seinen Bizeps an. Anastasia sah ihn erstaunt an und zuckte mit den Schultern.

„Okay, dann viel Glück", sagte sie und ging ins Haus.

Thomas sägte gewissenhaft eine Holzleiste und bemerkte nicht, dass seine Frau ihn beobachtete. Siena stand da und schnappte nach Luft. Ein Lächeln huschte über ihr Gesicht und sie tupfte sich den Schweiß von der Stirn.

Es war ihre Aufgabe, das Material für das neue Haus heranzuschaffen. Denn Thomas war geschickter mit der Säge. Dafür musste sie den ganzen Tag hin und her laufen. Sie bereute es schon ein wenig, sich auf dieses Abenteuer eingelassen zu haben. Ihre Hände schmerzten und waren rot geschwollen. Hoffentlich kriege ich keine Blasen, dachte sie und blickte über das viele Material, das sie noch verbauen mussten.

Weil ihnen das Leben auf *Hillarya* nicht ganz so gut gefallen hatte, waren sie jetzt hier. Die zweite Insel schien zu einer Auszeit-Oase zu verkommen. Die meisten Bewohner blieben, wenn überhaupt, nur ein Jahr. Was Siena und Thomas überhaupt dazu bewogen hatte, über einen Neuanfang nachzudenken.

Dann hatten sie ihr Glück auf *Harmonya* versucht, aber schnell festgestellt, dass die Gemeinschaft dort bereits zu sehr zusammengewachsen war. Eine sehr eingeschworene Gruppe hatten sie vorgefunden, was ihnen nicht zusagte. Also wagten sie nun hier ein Abenteuer.

Thomas blickte auf und streckte seinen Oberkörper, Schweißperlen zierten seinen nackten Rücken.

„Geht's dir gut?", fragte sie und reichte ihm eine Flasche Wasser. Dankbar nahm er sie entgegen und setzte sie an.

„Wir kommen gut voran, wenn ich sehe, wie weit Robert und Rebecca sind", antwortete er grinsend.

„Das ist doch kein Wettbewerb!", empörte sich Siena und trank ebenfalls etwas Wasser. „Und Rebecca hat doch mit dem Küchendienst einiges zu tun."

„Und ich bin der leitende Arzt der Insel, falls du es vergessen hast!"

Siena schnappte nach Luft und stellte die Flasche in den Schatten. Sie hob den Strohhut vom Kopf und fächelte sich etwas Luft ins Gesicht. Ihr blondes, schulterlanges Haar war feucht und klebte am Nacken.

„Ich habe es nicht vergessen, mein Lieber, aber zum Glück hatten wir noch keinen medizinischen Notfall. Ich hoffe, das bleibt so", fügte sie leise hinzu und setzte sich ihren Hut wieder auf.

„Braucht ihr meine Hilfe?"

Beide drehten sich um und sahen einen Mann, der sich einen Weg durch das ganze Baumaterial bahnte.

„Lucas! Schön, dich zu sehen", sagte Thomas und umarmte den Besucher.

„Ganz schön heiß! Trinkst du genug?", erkundigte sich der Geistliche und sah sich erstaunt um.

„Wer ist hier der Arzt? Wir kommen gut voran, wie du siehst. Bald können wir das Massenlager verlassen. Es ist nicht ganz nach meinem Geschmack, in einem Vierbettzimmer zu nächtigen."

„Wirst du auf deine alten Tage noch wählerisch?", fragte Lucas und lächelte, seine blauen Augen blickten ihn amüsiert an.

„Ich möchte dich mit Ottilia auf den schmalen Pritschen schlafen sehen, übereinander, wohlgemerkt", antwortete Thomas und griff nach einer neuen Holzleiste. „Und außerdem bin ich nur drei Jahre jünger als du! Du gehst bald auf die sechzig zu!"

„Ja, ja, aber ich fühle mich bedeutend jünger als noch vor ein paar Jahren. Die verlorenen Pfunde vermisse ich jedenfalls nicht. Und du hast Recht. Aber es ist ja nicht für immer. Apropos Ottilia, braucht ihr noch etwas aus dem Shop? Ich fahre morgen aufs Festland."

„Ein Wasserbett, diese erbärmlichen Matten bringen mich noch um", antwortete Thomas und griff sich instinktiv an den Rücken.

„Ich kann dir eine Luftmatratze mitbringen, dann kannst du auf dem Wasser dein wohlverdientes Nickerchen machen", sagte Lucas und verabschiedete sich wieder.

„Ich begleite dich zum Haus, dann kann ich noch auf die Toilette gehen", sagte Siena, winkte ihrem Mann zu und folgte Lucas.

„Und wie war es auf *Harmonya*?", erkundigte sich Lucas und ließ Siena den Vortritt.

„Laut", antwortete sie und musste sich bücken, weil die Äste hier weit in den Weg hingen. „Laut … und speziell. Das ist nicht so unsere Welt."

„Ja, ich glaube, man muss von Anfang an dabei gewesen sein, um sich in dieser Gemeinschaft wohl zu fühlen. Diese Insulaner sind schon ein besonderes Völkchen, würde ich sagen."

Sie erreichten das Haus und fanden Tina vor, die sich gerade einen Rucksack umschnallte.

„Wohin gehst du, meine Liebe?", fragte Lucas. Sie blickte erstaunt auf, offenbar hatte sie die beiden nicht kommen hören.

„Mich zieht es zurück ins Haupthaus. Anthony jammert, seit wir hier sind. Er ist wirklich kein Robinson Crusoe. Wir organisieren den Transport für die Nord-Delegation, die kommt nächsten Monat. Dann bekommt ihr Frischfleisch. Hoffentlich sind eure Hütten dann bezugsfertig. Wir haben nur Werkzeug für eine Gruppe." Sie sprach ohne Punkt und Komma und ließ Lucas keine Chance, etwas einzuwenden.

Im nächsten Moment stand ein sichtlich gut gelaunter Anthony neben seiner Frau und grinste Lucas an.

„Mein lieber Bruder", sagte er theatralisch, „ich muss euch leider verlassen, die Arbeit ruft." Er trat näher und schloss Lucas in eine freundschaftliche Umarmung.

„Du Armer, man könnte fast Mitleid mit dir haben. Jetzt musst du zurück nach *Hillarya*, in das paradiesische und luxuriöse Haupthaus, wo deine Handtücher wieder aus dem Wäschetrockner kommen und der Kaffee aus einer gigantischen, teuren Maschine tröpfelt. Was für ein großes Opfer du für uns alle bringst. Ich habe den größten Respekt vor dir und deiner Bescheidenheit", flötete Lucas und ließ seinen lachenden Freund los.

„Also, bis irgendwann. Lucas, Siena, viel Spaß und meldet euch, wenn es einen Notfall gibt", sagte Anthony und folgte eilig seiner Frau, die bereits auf dem Weg zum Steg war.

„Ciao, und genieß den Kaffee", rief Lucas ihm hinterher und lächelte vergnügt. „Gott bewahre uns vor einem Notfall." Sein Blick wurde augenblicklich ernst.

Siena spürte eine dunkle Ahnung in sich aufsteigen. Als Krankenschwester wusste sie genau, welche schlimmen Verletzungen beim Hausbau passieren konnten. Und wenn man bedachte, dass hier nur Laien am Werk waren, wunderte sie sich, dass noch nichts Ernsthaftes passiert war. Hier und da mussten kleine Holzsplitter entfernt oder kleine Verbrennungen behandelt werden, aber ansonsten lief die Hüttenbau-Mission sehr gut.

Lucas schwamm mit kräftigen Zügen und genoss das warme Wasser. Diese Zeit am frühen Morgen war ihm heilig. Da konnte er in Ruhe mit seinem Boss sprechen.

Die Inselbewohner waren im Endspurt, ihre Hütten fertigzustellen und er hatte wieder vermehrt Zeit für sich.

Seit seiner enormen Gewichtsabnahme von fast vierzig Pfund fühlte er sich so fit und gesund wie schon lange nicht mehr. Und dazu gehörte eben auch seine morgendliche Schwimm-Gebets-Zeit.

Dank der Unterstützung von Thomas hatte Lucas eine eiserne Disziplin entwickelt, als er mit ihm auf *Hillarya* trainiert hatte.

Lucas fand es großartig, dass die beiden jetzt auf *Helenya* lebten. Auch wenn seine Zeit hier begrenzt war. Schließlich gehörte er nun zum Team, das auf der zweiten Insel lebte. Bei der Erinnerung an sein komfortables Leben dort lächelte er zufrieden.

Auch wenn er sich mit dem einfachen Leben arrangieren konnte, genoss er besonders einen guten Kaffee.

Dann schweiften seine Gedanken ab zum bevorstehenden Landgang. Bald würde er seine Liebste endlich wiedersehen.

Er blinzelte in die Morgensonne und wandte sich dem Strand zu. Heute hatte er sich ein straffes Programm vorgenommen.

Mit dem Tuch über der Schulter ging er zum Haupthaus und hoffte, dass inzwischen alle wach waren. Schließlich gab es noch viel zu tun, bevor die zweite Delegation eintraf.

„Lucas, du kommst wie gerufen!" Er drehte sich um und sah Anastasia auf sich zukommen. Sie hatte ihr Haar mit einem geblümten Tuch nach hinten gebunden und sah aus wie eine Marktfrau.

„Wie kann ich dienen?", fragte er und rieb sich den Körper trocken.

„Jennifer und ich können das Dach nicht auf die Wände heben. Zu dritt sollte es aber gehen", sagte sie und sah ihn mit einem flehenden Lächeln an.

„Ich ziehe mich schnell an und komme dann", sagte er und verschwand.

„Danke", rief Anastasia ihm nach und machte kehrt. Hoffentlich schaffen wir es zu dritt, schoss es ihr auf dem Rückweg durch den Kopf. Vier Leute wären besser, aber sie wollte Liam auf keinen Fall fragen.

Zum Glück hatte sie ihn in den letzten Tagen nicht oft zu Gesicht bekommen. Alle waren mit dem Hüttenbau gut beschäftigt und die Nahrungsversorgung war eher fließend vonstattengegangen.

Ein echtes Gemeinschaftsgefühl war so noch nicht aufgekommen. Wie auch? Alle arbeiteten darauf hin, bald in ihre eigenen vier Wänden ziehen zu können. Da blieb einfach keine Zeit und vor allem keine Energie für Geselligkeit.

Anastasia fiel abends todmüde auf die Matte und wachte erst wieder auf, wenn Jennifer sie energisch rüttelte.

So hart hatte sie noch nie in ihrem Leben gearbeitet. Und das, obwohl sie in den Schulferien immer in der Eisdiele gejobbt hatte. Aber das waren noch rosige Zeiten gewesen! Eis verkaufen, mit Schlagsahne und Topping verzieren, selbst das Putzen war ein Kinderspiel gewesen, verglichen mit dieser Packerei.

Rücken und Arme schmerzten, an den Händen hatte sie Schwielen. Sie war sogar zu müde, um zu fotografieren und das sollte was heißen.

Anastasia atmete erleichtert auf, als sie sah, wie Jennifer den Boden fegte. Bald würden sie in ihrer Hütte wohnen.

Aus der Ferne fiel ihr auf, dass ihre Freundin wohl ein paar Pfunde abgenommen hatte. Das orangefarbene Kleid hing recht locker am Körper.

„Jenny, hast du abgenommen?", fragte sie und setzte sich auf die Terrasse.

„Schon möglich. Aber da ich keine Waage mit auf die Insel genommen habe, weiß ich nicht, wie viel. Ist auch egal. Zumindest spannen meine Kleider nicht mehr so. Aber das ist mir auch egal. Ich mag mich so wie ich bin. Gewicht hin oder her. Ich bleibe ja Jenny, so oder so."

„Wo du Recht hast, hast du Recht! Übrigens kommt Lucas, um uns zu helfen."

„Und, hast du sonst niemanden gefunden?"

„Äh, ich dachte, er würde reichen. Er scheint ein kräftiger Kerl zu sein", antwortete sie zerknirscht und blickte verlegen auf. Jennifer stand nun vor ihr, die Fäuste in die Hüften gestemmt.

Bevor sie ein Wort sagen konnte, raschelte es hinter ihnen und sie drehten sich um. Da kam ein strahlender Lucas, begleitet von zwei jungen, kräftigen Männern.

„Scheiße!", flüsterte Anastasia und erhob sich rasch.

„Ladies, ich habe Verstärkung mitgebracht!", verkündete Lucas und zeigte auf seine Begleiter.

„Was für ein schöner Sonnenuntergang", sagte Thomas und reichte seiner Frau eine Tasse Tee.

„Es war die richtige Entscheidung, dieses Fundament zu wählen."

„Ja. Nur hier kommt die Abendsonne so grandios zur Geltung", erwiderte Thomas und setzte sich auf ein Kissen.

Siena nickte und schloss die Augen. Was für ein Augenblick, dachte sie und wollte ihn einfach festhalten, ihn für immer in ihr Herz schließen.

„Hilfe! Hilfeee!"

Laute Schreie rissen das Paar aus der Entspannung. Thomas sprang mit einem Satz auf die Füße und sprintete in die Hütte. Siena hatte gerade ihre Tasse auf einem kleinen Holzhocker abgestellt, als Thomas schon mit seiner Arzttasche davonrannte.

Sie sah ihm nach und musste sich einen Ruck geben, um ihm zu folgen. Der bewegende Moment mit Blick aufs Meer hatte sie wie gelähmt.

Mit wehendem Kleid folgte sie ihrem Mann und hoffte, dass es nicht so schlimm war, wie die Schreie vermuten ließen.

Die meisten Menschen neigten zur Übertreibung und machten aus der kleinsten Wunde ein Riesentheater.

Und das Blut floss schnell in Strömen, je nachdem, wo
die Verletzung war.

Siena hörte immer noch die Schreie und fragte sich,
ob Thomas noch nicht am Unfallort eingetroffen war, …
als plötzlich doch noch Ruhe einkehrte.

„Hol das Satellitentelefon!", durchbrach ihr Mann die
kurze Stille. Seine Stimme klang sehr angespannt, was
in Siena ein mulmiges Gefühl auslöste.

Jetzt stand sie da und musste erst einmal leer
schlucken. In der Notaufnahme des Krankenhauses
hatte sie schon viel gesehen, aber diesen grotesken
Anblick würde sie nie mehr vergessen.

Scott lag am Boden und eine Axt ragte aus seinem
Bein. Die Schneide steckte tief im Fleisch und sah aus,
als würde sie in einem behaarten Baumstamm stecken.

In diesem Moment trat ein verschwitzter Liam neben
Thomas und reichte ihm mit zitternder Hand das
Telefon. Geschickt wählte Thomas eine Nummer und
klemmte sich das Telefon zwischen die Schulter ans
Ohr.

„Hier spricht Thomas aus *Helenya*. Wir brauchen
dringend einen Hubschrauber", sagte er mit Betonung
auf dringend. Anastasia und Jennifer hielten sich
schluchzend in den Armen.

Lucas sprach leise auf Scott ein, der die Augen nun
geschlossen hatte. Siena sah noch rechtzeitig, wie Liam
zu schwanken begann und eilte zu ihm.

Obwohl er schwer war, konnte sie seinen Sturz
abfangen. Sie brachte ihn in die stabile Seitenlage und
fühlte seinen Puls. Im nächsten Moment schlug er die
Augen auf und sah sie irritiert an.

„Alles gut. Versuche ruhig zu atmen und konzentriere dich auf mich", sagte Siena gefasst und hielt seine Hand.

„Gut, dann warten wir. Lucas wird dir die genauen Koordinaten durchgeben", sagte Thomas und reichte dem Pastor das Telefon. Dieser las die Zahlen von einem Zettel ab und nickte eifrig.

Anthony sprang aus dem Hubschrauber und winkte energisch die Ärzte herbei. Diese standen bereits an der Schiebetür und warteten auf die Inseldelegation.

Mit vereinten Kräften halfen Thomas und Anthony, den Patienten auf die Rolltrage zu hieven. Dieser Muskelprotz ist unglaublich schwer, dachte Anthony. Der Schweiß lief ihm aus allen Poren und er wischte sich energisch übers Gesicht.

„Ab hier übernehmen wir", sagte eine junge Ärztin bestimmt und wies die Pfleger an, den Patienten in den Schockraum zu bringen.

Thomas nickte und folgte dem Tross. Er wollte in der Nähe bleiben, vielleicht brauchten sie ja seine Hilfe.

„Sie dürfen da nicht rein", sagte eine junge Frau im blauen Zweiteiler und wies Thomas an, stehen zu bleiben. Er nickte ernst.

„Hoffentlich können sie sein Bein retten", sagte Anthony und lehnte sich erschöpft an die Wand.

„Er hat viel Blut verloren und ich konnte nicht erkennen, wie schwer die Verletzung ist", sagte Thomas matt und sah sich um. „Ich gehe mal auf die Toilette. In den nächsten Minuten wird wohl nicht viel passieren, hoffentlich."

Er ging den hell erleuchteten Korridor entlang, und Anthony sah ihm erschöpft nach. Im nächsten Moment glitt die Schiebetür auf und er hörte, wie hektische Anweisungen gerufen wurden. Dann schloss sich die Tür wieder und Anthony war froh, nichts mehr zu hören. Wenn sie sein Bein amputieren müssen, will ich nichts davon mitkriegen, dachte er und ließ sich auf einen Plastikstuhl im Warteraum plumpsen.

„Scheiße", sagte er, als er sah, dass seine Hose voller Blut war. Er hatte es gar nicht bemerkt. Aber jetzt stellte er fest, dass auch seine Hände blutverschmiert waren.

„Mr King, könnten Sie mal zu mir kommen?"

Anthony hob den Kopf und erblickte eine stämmige, junge Frau hinter dem Empfangstresen. Sie stand da und blickte ihn freundlich an. Ihre runde, rote Brille verlieh dem tristen Raum etwas Heiteres.

Er trat näher und schob instinktiv seine Hände in die Hosentaschen.

„Wenn Sie möchten, können Sie sich dahinten auf der Toilette waschen. Ich bringe Ihnen eine Ersatzhose und ein frisches Shirt."

Anthony nickte mechanisch und ging davon. Fast wäre er mit Thomas zusammengestoßen, der gerade aus dem Waschraum kam.

„Wir bekommen frische Klamotten", sagte Anthony matt und ging hinein. Dort zog er Hose und Shirt aus und beugte sich über den Waschtrog. Er ließ das Wasser laufen und stellte erstaunt fest, dass sich das weiße Becken dadurch augenblicklich rot färbte.

Als er sich im Spiegel betrachtete, stellte er fest, dass sein Gesicht schneeweiß war, nur auf der Stirn waren rote Blutspuren zu sehen.

Die Tür schwang auf und die nette Dame vom Empfang legte die frische Kleidung in doppelter Ausführung auf einen Stuhl.

„Danke", sagte Thomas und schlüpfte sogleich hinein. „Schon besser. Ich seh mal nach Scott. Alles klar bei dir?"

„Ja, ja, geh nur. Ich hoffe, sie können sein Bein retten", wiederholte Anthony und begann, sich mit viel Seife die Hände zu waschen. Ungläubig bemerkte er, dass Scotts Blut hartnäckig an seiner Haut klebte. Er schrubbte sich fast wund und war erleichtert, als seine Hände und sein Gesicht zwar rot, aber nun sauber waren.

Dann schlüpfte er in die blaue Hose und das blaue Oberteil. Angenehm zu tragen, dachte er und verließ den Raum.

Gegenüber dem Waschraum stand ein Kaffeeautomat und Anthony war erleichtert, als er ein Schild sah, auf dem es hieß, dass man sich kostenlosen bedienen durfte.

Dankbar griff er nach einem Pappbecher und wartete, bis die braune Brühe nur noch tröpfchenweise in den Becher fiel. Er trank einen Schluck und atmete tief durch.

Gestärkt und frisch angezogen stand er nun wieder am Empfang. Die junge Frau schob ihm einen Patientenfragebogen über den Tresen und legte ihm einen Stift daneben.

Anthony zog die Augenbrauen hoch und überlegte, ob er überhaupt etwas eintragen konnte. Scott war alles, was er wusste, denn an seinen Nachnamen konnte er sich beim besten Willen nicht erinnern, geschweige denn an sein Geburtsdatum oder dergleichen.

Er wollte nach seinem Handy greifen, merkte aber sofort, dass er seine Shorts nicht mehr anhatte und lief zurück in den Waschraum.

Dort wühlte er in den abgelegten, blutverschmierten Kleidern und wurde fündig. Im nächsten Moment hatte er Tina in der Leitung und atmete leichter.

„Hallo Liebes, kannst du mir Scotts Daten mailen? Ja, sie kümmern sich um ihn. Gut. Danke."

Er ging wieder zum Empfang und öffnete die Mail, die gerade gekommen war. Jetzt hatte er alles, was er brauchte und war erleichtert, etwas zu tun zu haben.

Gewissenhaft füllte er alles aus und wollte gerade den Stift ablegen. Da glitt die Schiebetür abermals auf und ein breit gebauter Mann trat heraus.

Anthony ließ den Stift zu Boden fallen, seine Augen weiteten sich und sein Mund stand offen.

„Du ... hier?", stammelte er.

„Wie du siehst", antwortete der Mann um die dreißig und kam ein paar Schritte näher.

„Das gibt's doch nicht!" Anthony fuhr sich müde und überrascht übers Gesicht.

„Geht es dir gut?", erkundigte sich der ebenfalls blau gekleidete Mann und musterte Anthony von Kopf bis Fuß.

„Ähm, ... ja, ich bin ... wegen eines verletzten Inselbewohners hier."

„Das habe ich mitbekommen. Dein Mann?"

Anthony verstand die Frage nicht und sah ihn verwirrt an.

„Wie geht es ihm? Kann man sein Bein retten?", fragte er stattdessen und wusste nicht wohin mit seinen Händen, die Hose hatte keine Taschen.

„Es sieht gut aus. Zum Glück nur eine Fleischwunde. Tief, aber sie konnten ihn bereits von der Axt befreien." Er grinste und beobachtet Anthonys Reaktion.

Dieser schien erleichtert und setzte sich auf einen Stuhl. „Gott sei Dank", sagte Anthony laut und schloss für einen Moment die Augen.

„Ich habe mich schon gefragt, wie lange es dauern würde, bis ich dich zu Gesicht bekomme."

Anthony sah seinem Gegenüber in die Augen und fragte sich, ob die Situation noch skurriler sein konnte.

„Wie lange arbeitest du schon hier, Kevin?" Er sprach den Namen jetzt mit fester Stimme und Nachdruck aus.

„Seit zwei Monaten. Und wie lange bist du schon verheiratet?"

Anthony sah ihn verwirrt an und fragte sich, woher er diese Information hatte.

„Der Ring an deinem Finger. Ich nehme an, das ist ein Ehering", fügte Kevin hinzu und schluckte seine Enttäuschung hinunter.

Anthony blickte lächelnd auf seine linke Hand und nickte. Er vergaß immer wieder, dass dieses kleine Schmuckstück eine große Bedeutung hatte.

„Und du, bist du noch mit … wie hieß er noch, … zusammen?", warf er den Ball zurück und ließ seinen Exfreund nicht aus den Augen.

„Mit Simon? Nein, das war eine kurze Sache."

„Ich dachte, er hieß etwas mit A, … Arthur?", fuhr Anthony fort und musste grinsen, als er bemerkte, dass auch sein Name mit A begann.

„Ach, Albert! Stimmt, den gab es ja auch noch. Aber das ist schon eine Ewigkeit her."

„Ja, für den hast du mich verlassen", sagte Anthony und versuchte, möglichst zerknirscht zu klingen.

„Du bist jetzt mit einem gutaussehenden Jüngling verheiratet, wie ich sehe. Wenn man von seinem verletzten Bein absieht", erwiderte Kevin gepresst.

Er hätte nicht gedacht, dass es ihn so treffen würde, zu wissen, dass Anthony mit diesem jungen, muskulösen Mann verheiratet war. Vor allem, wenn man bedachte, dass er früher immer lauthals verkündet hatte, nie heiraten zu wollen. Und jetzt saß er ihm gegenüber und hatte alles, wovon Kevin nur träumte.

„Ähm, ich möchte etwas klarstellen: Ich bin nicht mit Scott verheiratet! Er ist nur ein Inselbewohner."

Kevin sah ihn erstaunt an und wollte etwas erwidern, aber Anthony kam ihm zuvor.

„Gibt es hier etwas zu essen?", fragte er und sah sich um.

„Immer noch gleich verfressen wie eh und je! Da hinten neben der Kaffeemaschine ist ein Kühlschrank, bediene dich", antwortete Kevin und erhob sich.

Die Schiebetür glitt erneut auf und jemand rief Kevins Namen. Dieser drehte sich abrupt um und verschwand wieder im Schockraum.

Anthony sah ihm nach und schüttelte ungläubig den Kopf. Das konnte doch nicht wahr sein. Musste sein Exfreund ausgerechnet hier arbeiten?

Sein Magen knurrte laut und er ging zielstrebig zum Kühlschrank. Dort fand er einige Sandwiches, die fein säuberlich gestapelt in der Kälte lagen. Zufrieden griff er hinein.

Nach dem ersten Bissen beruhigten sich seine Nerven und er schlenderte zurück in den Warteraum. Wahrscheinlich brauche ich noch ein zweites, dachte er und vergaß für einen Moment Scotts Verletzung.

Wenige Minuten später öffnete sich die Schiebetür und Thomas kam in Begleitung von Kevin aus dem Schockraum. Beide lachten über irgendetwas und die Stimmung schien gelöst.

Anthony streckte die Beine aus und war froh, dass es anscheinend keinen Grund mehr gab, sich Sorgen zu machen.

„Scott ist ein zäher Bursche. Er schläft jetzt, … aber er wird sich bestimmt vollständig erholen“, sagte Thomas und setzte sich neben Anthony. „Kaum zu glauben, dass du Kevin kennst!“ Er blickte von Anthony zu Kevin und wieder zurück. „Die Welt ist so klein!“

In diesem Moment ging die Eingangstür auf und ein aufgeregter Lucas betrat den Warteraum. Sein Gesicht war gerötet und Schweißperlen glitzerten auf seiner Glatze. Hektisch sah er sich um und lief direkt auf Anthony zu.

Dieser stand schnell auf und im nächsten Moment lagen sich die beiden Männer in den Armen.

Kevin schaute ungläubig und konnte es nicht fassen. Irritiert sank er auf einen Stuhl und ließ die beiden Männer nicht mehr aus den Augen.

„Es geht ihm gut“, sagte Anthony und klopfte dem aufgewühlten Pastor liebevoll auf den Rücken.

„Gott sei Dank“, flüsterte Lucas.

Dieser alte, rundliche Kerl hatte also Anthonys Herz erobert? Kevin strich sich müde übers Gesicht und wollte es nicht wahrhaben. Er hatte immer geglaubt, dass sein Ex viel Wert auf Ästhetik legte, aber jetzt wurde er eines Besseren belehrt.

Tausend Gedanken schossen ihm durch den Kopf und Kevin fragte sich, wie er nur hatte glauben können, Anthony zurückerobern zu können. Nur deshalb hatte er diesen Job hier angenommen. Im Wissen, dass er nur so eine Chance auf ein Wiedersehen hatte. Doch nun war sein Ex mit einem alten Sack verheiratet.

Kevin hatte nicht bemerkt, dass hinter Lucas noch jemand den Raum betreten hatte.

Die beiden Männer lösten sich voneinander und eine junge, bildhübsche Frau nahm Lucas' Platz ein.

Anthonys Arme umschlangen sie fest. Kevin sah gebannt zu, wie sich die beiden innig küssten.

„Ich bin raus", sagte Kevin matt und schüttelte den Kopf. Lucas und Thomas schauten ihn irritiert an.

Anthony löste sich von Tina, räusperte sich und sagte dann: „Kevin, darf ich dir meine Frau vorstellen?"

4. ERKUNDIGUNGEN

John war froh, dass sich die Aufregung der letzten Tage gelegt hatte. Scott würde bald wieder auf die Insel zurückkehren.

Der Typ hatte wahrlich Glück im Unglück gehabt, dachte John und steckte den Feldstecher wieder in den Lederbeutel zurück.

Und wenn man bedachte, dass die meisten Inselbewohner keine richtigen Handwerker waren, erstaunte es ihn, dass es nicht noch schlimmere Verletzungen gegeben hatte.

Hie und da eine kleine Schnittwunde oder ein blauer Daumen, aber sonst nichts Nennenswertes. Siena, Thomas und Robert hatten, abgesehen von Scotts Unfall, nicht viel zu tun gehabt.

Er griff nach seinem Hut und sah sich um. Seine bescheidene Hütte war spärlich eingerichtet und genau das gefiel ihm. So hatte er Raum zum Nachdenken, keine Ablenkung und eine wohltuende Ruhe durchströmte ihn. Er atmete tief durch und spürte, wie ihn die Leichtigkeit erfasste.

Dann trat er aus der Tür und bemerkte, dass nebenan Helene auf ihrer Matte saß und meditierte. Leise schlich er davon.

Ein Lächeln huschte über sein Gesicht und er war glücklich, mit einer so schönen Frau Tür an Tür zu wohnen. Sie war zwar manchmal etwas eigensinnig, aber das gefiel ihm.

Er zog seinen Hut tiefer ins Gesicht und bahnte sich geschickt einen Weg durch das Dickicht.

Schon nach wenigen Minuten war John an ‚seinem‘ Platz. Er griff in den Beutel und zog andächtig den Feldstecher hervor.

In seinen Gedanken malte er sich bereits die bevorstehende Begegnung aus. Sie würde sein Herz berühren, da war er sich sicher. Und dass er von Lucas einen Tipp bekommen hatte, ließ ihn zuversichtlich auf sein Vorhaben blicken. Schließlich hatte der Geistliche genug Inselerfahrung.

Er setzte sich auf den sandigen Boden und lugte durch das Vergrößerungsglas. Die Wellen schimmerten türkisblau und wogen sanft an den Strand.

John atmete ruhig und drehte langsam an der Scharfstellung. Sein Blick verharrte auf der Wasseroberfläche und er sah langsam hin und her, als würde er ein Tennismatch in Zeitlupe verfolgen. Mit ein wenig Geduld würde er schon zum Ziel kommen.

Zeit hatte er genug, schoss es ihm durch den Kopf. Nein, war sein nächster Gedanke. Ich bin bereit, es jetzt zu erleben, nicht später, korrigierte er sich. Jetzt ist der perfekte Zeitpunkt, ich bin offen und bereit dafür.

Kaum hatte er den Satz zu Ende gedacht, erblickte er etwas Dunkles in der Ferne. John konnte es nicht fassen und versuchte, ganz ruhig weiter zu atmen und sich zu konzentrieren. Er umklammerte den Feldstecher und korrigierte die Sehschärfe erneut.

Da glitt etwas über die Wasseroberfläche und im nächsten Moment war es wieder verschwunden.

„Jetzt oder nie", flüsterte John zu sich selbst und erhob sich langsam. Den Feldstecher legte er auf den Boden und schritt andächtig auf das Ufer zu.

Nun bemerkte John, dass ‚er' nicht allein gekommen war. In einiger Entfernung entdeckte er weitere Exemplare.

„Auf geht's", flüsterte John, wohl um sich selbst Mut zu machen. Gefährlich waren sie nicht, jedenfalls nicht, solange man sich an die Regeln hielt.

Er ging weiter, die Wellen umspülten jetzt seine Knöchel. Bald stand er bis zu den Hüften im Wasser und sein Blick schweifte über die Wasseroberfläche. Sein Atem ging gepresst und er sagte mit fester Stimme: „Entspann dich, schön ruhig bleiben."

Er sog die Luft durch die Nase ein, hielt den Atem kurz an und stieß sie dann durch den Mund wieder aus. Augenblicklich entspannte er sich, dann sah er ein Auge vor sich auftauchen.

Der Rochen schien ihn ebenfalls interessiert zu mustern und begann, John zu umkreisen. Innerhalb von Sekunden gesellten sich seine Artgenossen dazu und nun stand John mitten in einem Schwarm.

Er spürte nicht einmal, wie seine Füße tiefer in den Sand sanken. Seine Aufmerksamkeit galt diesen ‚fliegenden Teppichen'. Wie dunkle Bettvorleger glitten sie um ihn herum, als würden sie im Wasser fliegen, die Faszination schien auf Gegenseitigkeit zu beruhen. Lächelnd beobachtete John, wie die Tiere immer näher kamen und ihn neugierig beäugten.

„Hallo, Freunde", sagte John dankbar und stieß innerlich einen Freudenschrei aus. „Schön, euch kennenzulernen."

Die Zeit schien still zu stehen und er würde sich sein Leben lang an diese erste Begegnung erinnern, war sich John sicher und lächelte gerührt.

Jetzt wusste er, wo und wann er diesen faszinierenden Tieren begegnen konnte. Lucas hatte Recht gehabt.

Anastasia hielt ihren Hut mit einer Hand fest an den Kopf gepresst, mit der anderen umklammerte sie ihre Kamera. Das Boot jagte über die Wellen und sie war froh, dass ihr Magen seetüchtig war. Es schien, als würden sie dem Weltuntergang entfliehen.

Sie beobachtete Lucas, der sich am Steuer festklammerte und die Augen zusammenkniff. Dann blickte sie zurück nach *Harmonya* und stellte fest, dass die Insel verschwunden war. Etwas Graues schien die Oase verschluckt zu haben.

„Wir sind fast da!", rief Lucas und schaute konzentriert geradeaus. Nun fielen die ersten Regentropfen und Anastasia klammerte sich noch fester an die Reling.

Den Hut hatte sie sich zwischen die Beine geklemmt, jetzt, wo die Sonne innert Sekunden einer schwarzen Wolke Platz gemacht hatte. „Das Wetter schlägt schneller um, als ich dachte", rief Lucas und schüttelte verärgert den Kopf. Noch nie hatte sie den sonst so fröhlichen Pastor so angespannt erlebt.

Das kleine Boot peitschte über die Wellen und nun konnte man schemenhaft den Steg erkennen. Eine Woge der Erleichterung erfasste Anastasia und sie atmete innerlich auf. Sie wagte nicht mehr zurückzuschauen, aus Angst, das ‚Monster' könnte sie doch noch einholen.

Geschickt manövrierte Lucas das Boot so nah wie möglich an den Holzsteg heran und wies Anastasia an, die Leine an Land zu werfen. Da stand Liam, durchnässt und mit hängenden Schultern.

Anastasia schluckte den Ärger hinunter und war einfach nur dankbar, dass sie *Helenya* wohlbehalten erreicht hatten. Jetzt schlugen die Wellen immer heftiger gegen das Ufer und nur dank Liams Hilfe konnten sie heil aus dem Boot klettern.

„Wir müssen das Boot besser vertäuen, sonst reißt uns der Sturm womöglich mein wichtigstes Gut weg", rief Lucas in den Wind und wies die beiden jungen Menschen an, weitere Knoten zu knüpfen.

Als sie den Steg verließen, ging Lucas voraus und eilte in Richtung Gemeinschaftshaus.

Liam packte Anastasia am Arm und zog sie an sich. Ihr Körper wurde augenblicklich steif und sie weitete die Augen.

„Können wir reden?", fragte er laut genug, um den Sturm zu übertönen. „Bitte?!"

Die Regentropfen fielen ihm an den Seiten seines blonden Haares ins Gesicht und untermalten seinen flehenden Blick.

Anastasia nickte nur. Dann zog er sie mit sich und nach kurzer Zeit standen sie völlig durchnässt in seiner Hütte. Diese strahlte mit ihren vielen bunten Teppichen und Kissen eine Gemütlichkeit aus, die Anastasia erstaunte.

Sie blickte sich neugierig um und war froh, ein Dach über dem Kopf zu haben.

Liam bückte sich und zündete eine Kerze an. Dann richtete er sich wieder auf und zog sich das nasse Shirt über den Kopf. Sein muskulöser Oberkörper glänzte im Schein der Kerze und er lächelte sie verlegen an.

„Was soll das?", sagte sie gereizt und warf ihm einen bösen Blick zu.

„Ich bin nass", erwiderte er gelassen, „du solltest dich auch ausziehen."

„Das ist wohl das Letzte, was ich in deiner Gegenwart je tun werde!", spie sie aus und verschränkte demonstrativ ihre Arme vor der Brust.

Er konnte es ihr nicht verübeln und versuchte, ruhig zu bleiben. Abrupt drehte er sich um, ging hinter einen schönen Paravent und kam mit einem Tuch wieder hervor.

„Hier, da hinten kannst du dich umziehen. Im Regal sind trockene Sachen. Nimm dir, was du willst. Ich warte draußen", sagte er und ging mit hängenden Schultern an ihr vorbei.

Sie sah ihm nach und bemerkte, dass er dabei war, sich auf der überdachten Veranda auszuziehen. Schnell drehte sie sich um und verschwand hinter dem Paravent. Dieser war kunstvoll aus Bambus und Palmblättern geflochten und sie fragte sich, ob er dieses Möbelstück selbst gebaut hatte.

Sie schlüpfte aus ihren nassen Kleidern, trocknete sich hastig ab und ließ ihren Blick über die sorgfältig gefalteten Kleider ihres Ex-Freundes gleiten. Nichts kam ihr bekannt vor, was sie mit Erleichterung zur Kenntnis nahm.

Sie suchte eine nicht zu weite Shorts und ein T-Shirt heraus und zog sie hastig an. Liam schien draußen zu warten, denn er hockte mit dem Rücken zu ihr vor der Tür.

Als hätte er sie noch nie nackt gesehen, dachte sie und Bilder aus längst vergangenen, glücklichen Tagen stürmten auf sie ein.

Wie sie anfangs zaghaft den Körper des anderen erkundet hatten. Mit der Nervosität und Neugier, die das Teenageralter mit sich brachte. Wie viel Angst sie vor dem ersten Mal gehabt hatte und wie zärtlich und geduldig er ihr gegenüber gewesen war.

„Alles in Ordnung, Annie?" Seine Worte holten sie in die Gegenwart zurück und sie schüttelte instinktiv den Kopf.

Hastig band sie sich das Tuch um ihr nasses Haar und trat nun mit einem Turban auf dem Kopf hinter dem Paravent hervor.

„Können wir reden?"

Sie nickte und setzte sich langsam auf ein Kissen. Die Kerzenflamme hüpfte fröhlich auf und ab und Anastasia versuchte, ruhig zu atmen.

Sie hatte keine Angst, hier mit ihm allein zu sein. Dazu war er zu sehr Gentleman. Trotzdem fragte sie sich, was er von ihr wollte.

Bisher hatten sie es bravourös geschafft, ihm auf dieser kleinen Insel aus dem Weg zu gehen. Bis auf Scotts Unfall, aber da war genug los gewesen und sie hatten weder Zeit noch Muse gehabt, miteinander zu reden.

„Warum bist du hier?", fragte sie und sah ihn direkt an. Ihre stahlblauen Augen wirkten dunkler als sonst, dachte Liam, aber das musste an der spärlichen Beleuchtung liegen.

Draußen war der Himmel tiefschwarz und es regnete in Strömen. Sie schaute aus dem Fenster und fröstelte sofort, obwohl es nicht kalt war.

Liam griff nach einer Decke und reichte sie ihr.

„Diese Stürme können ganz schön heftig sein. Das hätte ich nicht gedacht, wenn ich an die Bilder bei Sonnenschein denke."

„Warum bist du hier?", wiederholte Anastasia und versuchte, nicht verärgert zu klingen. Sie war gerade von *Harmonya* zurückgekehrt, wo sie viele Interviews geführt und Fotos gemacht hatte. Eigentlich hätte ihr Leben großartig sein können, mit diesem Job auf der Insel. Wenn nur ihr Exfreund … ihr verhasster Exfreund nicht auch noch hier wäre.

Er räusperte sich und setzte sich ihr gegenüber ebenfalls auf ein Kissen. Das Kerzenlicht schmeichelte seinem Gesicht und Anastasia bemerkte einen Wassertropfen, der an einer Haarsträhne baumelte und im nächsten Moment auf seinen Oberschenkel fiel. Geistesgegenwärtig fuhr er sich mit der Hand durch das nasse Haar und kämmte es zurück.

„Ich musste einfach weg. Weg von meiner Familie, … weg von allem."

Sie machte große Augen und fragte sich, was er damit meinte. Er führte das komfortabelste Leben, das sie je gesehen hatte.

Er schien ihr Erstaunen richtig zu deuten und fügte hinzu: „Dieses Leben hat mir die Luft zum Atmen genommen."

Sie schnaubte und dachte daran, dass er wahrscheinlich der wohlhabendste Mensch in ihrer Umgebung war. Abgesehen von Jennifer natürlich, aber diese Freundschaft war noch jung.

Er sah sie fragend an und wollte etwas hinzufügen, doch jetzt holte sie tief Luft.

„Kommt jetzt die Leier vom schlimmen, goldenen Käfig? Ich hatte nie den Eindruck, dass du mit deinem vielen Geld irgendwo eingesperrt warst", spottete sie und zog die Decke wie einen Schutzmantel enger um sich.

Wie sie es hasste, sich das Gejammer der Reichen anhören zu müssen. Menschen, die noch nie erlebt hatten, was es bedeutet, nicht zu wissen, ob der Kühlschrank etwas zu essen hergab. Wie es war, nicht zu wissen, ob man an der Klassenfahrt teilnehmen konnte, weil die Familienkasse es vielleicht nicht zuließ.

Er sah sie ernst an und fragte sich, was er ihr alles erzählen konnte, sollte.

„Mein Leben ist mehr Schein als Sein", fuhr er ruhig fort und ignorierte ihr Hüsteln. „Mein Vater, der Gouverneur, liebt es, sich und seine ach so glückliche Familie ins Rampenlicht zu zerren. Und das, obwohl er seit Jahren seine Stabschefin fickt."

Anastasia hob erschrocken den Kopf und fragte sich, seit wann Liam solche Worte benutzte.

„Und meine Mutter ist damit beschäftigt, ihr Erbe zu verprassen, anstatt wenigstens ein bisschen wohltätig zu sein, wie es alle gutbetuchten Frauen tun. Und ich bin zu einem Projekt verkommen. Der hübsche, talentierte Sohn, der in die Fußstapfen seines berühmten Vaters treten sollte. Anfangs fand ich die Arbeit im Wahlkomitee noch interessant. Aber mit der Zeit merkt man, dass sich alles nur um Geld, Intrigen und Macht dreht. Tust du mir einen Gefallen, unterstütze ich dich. Mein Vater ist ein arrogantes Arschloch. Und so will ich nicht enden." Er atmete schwer aus und schloss die Augen.

Anastasia sah ihn erstaunt an und fragte sich, seit wann Liam solche Probleme hatte.

„Mein Vater fordert immer Dankbarkeit, immer und immer wieder. ‚Sei dankbar für unser schönes Haus, für deinen Sportwagen, für deine Privilegien!‘. Irgendwann konnte ich es nicht mehr hören! Ich fühlte mich schuldig, weil ich mich nicht über all den Luxus freuen konnte. Lieber hätte ich eine intakte und liebevolle Familie, … so wie du“, fügte er hinzu und sah sie an.

Anastasia hob die Augenbrauen, ihr Schmollmund war leicht geöffnet.

Tatsächlich war Liam oft bei ihr gewesen, als sie ein Paar waren. Sie hatte sich immer ein bisschen dafür geschämt, dass ihr Haus so alt und unordentlich war. Aber jetzt ergab alles einen Sinn.

„Warst du deshalb so oft bei uns? Und ich fast nie bei dir?“, fragte sie und sah ihn traurig an.

Er nickte und fuhr sich müde über die Augen.

„Ich wollte verhindern, dass du einen Streit zwischen meinen Eltern hörst“, antwortete er matt.

„Und ich dachte, du wolltest mir den Swimmingpool und die Tischtennisplatte vorenthalten“, sagte sie und beide mussten kurz lächeln. „Ich hatte ja keine Ahnung.“

„Dieses Leben ist so falsch, glaub mir. Meine Eltern hatten nie Zeit für mich. Ich hatte keine Privatsphäre. Immer standen die Nanny oder der Butler vor meinem Zimmer und wollten wissen, ob ich etwas brauche. Und dann habe ich mich in die Drogen geflüchtet. Ich wollte in eine Welt eintauchen, die nur mir gehörte. Einfach meine Ruhe haben.“

Anastasia fragte sich, ob er schon etwas genommen hatte, als sie noch zusammen waren. Sie hatte jedenfalls nie etwas bemerkt.

„Seit wann?", fragte sie leise.

„Im letzten Schuljahr hat Eric mir ein paar Pillen zugesteckt. ‚Zum Runterkommen‘, wie er es genannt hat."

Anastasia schüttelte den Kopf. Sie hatte diesen Typen nie gemocht. Zum Glück hatte er später auf ein Internat gewechselt.

„Ich habe nie etwas gemerkt."

„Das habe ich auch tunlichst zu vermeiden versucht. Meistens habe ich sie eingeworfen, wenn ich zu Hause war. Da brauchte ich diesen Stresskiller. Bei dir hatte ich nie das Bedürfnis." Er lächelte sie schüchtern an.

Sie sah ihn an und fragte sich, ob das der Grund für die Trennung war. Hatten seine Eltern ihn in eine Entzugsklinik gesteckt, wo er sich nicht bei ihr hatte melden können? Wollte sie überhaupt wissen, warum ihre Liebe zerbrochen war?

Sie nahm all ihren Mut zusammen, nur so konnte sie dieses Kapitel ihres Lebens endgültig abschließen.

„War das der Grund für die Trennung … von mir?"

Sie saß kerzengerade da und versuchte, ruhig zu atmen, sich nicht anmerken zu lassen, wie tief sie diese Zurückweisung getroffen hatte.

Er hob die Schultern und schien zu überlegen, was er antworten sollte. Sie ließ ihn nicht aus den Augen.

„Sie wollten, … meine Eltern wollten, dass ich mir eine ‚angemessene‘ Freundin nehme", sagte er leise und blickte bedrückt und beschämt zu Boden.

Anastasia sog die Luft ein und konnte es nicht fassen. Seine Eltern hatten sich nie die Mühe gemacht, sie kennenzulernen. Ein paar Begrüßungen und ein bisschen Smalltalk waren alles, was sie mit seinen Eltern je erlebt hatte.

Als hätte er ihre Gedanken gelesen, sagte er: „Sie kennen dich doch gar nicht."

Sie straffte die Schultern und versuchte, nicht zu weinen, was ihr in diesem Moment alles abverlangte.

Er strich sich wieder übers Gesicht und sah sie dann an. Seine Augen glänzten feucht und er holte tief Luft.

„Annie, es tut mir unendlich leid. Es tut mir leid, dass ich nicht um dich, … um uns gekämpft habe!"

Jetzt kullerten Tränen über sein markantes Gesicht und im Kerzenschein wirkte er noch verletzlicher.

„Wie traurig", war das Einzige, was ihr über die Lippen kam. Sie dachte an jenen Sommer, an diese unglückliche, trübe Zeit. Draußen schien jeden Tag die Sonne und lockte alle an den Pier und an den Strand. Nur sie hatte sich in ihrem Zimmer verkrochen und tagelang, wochenlang geweint.

Bittere Tränen um ihre erste große Liebe. Ohne Antworten, ohne Nachrichten von ihm. Sie spürte den Schmerz noch immer in ihrer Brust pochen und wusste, dass diese Wunde nie ganz heilen würde.

„Kannst du mir je verzeihen?", fragte er in die Stille hinein. Die Kerzenflamme tanzte wild hin und her, als wolle sie gute Laune verbreiten.

Anastasia sah ihn an und hob leicht die Schultern.

„Bist du hier, um dich vor deinen Eltern zu verstecken?"

Er versuchte zu lächeln, aber es gelang ihm nicht besonders gut.

„Sozusagen. Ich habe es meinem Vater als eine Art Projekt verkauft. Als angehender Politiker sollte man etwas von Umweltschutz verstehen. Er hat keine Ahnung, was es mit diesen Inseln auf sich hat", sagte er nun sichtlich besser gelaunt. „Zuerst habe ich auf *Harmonya* gelebt, … und jetzt bin ich hier. Ich fand die Idee toll, ein eigenes Haus zu bauen. Und siehe da, ich bin gar nicht so ungeschickt", sagte er stolz und umfasste den Raum mit beiden Armen.

Anastasia nickte und wusste nicht, was sie denken oder tun sollte. Stattdessen sagte sie nur: „Ich komme gerade aus *Harmonya*. Weißt du, was der LuKo ist?"

Er zog erschrocken die Augenbrauen hoch.

Ein mulmiges Gefühl breitete sich in ihr aus und sie dachte an die gesprächige Lola, die sie auf der Insel herumgeführt hatte. Eine quirlige, junge Frau, die über jeden etwas zu erzählen wusste. Auch über den überaus attraktiven Liam Jackson.

„Den LuKo?", wiederholte Liam überflüssigerweise. Seine Wangen färbten sich rot, was Anastasia selbst im Kerzenschein bemerkte.

„Ja, den Lust-Kokon, wie er ausgesprochen wird. Ein hübscher Schuppen, den sie dort haben. So etwas fehlt noch auf unserer Insel", spuckte sie aus und genoss es beinahe, ihn in Verlegenheit zu bringen. „Dann könnte ich Scott mit verbundenen Augen ficken!"

Liam schnappte nach Luft und stand auf. Jetzt lief er in dem kleinen Haus auf und ab und raufte sich die Haare. Anastasia ließ ihn nicht aus den Augen und fragte sich, wohin das wohl führen würde. Die aufkeimende gute Stimmung war wie weggeblasen.

„Ich bin ein freier Mann", verteidigte sich Liam und blieb stehen. „Ich hatte ja keine Ahnung, dass du hier auftauchen würdest!"

„Stimmt, geht mir genauso. Wieder einmal machst du mir mein Leben zur Hölle", sagte Anastasia und stand auf. Sie ging zur Tür und merkte, dass es immer noch regnete.

Egal, dachte sie, drehte sich um und sagte: „Liebe Grüße übrigens von Lisa. Sie fragt, wann du das nächste Mal zum Vögeln vorbeikommst." Dieser Satz war ihr einfach so über die Lippen gekommen, obwohl Anastasia nie mit Lisa gesprochen hatte. Sie hatte nur aus Lolas Erzählungen von der anderen, ihr unbekannten Frau erfahren. Aber der Schmerz saß zu tief.

Erhobenen Hauptes ging Anastasia davon, zufrieden mit ihrem Ausbruch. Liam sah ihr traurig nach und schüttelte den Kopf.

Jennifer saß am Strand unter einer Palme und war sehr beschäftigt. Während ihre Finger geschickt arbeiteten, weilten ihre Gedanken in der Vergangenheit.

Einerseits vermisste sie ihr altes Leben, den Luxus und ihre Schwester. Andererseits liebte sie diese Ruhe und die Tatsache, dass sie nicht wusste, was in der Welt geschah, was über sie geschrieben wurde.

Nachts träumte sie wirres Zeug und manchmal begegnete sie sogar ihren toten Eltern. Sie wusste nicht, ob es bedeutsame Botschaften waren oder ob sie nur den schmerzlichen Verlust verarbeitete. Im Traum genoss sie es, Zeit mit ihnen zu verbringen. Verlorene Zeit, die sie nie wieder erleben konnte.

„Was machst du da?" Eine Stimme riss sie aus ihren Grübeleien und sie blickte auf. Scott stand mit einem Gehstock bewaffnet neben ihr und grinste auf sie hinab.

„Ich knüpfe Freundschaftsbänder", antwortete sie und lächelte ihr schönstes Lächeln. Sie hatte es noch nicht aufgegeben, sich an ihn heranzumachen. Seit seinem Unfall war er etwas weicher und freundlicher geworden, was sie freute.

„Krieg ich auch eines?", fragte er und setzte sich neben sie. Sein bandagiertes Bein ragte steif von ihm ab. Es steckte in einem Gips.

Sie klimperte mit den Wimpern und suchte nach einer passenden Antwort.

„Wenn du nett zu mir bist."

Er schaute in die Box, die vor ihr lag und griff hinein.

„Ich hätte gern eines in Schwarz, damit es zu meinen Tattoos passt", sagte er und hielt ihr das passende Garn hin.

„Und welche Farbe noch?"

„Keine, nur schwarz", antwortete er lächelnd.

„Aber dann sieht man aber das Muster nicht so gut. Ich nehme noch das Blaue dazu, das passt zu deinen Augen", sagte sie und griff ebenfalls in die Box. Dabei berührten sich ihre Hände und beide sahen sich erschrocken an, so als hätten sie sich am Feuer verbrannt. „Sorry", flüsterte sie und zog ihre Hand schnell zurück.

„Kein Ding. Du hast mich ja nicht geküsst", sagte er mit gespielter Gelassenheit und grinste sie an.

„Und wenn doch?", fragte sie mutig und sah ihm tief in die Augen.

Er schien nachzudenken.

„Was, der Nerd ist sprachlos? Dass ich das mal erlebe!", sagte sie amüsiert.

„Ach was! Wenn du willst, kannst du mich küssen. Wenn du dich traust", sagte er lässig und richtete sich auf. Er hoffte, ein wenig bedrohlich zu wirken.

„Okay", erwiderte sie und rückte näher an ihn heran. Ihr üppiger Busen berührte jetzt seinen Arm und er versuchte, dies zu ignorieren, doch das schien unmöglich. Sein ganzer Körper begann zu vibrieren und der Druck ihres Busens wurde noch intensiver.

Ihre funkelnden, braunen Augen kamen näher und nun musste er sich einen Ruck geben, sonst würde er als Feigling dastehen.

Er legte das schwarze Garn beiseite und griff mit einer Hand zärtlich in ihren Nacken. Ihr kurzes Haar fühlte sich angenehm weich an und ihre Augen schienen noch ein wenig grösser geworden zu sein.

„Okay", flüsterte sie und kam noch näher. Instinktiv leckte er sich über die Lippen und nahm einen angenehmen Duft wahr. War es Vanille oder Mango? Er konnte es nicht genau sagen. Im nächsten Moment berührten ihre Lippen seine.

Sie musste Übung darin haben, denn er war erstaunt, wie geschickt sie war. Nicht zu fordernd und nicht zu schüchtern, ganz nach seinem Geschmack. Dann öffnete sie den Mund und er berührte sanft ihre Zunge. Sie roch so gut, dass er alles um sich herum vergaß. Sie seufzte auf und konnte nicht glauben, was gerade geschah.

„Jenny?"

Jennifer und Scott sprengten auseinander und sahen sich erschrocken an.

„Jennyyyy?"

„Ich bin hier", rief Jennifer atemlos und hörte, wie ihre Stimme fremd und heiser klang. Sie räusperte sich und straffte die Schultern.

„Da bist du ja! Hey, Scott, wie geht's deinem Bein?", fragte Anastasia, die mit einem großen Strandtuch bewaffnet näher kam.

„Gut", antwortete er knapp und klammerte sich an Jennifers Box, die er vorsichtshalber auf seinen Schoß genommen hatte. Er wollte nicht, dass jemand merkte, wie erregend der Kuss für ihn gewesen war.

„Wann kommt er weg?", fuhr Anastasia fort und deutete mit dem Kinn auf den Gips.

„Nächste Woche. Ich fahre aufs Festland, dann werde ich das Ding endlich los", antwortete er und klopfte mit der Faust darauf.

„Dann können wir zusammen fahren. Ich muss mir nämlich die Haare färben lassen", mischte sich Jennifer in das Gespräch ein.

„Warum färben sich Frauen die Haare? Hast du etwa keine roten Haare?", fragte Scott und betrachtete ihre Kurzhaarfrisur genauer.

Die beiden Frauen prusteten los und Anastasia hockte sich zu den beiden in den Sand.

„Ach, Scott, du musst noch viel über Frauen lernen. Wir können dich gerne in diese magische Welt einführen und dir ein paar Tricks beibringen. Dann kannst du dein Können gleich auf dem Festland unter Beweis stellen", sagte Anastasia und lächelte vergnügt.

„Einführen klingt gut", sagte Scott und grinste. Jennifer biss sich auf die Unterlippe und spürte, dass Scott auf diesem Gebiet wohl ziemlich talentiert war. Zumindest das Küssen beherrschte er.

„Kann ich die Box wiederhaben?", fragte Jennifer und wollte sie schon zu sich ziehen, aber Scott hielt sie fest umklammert und schüttelte energisch den Kopf.

„Leider nicht, ich suche noch die passende Wolle."

„Garn, das ist Garn, keine Wolle", korrigierte Jennifer und musste ein Glucksen unterdrücken. Er zwinkerte ihr zu und sie spürte, wie ihr ein Schauer über den Rücken lief.

„Kommt ihr auch schwimmen?", fragte Anastasia. Sie zog sich bereits das Strandkleid über den Kopf und warf es in den Sand.

„Haha", sagte Scott und zeigte auf seinen Gips.

„Oh, sorry, hab' ich glatt vergessen", entgegnete sie und hielt sich die Hand vor den Mund.

„Ich bleibe solidarisch bei ihm", sagte Jennifer und winkte ihrer Freundin zu, die schon zu den Wellen lief.

„Liam wollte noch kommen!", rief Scott ihr hinterher und Anastasia blieb abrupt stehen. Sie drehte sich um und inspizierte den Strand. Dann rief sie: „Der sollte besser nicht in meine Nähe kommen! Sonst locke ich die Haie für ihn an!"

„Haben sich die beiden nicht versöhnt?", fragte Scott an Jennifer gewandt, während er zusah, wie Anastasia sich in die Wellen stürzte.

„Keine Ahnung. Annie hat nach ihrem letzten Ausflug nur angedeutet, dass Liam ein Arsch ist und es für immer bleiben wird."

Lucas konzentrierte sich auf seine Route und war froh, dass Vanessa ihm kein Gespräch aufdrängte. Sie hielt ihr Gesicht in die Sonne und ihre Augen schienen geschlossen.

Es kostete ihn einige Überwindung, nichts zu sagen. Denn das war nicht gerade seine Stärke. Er hatte ein ungutes Gefühl, dass sie auch auf die Insel kommen würde.

Die Erinnerungen an die Eskapaden auf *Harmonya* drängten sich ihm auf und er zog seinen Hut tiefer ins Gesicht. Obwohl er diese Lasterhöhle, wie er den LuKo nannte, nie mit eigenen Augen gesehen hatte, genügten ihm die Erzählungen darüber.

Kims ‚Lust-Kokon‘, wie der umgebaute Schuppen eigentlich hieß, war Lucas von Anfang an ein Dorn im Auge gewesen. Der Surfer Boy hatte offenbar alle Register gezogen, um seinen Traum von einem Freudenhaus zu verwirklichen. Unter dem Deckmantel der Inselzusammenführung war eine Single-Börse oder sowas in der Art entstanden.

Vielleicht war das einer der Gründe, warum der ‚Boss‘ den lüsternen Jüngling so früh zurückbeordert hatte, dachte Lucas und blickte einen Moment zum Himmel.

Leider waren es vor allem die jungen, ungebundenen Bewohner gewesen, die den abgelegenen Schuppen mit Begeisterung besucht hatten. Und genau da war Vanessa ins Spiel gekommen.

Dass Vanessa sich dort angeblich hemmungslos der fleischlichen Liebe hingegeben hatte, störte Lucas, auch wenn er sonst nichts für Klatsch und Tratsch übrig hatte. Aber die Geschichten hatten so lautstark die Runde gemacht, dass man sich ihnen nicht hatte entziehen können, ob man wollte oder nicht.

Er warf einen kurzen Blick auf seine Passagierin und war beeindruckt, wie sehr sie Rebecca ähnelte. Er kannte nicht so viele Zwillinge, aber diese Ähnlichkeit war verblüffend. Sie glichen sich wie ein Ei dem anderen.

„Ich hoffe, Beccy ist nicht sauer, dass ich erst jetzt komme. Ich hätte ihr gerne beim Hausbau geholfen“, rief sie in den Fahrtwind.

Lucas hob die Augenbrauen und nickte. Er konnte sich diese elegante Person beim besten Willen nicht beim Sägen oder Hämmern vorstellen.

„Ich bin sicher, du kannst dein Können noch unter Beweis stellen. Soweit ich weiß, ist ihre Terrasse noch nicht fertig", antwortete er und konnte sich ein Grinsen nicht verkneifen.

Er beobachtete aus den Augenwinkeln, wie sie nun ihre manikürten, dunkelrot lackierten Fingernägel betrachtete und ernst dreinblickte. Dann straffte sie die Schultern und setzte ein gezwungenes Lächeln auf.

„Mit ein bisschen Übung schaffe ich das schon. Und Robi wird mir sicher gerne unter die Arme greifen", flötete sie.

Lucas steuerte das Boot gekonnt auf den Steg zu und war innerlich ein wenig stolz auf sich, wie gut er sein Gefährt schon beherrschte. Wenn man bedachte, dass er vor einem Jahr noch nicht einmal auf die Idee gekommen wäre, einen Bootsführerschein zu machen.

Den hatte er erst seit ein paar Wochen im Sack und nun lächelte er bei dem Gedanken, in seinem Alter noch etwas ganz Neues gelernt zu haben. Es machte ihm so viel Spaß, über das Wasser zu peitschen.

„Ist das eigentlich deine Jacht?", fragte Vanessa, als hätte sie seine Gedanken gelesen.

„Jacht ist vielleicht nicht das richtige Wort, … aber ja, das Boot gehört mir."

„Du betreibst also eine Art Taxi-Service?"

Lucas schnaubte und konzentrierte sich darauf, nicht zu nah an den Holzsteg zu fahren.

„Nimmst du bitte das Tau und wirfst es über den zweiten Pfosten?" Erstaunlicherweise erhob sie sich sofort und tat, was er von ihr verlangte.

Dass es ihr gleich beim ersten Versuch gelang, erstaunte den Pastor.

„Mein Ex Pierre hatte ein Segelboot", sagte sie zur Erklärung und lächelte zufrieden.

„Danke", erwiderte Lucas kurz angebunden.

„Wo sind Beccy und Robi?", erkundigte sie sich enttäuscht und sah sich um. Niemand schien in der Nähe zu sein, Lucas räusperte sich.

„Die wussten nicht genau, wann wir ankommen", antwortete er und half ihr aus dem Boot. Ihre Hand fühlte sich eiskalt an, bemerkte Lucas und schrieb es ihrer Nervosität zu. Er wollte nichts weiter hinzufügen, denn er wusste genau, wo die beiden waren.

Sie hatten ihm befohlen, nichts zu verraten. Und da er sich nicht einer Lüge schuldig machen wollte, schwieg er einfach. Und seine Antwort war keine Lüge, dachte er, als müsse er sich vor sich selbst oder vor Gott rechtfertigen.

„Schade", sagte Vanessa enttäuscht, schulterte ihre Tasche und ging langsam in Richtung Strand.

Sekunden später hörte er die Erlösung laut über den Strand schallen: „Überraschung!"

Ein Lächeln huschte über sein Gesicht und er fuhr fort, sein Boot zu decken. Für heute Nacht hatte der Wetterbericht einen heftigen Sturm angekündigt.

Scott humpelte den Pfad entlang und war in Gedanken versunken. Er hatte geglaubt, dass wenn er den Gips los wäre, könnte er wieder normal gehen, aber weit gefehlt. Seine Muskulatur hatte sich in den letzten Wochen so stark zurückgebildet, dass er jetzt in Shorts einfach nur lächerlich aussah. Ein Bein war fast halb so breit wie das andere. Immerhin hatte er noch beide Beine.

Im Hubschrauber hatte er sich nach dem Unfall, innerlich schon damit abgefunden, dass sein verletztes Bein amputiert werden musste. Da er nichts mehr gespürt hatte, glaubte er, dass es nicht mehr zu retten sei. Doch das Ärzteteam hatte ganze Arbeit geleistet und ihn vor einer dauerhaften Invalidität bewahrt.

Er schüttelte seinen kahl geschorenen Kopf und wollte die Erinnerung an diese große Dummheit in seinem Leben einfach nur noch vergessen. Aus Jux und männlichem Leichtsinn hatte er die Mangroven neben dem Haus von Anastasia und Jennifer abholzen wollen. Und dann war es passiert.

Der Schwung der Axt hatte ausgereicht, dass sie einfach in seinem Bein stecken geblieben war. Im ersten Moment hatte er gar nicht realisiert, was passiert war, denn er hatte keinen Schmerz gespürt.

Es hatte ihn nur irritiert, dass er das messerscharfe Werkzeug nicht mehr zurückschwingen konnte.

Scott schüttelte erneut den Kopf und versuchte, sich auf seine Umgebung zu konzentrieren. Da erblickte er zwischen den grünen Blättern etwas Bordeauxrotes und trat näher.

Auf einer Wäscheleine hinter Anastasias und Jennifers Hütte hing Spitzenunterwäsche. Er blieb stehen und beäugte die bestickte Wäsche genauer.

Dann versuchte er, sich ein besonders heißes Teil an Anastasia vorzustellen. Sanft berührte er das Bustier und fuhr mit den Fingern über das filigrane Blumenmuster.

„Heiß, nicht wahr?"

Erschrocken ließ er von der Wäsche ab und blickte überrascht auf. „Victoria Secret", fügte Jennifer amüsiert hinzu und lächelte ihn herausfordernd an.

„Ich dachte, Anastasia hätte nicht so viel Geld."

Jetzt prustete Jennifer laut heraus und wippte mit dem Oberkörper vor und zurück. Scott runzelte verärgert die Stirn. Offenbar fand sie seine Bemerkung lustig, aber er hatte keine Ahnung, warum.

Als Jennifer sich nicht beruhigte und weiter lachte, verschränkte er die Arme vor der Brust und fragte trotzig: „Was ist daran so lustig?"

Sie holte ein paar Mal tief Luft und wischte sich die Tränen weg.

„Ich würde dieses Teil gern mal an Annie sehen. Sieht bestimmt lustig aus", presste sie heraus und berührte das Bustier.

„Ich finde lustig nicht das passende Wort … geil trifft es eher", erwiderte er und funkelte sie böse an.

„Ach, Scott, dieses Teil ist Annie doch viel zu groß! Sie trägt Körbchengröße A und das ist ein E! Da passt sie zweimal rein."

Er kniff die Augenbrauen zusammen und seine Zornesfalte warf eine tiefe Furche auf seine Stirn. Er hatte keine Ahnung, was sie damit meinte und sah sie irritiert an.

„Jetzt sag bloß, du kennst dich nicht mit Damenwäsche aus. Deine Mutter hat bestimmt einen ausgezeichneten Geschmack, … und das nötige Kleingeld, um schöne Dessous zu kaufen."

„Ich bin doch nicht pervers und schnüffle in den Schubladen meiner Mutter herum. Und ich habe meine Bekanntschaften noch nie nach der Kleidergröße gefragt. Total unangemessen, findest du nicht?", entgegnete er hitzig.

„Da hast du wieder recht. Diese Sachen gehören mir. Und das ist eines meiner Lieblingsstücke", sagte sie und strich mit einem Finger über den samtenen Träger.

Scott nickte nur und fragte sich, wie er aus dieser peinlichen Situation herauskommen sollte. Doch im selben Moment zog Jennifer ihr Shirt aus, entledigte sich ihres BHs und stand nun oben ohne vor ihm.

Er konnte nicht anders und starrte gebannt auf ihre üppigen, prallen Brüste. Sie würdigte ihn keines Blickes, sondern löste das Bustier von der Wäscheklammer. Dann legte sie es andächtig um ihren Busen und knöpfte es geschickt vorne zu.

„Ich kaufe nur welche, die ich hier schließen kann, da brauche ich keine Hilfe", sagte sie und zeigte mit dem Finger auf eine Stelle, die jetzt fest verschlossen war. Man sah nicht einmal, dass da ein Knopf war.

Scott nickte und schaute etwas dümmlich drein. Diesen Anblick würde er so schnell nicht vergessen, dachte er. Ihre rosa Brustwarzen und die helle Haut. Kurz hatte er den Impuls verspürt, sie zu berühren, hatte sich aber mit aller Kraft dagegen wehren können.

„Steht mir doch gut, oder?", sagte sie und drehte sich einmal elegant im Kreis. Jetzt strich sie mit beiden Händen über ihre Rundungen und klimperte mit den Wimpern.

Scotts Mund stand offen und er konnte keinen klaren Gedanken fassen.

„Jenny, wo bleibst du?"

Anastasias Stimme ertönte aus der Hütte und beendete die Szene abrupt.

Jennifer zog sich schnell das Shirt über den Kopf und machte auf dem Absatz kehrt. Sie blickte noch einmal über ihre Schulter und zwinkerte Scott zu.

Er blieb wie angewurzelt stehen und hob nur leicht die Hand. Dann sog er scharf die Luft ein, drehte sich um und humpelte kopfschüttelnd davon.

Er wusste nicht, ob er Anastasia böse sein konnte. Wieder einmal hatte sie einen sexuell aufgeladenen Moment zunichte gemacht. Dabei empfand er doch nichts für Jennifer. Lieber hätte er die schlanke Brünette ins Bett bekommen. Und dennoch war ihm heiß.

Jennifer gluckste und grinste übers ganze Gesicht. Einen Schritt weiter, bald habe ich ihn pflückbereit, dachte sie, als sie die Stufen zur Hütte hinaufstieg.

5. BETTGEFLÜSTER

Lucas legte lächelnd ein Kissen nach dem anderen auf den sandigen Boden. Er versuchte, einigermaßen einen Kreis hinzubekommen. Endlich würde er Zeit haben, 'seine Schäfchen' zusammenzuführen.

Nach den anstrengenden Wochen des Hüttenbaus war es nun seine Aufgabe, die Gruppe spielerisch zu einer engen Gemeinschaft zu formen.

„Kann ich dir helfen?"

Lucas blickte auf und sah John mit einem Bündel Holz vor sich stehen.

„Du kommst wie gerufen, mein Bruder!"

„Siehst du, wir verstehen uns auch ohne Worte. Dann mache ich mal Feuer", sagte John und begann, das Holz in der Mitte des Kreises aufzuschichten.

Schweigend gingen die beiden Männer ihrer Aufgabe nach. Die Palmen wiegten sich sanft im Wind und als die ersten Flammen zu lodern begannen, gesellten sich nach und nach die anderen Bewohner dazu.

„Danke für das Feuer, John", sagte Helene und berührte sachte seine Schulter. Er sah auf, lächelte sie an und nickte nur. Sie schwebte leichtfüßig davon und setzte sich wie in Zeitlupe auf ein Kissen.

Diese Frau war schwer zu lesen, dachte John und blies in die zaghaften Flammen.

Bei ihrer ersten Begegnung hatte sie ihn ohne Umschweife sexuell beglückt. Doch seither machte sie sich rar. Sie müsse erst zu sich selbst finden, sich eingewöhnen, war ihre immer wiederkehrende Antwort, wenn John sich ihr nähern wollte.

Oder sie tat so, als würde sie gerade meditieren. Zumindest hatte John diesen Eindruck. Jedenfalls ging sie ihm geschickt aus dem Weg.

Er fragte sich, ob der Sex so schlecht gewesen war. Was er sich nicht wirklich vorstellen konnte, denn die Erinnerung daran erregte ihn immer noch.

Und doch schien sie ihn zu mögen, denn er ertappte Helene regelmäßig, wie sie ihn bei jeder sich bietenden Gelegenheit berührte. Natürlich nur an unbedeutenden Stellen und wenn noch andere Menschen anwesend waren.

John räusperte sich, bemerkte, dass das Feuer jetzt dank des leichten Windes brannte und erhob sich. Demonstrativ setzte er sich Helene gegenüber auf ein Kissen und verschränkte seine Beine.

„So beweglich möchte ich auch sein", sagte Scott und plumpste neben John auf ein Kissen.

„Das kommt wieder, hab Geduld. Wie geht's dir?"

„Gut, danke. Bin' mal gespannt, was Lucas mit uns vorhat. Auf so eine esoterische Kuschelrunde hab' ich nämlich keinen Bock", sagte Scott und sah sich um.

„Hey, wie geht's?", fragte Liam und setzte sich.

„Gut", antworteten John und Scott wie aus einem Mund.

„Ist hier noch frei?"

Die Männer blickten auf und schluckten leer. Zwei identische Frauen standen vor ihnen und lächelten auf sie hinab. Beide trugen ein wallendes, rotes Kleid und hatten ihr dunkles Haar mit einem weißen Band zurückgebunden.

„Kann mich mal jemand kneifen, ich seh' doppelt", sagte Scott und konnte den Blick nicht von den Frauen abwenden.

„Darf ich vorstellen, das sind Vanessa und Rebecca", sagte Liam und zeigte erst auf die eine, dann auf die andere.

„Mann, du kannst sie sogar unterscheiden! Wie machst du das?", fragte Scott ungläubig.

„Rebecca hat einen etwas dunkleren Teint."

„Als ob man das bei dem Licht erkennen könnte!", warf John ein.

Liam kicherte und räusperte sich. Rebecca lachte laut auf und warf den Kopf in den Nacken. Vanessa grinste und ließ sich elegant neben Liam auf ein Kissen gleiten.

„Der Ring", sagte Liam und zeigte auf Rebeccas rechte Hand. „Sie trägt immer diesen Ring ... und Vanessa nicht."

„Aha. Und ich hatte schon Angst, dass du übernatürliche Kräfte hast. Willkommen, Ladies", sagte John und tat so, als würde er einen imaginären Hut lüften.

Rebecca sah sich um, winkte dann jemandem und setzte sich neben ihre Zwillingsschwester.

„Guten Abend, meine Lieben", rief Lucas und strahlte vor Aufregung. „Ich freue mich sehr, dass wir heute hier versammelt sind. Ich habe die ehrenvolle Aufgabe, euch einander näher zu bringen."

Alle blickten gespannt auf den Pastor. Er schritt andächtig ums Feuer herum und hielt einen braunen Beutel in der Hand.

„Was er wohl da drin hat?", fragte Scott.

„Pssst", flüsterte Liam.

„Ah, der Streber will keine Anweisungen verpassen", gab Scott zurück und stieß seinem Nachbarn in die Rippen.

„Ich gehe jetzt mit diesem Beutel herum und ihr dürft eine Murmel herausnehmen. Dann wisst ihr, mit wem ihr die erste Übung macht", sagte Lucas laut genug, dass es jeder hören konnte.

Scott grinste und wusste, wem er sich nähern wollte. Er dachte angestrengt an Anastasia und merkte nicht, dass Jennifer ihn nicht aus den Augen ließ.

„Gut, jetzt sucht ihr euren Partner und dann geht's los." Lucas lief herum und sah zu, wie sich die Paare bildeten. „Nun bekommt ihr eine Augenbinde. Setzt sie euch abwechselnd auf und lasst euch blind führen. Vertraut eurem Führer und genießt es, die Zügel des Lebens aus der Hand zu geben."

„Ich wüsste, was ich lieber mit dieser Augenbinde machen würde", flüsterte Scott Anastasia ins Ohr und half ihr, das längliche Tuch um ihre Augen zu legen.

„Halt die Klappe, Scott. Ich bin hier, um zu arbeiten, nicht um mich zu amüsieren. Und von Männern habe ich die Schnauze voll."

Zerknirscht führte Scott nun seine Partnerin an den anderen Schlafwandlern vorbei. Einige liefen mit ausgestreckten Armen umher, als hätten sie Angst, dass ihr Partner sie geradewegs gegen eine Mauer manövrieren würde.

„Gut, das macht ihr toll. Jetzt bitte wechseln", rief Lucas und wirkte mit seiner guten Laune wie ein Showmaster.

„Du musst schon ein bisschen fester zupacken, damit ich spüre, in welche Richtung ich mich bewegen soll", sagte Scott, als er Anastasias Hände nur ganz leicht an seinem Rücken spürte. „Ich bin nicht aus Porzellan."

„Das habe ich auch nicht angenommen", fauchte sie und hoffte inständig, beim nächsten Spiel Jennifer als Partnerin zu haben. Sie konnte seinen Schweißgeruch nicht länger ertragen, sonst müsste sie sich übergeben. Wie konnte er nur immer so streng riechen? Duschte er nie? Sie rümpfte die Nase und war froh, als die Übung vorbei war.

„Hervorragend! Jetzt kommen alle Murmeln wieder in den Beutel zurück und wir mischen neu", rief Lucas heiter.

Jennifer kniff die Augen zusammen und dachte angestrengt an Scott. Sie griff in den Beutel und zog eine orangefarbene Murmel heraus.

Ihr Herz machte einen Hüpfer, als sie feststellte, dass Scott mit genau derselben Murmel dastand. Er drehte sich um und sah dann ihr lächelndes Gesicht.

Mit langsamen Schritten kam er auf sie zu und grinste sie an. Aufgeregt legte sie ihre Murmel in seine Hand und klimperte mit den Wimpern.

„Wir scheinen füreinander bestimmt zu sein", sagte sie und strahlte ihn an.

„Sieht so aus", antwortete Scott und steckte die Murmeln in seine Hosentasche.

„Jetzt geht es darum, sich fallen zu lassen. Ihr steht hintereinander und der Vordere lässt sich langsam nach hinten fallen. Der Partner oder die Partnerin fängt sie oder ihn auf. Los geht's", sagte Lucas und schritt umher.

„Na dann", sagte Jennifer, die sich eine Übung mit Körperkontakt gewünscht hatte, das aber irgendwie komisch fand.

„Dann wollen wir mal", sagte Scott und stellte sich hinter Jennifer. Sie schloss die Augen und fragte: „Bereit?"

„Allzeit bereit", antwortete Scott und wartete, bis sie sich einen Ruck gab.

Als sie langsam näherkam, fing er sie mit seinen muskulösen Armen auf und hielt sie einen Moment länger als nötig an seinen Körper gedrückt.

„Okay. Jetzt ich", sagte Jennifer etwas atemlos, während sie Scott umrundete.

„Du willst mich doch nicht ernsthaft auffangen, oder?"

„Warum denn nicht? Meinst du, ich bin nicht stark genug?", fragte Jennifer empört.

„Ja, äh, nein. Ich glaube nur, ich bin zu schwer für dich", sagte Scott und sah sie skeptisch über die Schulter an.

„Mach schon, ich halte dich bestimmt", sagte sie und forderte ihn auf, sich umzudrehen.

Er gehorchte, schloss die Augen und ließ sich langsam nach hinten fallen. Überrascht spürte er, wie er aufgehalten wurde und sich ihre Brüste an seinen Rücken pressten. Er schnappte nach Luft und trat einen Schritt vor.

„Wow, Glückwunsch, Miss Super Woman", sagte er und versuchte das aufregende Gefühl einzuordnen.

Auf der anderen Seite beobachtete Helene, wie John gerade Vanessa, oder war es Rebecca, an sich drückte und ihr etwas ins Ohr flüsterte.

„Alles in Ordnung?", erkundigte sich Siena und lächelte Helene an.

„Ja, ja", stammelte sie und konnte den Blick nicht von John abwenden.

„Seid ihr ein Paar? Du und John?"

Helene schüttelte heftig den Kopf und schluckte leer.

„Nein, ganz bestimmt nicht", antwortete sie und fragte sich, warum ihr diese Frage so unangenehm war.

„Er wäre auf jeden Fall eine gute Partie", sagte Siena, „doch ich bin mit meinem Mann sehr zufrieden. Wo ist er eigentlich?" Sie sah sich um.

„Da drüben", antwortete Helene und deutete mit dem Kinn in eine Richtung, wo Thomas mit Robert in ein Gespräch vertieft war.

„Ärzteklatsch", sagte Siena augenzwinkernd und entfernte sich. Helene sah ihr nach und fragte sich, warum sie sich so elend fühlte.

„Wir müssen reden", zischte Anastasia Jennifer ins Ohr und zog ihre Freundin vom Feuer weg.

„Das ist eine gute Idee", antwortete Jennifer und folgte ihr. Bei den Duschen sah sich Anastasia noch einmal um und stellte erleichtert fest, dass niemand da war. Im Hintergrund waren Gitarrenklänge zu hören. Offenbar ging der Abend in den gemütlichen Teil über.

„Was hat sich Lucas nur dabei gedacht?", fragte Anastasia und lehnte sich aufgewühlt an die Mauer. „Er kann uns doch nicht zwingen, uns zu berühren. Das ist doch total daneben", empörte sie sich und sah Jennifer mit großen Augen an.

„Sowas soll teambildend sein, denke ich."

„Jetzt verteidigst du ihn auch noch. Ich musste mich von Liam auffangen lassen, … von Liam!" Anastasia hätte fast geschrien. Jennifer zog die Augenbrauen hoch.

„War es so schlimm?", fragte sie bestürzt.

„Nein. Aber genau das ist schlimm!" Jetzt ließ sie sich langsam zu Boden gleiten und saß da wie ein Häufchen

Elend. „Ich glaube, ich liebe ihn immer noch, Jenny. Kannst du das verstehen?"

„Oje", sagte Jennifer und setzte sich zu ihrer Freundin, „wäre das so schlimm?"

„Ja!? Er hat mir das Herz gebrochen!"

„Und jetzt will er es vielleicht reparieren. Warum gibst du ihm nicht noch eine Chance? Ihr passt doch gut zusammen." Jennifer fragte sich, ob sie das wirklich glaubte oder ob sie insgeheim nur hoffte, dass sie selbst mehr Chancen bei Scott hatte, wenn Anastasia nicht mehr auf dem ‚freien Markt' war. War sie deswegen eine schlechte Freundin? Aber sie konnte nicht anders. Sie wollte Scott für sich, je früher, desto besser.

„Bist du noch da?", fragte Anastasia vorwurfsvoll und sah sie genauer an. „Glaubst du wirklich, dass es funktionieren würde?"

„Warum verbringst du nicht etwas Zeit mit Liam? Dann wirst du herausfinden, ob er eine zweite Chance verdient hat oder nicht. Und Zeit habt ihr ja genug. Was sollen wir denn sonst tun in diesem Kaff?"

„Ich bin zum Arbeiten hier!", empörte sich Anastasia und rümpfte die Nase, „aber das scheint hier niemanden zu interessieren."

„Ist auch schwer vorstellbar, dass man im Paradies arbeiten muss", antwortete Jennifer beschwichtigend und drückte ihre Freundin an sich.

„Ach, Jenny, das Leben kann so anstrengend sein!"

„Zum Glück! Das ist ein sicheres Zeichen, dass du noch lebst. Wenn du tot bist, kannst du es ruhiger nehmen, glaub mir."

„Aber er hatte auf *Harmonya* was mit einer Lisa!"

„Na und? Wer ist denn diese Lisa? Und da wusste er ja noch nicht, dass er dich wiedersehen würde!"

„Und dass er mich eiskalt abserviert hat, das kann ich nicht einfach vergessen", flüsterte Anastasia und griff nach einem kleinen Stein.

„Er war damals 17! Ihr wart beide noch jung und er stand unter der Fuchtel seiner Eltern. Was hast du erwartet? Dass er mit dir nach Las Vegas durchbrennt, um dich zu heiraten? Heute ist die Situation eine ganz andere. Er ist 28, unabhängig und kann sein Leben selbst gestalten. Gib ihm noch eine Chance!"

Anastasia dachte über Jennifers Worte nach und fragte sich, ob Liam wirklich so unabhängig war, wie ihre Freundin glaubte. Soweit sie wusste, arbeitete er immer noch für das Wahlkomitee seines Vaters. Und da musste er nach dessen Pfeife tanzen, egal, wie alt er war.

Am nächsten Morgen wachte John früh auf. Er lächelte und schickte einen Dank ins Universum. Dieses Ritual praktizierte er schon seit vielen Jahren. Zuerst der Dank und dann die Frage, wie er den neuen Tag gestalten könnte, damit es der beste seines Lebens würde.

Er band sich sein schulterlanges, grau meliertes Haar zusammen, zog eine Shorts an und streckte die Arme zur Decke aus. Bewusst atmete er tief ein und aus. Dann wusste er, was zu tun war.

Er trat aus der Tür und sah sich um.

Helene saß kerzengerade auf ihrer Yogamatte und schien zu meditieren.

Ich gehe schwimmen, dachte John, schnappte sich ein Tuch von der Leine und wollte sich leise entfernen, als er Helenes Stimme hörte.

„Guten Morgen, John."

Er drehte sich überrascht um und sah sie lächelnd an. Sie bemühte sich, gelassen zu wirken, aber John bemerkte, dass ihre Wangen etwas mehr Farbe bekommen hatten.

„Auch dir einen guten Morgen, Helene."

„Gehst du schwimmen?", fragte sie und erhob sich andächtig.

„Das wollte ich. Möchtest du mich begleiten?"

„Nein, danke. Aber vielleicht hast du Zeit für eine Tasse Tee?" Ihre hellblauen Augen leuchteten. Sie trug ihr Haar offen und es wirkte ein wenig länger.

„Ich nehme mir gerne Zeit für dich, danke für die Einladung." John legte sein Tuch auf die Veranda und trat näher. Sie nickte lächelnd und verschwand in ihrer Hütte.

Er sah sich um und beschoss, sich auf ein Kissen zu setzen. Ihm erschien die Konversation etwas gekünstelt, zumindest kam es ihm so vor. Vielleicht lag es daran, dass sie schon einmal intim miteinander gewesen waren. Zwar nur einmal, aber vielleicht lag es genau daran. Warum nur hatte es keine Wiederholung gegeben?

In diesem Moment kam Helene zurück und stellte ein Tablett auf den Hocker. Es duftete nach Jasmin und John freute sich auf etwas Warmes.

Schweigend saßen sie sich gegenüber und nippten an ihrem Tee. John stellte die Tasse ab, atmete tief durch und schloss für einen Moment die Augen. Er spürte, dass etwas Unausgesprochenes in der Luft lag und entschied sich intuitiv, jetzt zu handeln.

„Helene, was willst du von mir?" Er blickte auf und wollte ihr in die Augen sehen, aber ihr Blick verlor sich in der grünen Umgebung. Er wartete geduldig und spürte, dass sie noch etwas Zeit brauchte.

„John, das würde ich auch gerne wissen. Ich habe dieses Leben hier gewählt, um meine Mitte zu finden. Um in meiner Mitte zu bleiben", fügte sie hinzu. „Und ich habe einfach nicht mit dir gerechnet."

„Das hat das Leben so an sich", sagte er lächelnd.

Sie blickte ihn liebevoll an. Und wieder war er hingerissen von ihrem Anblick, von ihrer Ausstrahlung. Sie wirkte magisch auf ihn und ihre feinen Gesichtszüge verliehen ihr eine Schönheit, die er noch nicht oft bei einer Frau gesehen hatte. Vielleicht lag es daran, dass sie mit sich im Reinen war, dachte John und nickte, um ihr zu signalisieren, dass sie weitersprechen sollte.

„Ich bin auf dem richtigen Weg. Ich lebe meine Achtsamkeit schon länger. Aber dann kamst du und hast mich ganz schön aus der Bahn geworfen. Dieser schnelle Sex am Strand, das will ich eigentlich nicht mehr."

Er zog erstaunt die Augenbrauen hoch und fragte sich im nächsten Moment, ob er die Situation falsch eingeschätzt hatte. Er hatte deutlich gespürt, dass sie ihn sehr wohl wollte, damals.

„Was meinst du mit eigentlich?", entgegnete er ruhig. Sie sah ihn erstaunt an. „Du hast gesagt, dass du diesen schnellen Sex eigentlich nicht mehr möchtest."

„Das stimmt. Ich bin auf einem anderen, neuen Weg. Ich möchte mich vertrauensvoll auf meinen Partner einlassen und mir viel Zeit nehmen. Zeit, um auf Entdeckungsreise zu gehen, um sich gemeinsam zu spüren. Ich habe einen Tantra-Kurs gemacht und das hat mein Leben vollkommen verändert", fügte sie hinzu und nippte an ihrem Tee, der wohl schon kalt geworden war.

John nickte und fragte sich, ob er noch eine Tasse bekommen könnte, aber er hielt es für unangebracht, danach zu fragen.

„Verstehe", sagte er stattdessen.

„Deshalb habe ich mich ein wenig zurückgezogen. Ich brauchte Zeit für mich."

„Okay. Und was geschieht jetzt? Willst du meine Partnerin sein?", fragte er direkt. Er wollte Klarheit. Und auf diese Tantra-Sache konnte er sich bestimmt einlassen, schließlich war er ein offener Typ.

„Wie bitte?", sagte sie und sah ihn erschrocken an.

„Na, wir wohnen doch Hütte an Hütte. Da können wir doch ab und zu dieses Tantra zusammen praktizieren. Ich würde mich jedenfalls darüber freuen."

„Das glaube ich sofort", erwiderte sie etwas hitzig und fasste sich gleich an den Mund.

„Ich möchte mich aber keinesfalls aufdrängen. Nicht, dass du mich falsch verstehst. Und ich möchte auch nicht, dass du dich neben mir unwohl fühlst. Wir sind schließlich frei, vogelfrei", sagte John und sah amüsiert einem bunten Vogel nach, der genau in diesem Moment laut zwitschernd ganz dicht an ihnen vorbeiflog.

„Frei ist genau mein Stichwort", sagte Helene und straffte die Schultern. „Ich liebe es, frei und ungebunden zu sein. Andererseits genieße ich auch die Intimität mit einem so attraktiven und aufmerksamen Mann wie dir." Er blickte sie an und versuchte zu erraten, was nun kommen würde. „Aber eben, an einer festen Partnerschaft bin ich nicht interessiert."

Jetzt war die Katze aus dem Sack, dachte John und nickte.

„Gut. Dann bin ich gespannt, wie wir das hinkriegen. Ungebunden und doch intim." Jetzt lag der Ball bei ihr und es amüsierte ihn zu sehen, wie es in ihrem Kopf rumorte.

„Wie schön, John", sagte sie hingebungsvoll und griff nach seiner Tasse. „Darf ich dir noch eine Tasse anbieten?"

„Gern", antwortete er und lächelte verschmitzt, als er ihr nachsah, wie sie in ihre Hütte verschwand, um Tee aufzugießen und wahrscheinlich ihre Gedanken zu ordnen.

„Danke, dass du mich rüberfährst", sagte Anastasia und umklammerte ihre Kamera.

„Mach ich gerne. Und da Lucas mir sein Heiligtum anvertraut hat, ist es mir eine Ehre."

„Ist er auf dem Festland?"

„Ja. Er hatte Sehnsucht nach Ottilia und ich habe ihn gefahren. Aber nun zu dir, wohin geht's? Das Wetter könnte nicht besser sein", antwortete Liam und setzte seine Sonnenbrille auf.

Jetzt mit der verspiegelten, goldenen Brille sah er aus wie ein reicher Schnösel aus, schoss es Anastasia durch den Kopf. Na ja, eigentlich war er ja auch ein reicher Schnösel. Sie schüttelte den Gedanken ab und konzentrierte sich wieder auf ihre bevorstehende Aufgabe.

„Nach *Hillarya*. Ich benötige Nachschub und hole die Fotos von *Harmonya* ab." Sie zeigte auf ihre Kamera.

„Okay, dann mal los", sagte Liam und manövrierte das Boot langsam vom Steg weg.

Als sie weit genug von der Insel entfernt waren, gab er Gas und lachte laut auf. Es tat gut, ihn mal wieder so unbeschwert zu sehen, dachte Anastasia und versuchte, alle schlechten Erinnerungen für einen Moment über Bord zu werfen.

Sie zückte ihre Kamera und stellte das Objektiv scharf. Er war ein sehr gut aussehender Mann, sein Lächeln löste immer noch ein Kribbeln in ihrem Bauch aus. Sie wartete auf den richtigen Moment und drückte dann ab.

„Ist das nicht unglaublich Annie!", rief er in den Fahrtwind, sein blondes Haar wirbelten durcheinander. „Wir beide im Paradies, wer hätte das gedacht?"

Sie lächelte und legte die Kamera wieder auf ihren Schoß. Dann schaute sie sich um und konnte es tatsächlich kaum glauben. Das türkisfarbene Wasser, der strahlend blaue Himmel und die wärmende Sonne schienen einfach nicht echt zu sein. Gab es wirklich so schöne Orte auf der Erde? Für einen Moment spürte sie Bedauern in sich aufsteigen, dass sie dieses Paradies nicht auf einer Fotografie festhalten konnte.

Ihr Talent war es, bestimmte Momente mit Menschen festzuhalten, nicht die Natur. Und sie bezweifelte, dass es irgendjemandem überhaupt gelang, diesen unglaublichen Anblick auch nur annähernd realistisch ablichten zu können. Nein, es gab Momente, die konnte man nur im Herzen festhalten.

Die Fahrt dauerte keine dreißig Minuten, da wurde das Boot schon wieder langsamer. Auf dem Steg erblickte Anastasia bereits Tina, die energisch mit einem Arm winkte.

„Die beiden haben wirklich ein traumhaftes Leben, findest du nicht?", sagte Liam und nickte zum Steg hinüber. Anastasia verstand im ersten Moment nicht, was er damit meinte und sah ihn fragend an. „Na, Tina und Tony. Die leben im Paradies mit allen Annehmlichkeiten und bebauen eine Insel nach der anderen.“

„Stimmt“, antwortete sie knapp.

„Wie schön, dass ihr uns besucht!“, rief Tina begeistert und half den beiden an Land. „Ich hoffe, Tony hat nicht den ganzen Kuchen gegessen.“

„Das hoffe ich auch“, sagte Liam und nahm die zierliche Tina kurz in den Arm. „Das wäre jetzt genau nach meinem Geschmack, ein großer Latte Macchiato und ein Stück Kuchen. Wie geht’s dir?“

„Sehr gut, danke der Nachfrage. Und dir?“

„Kann mich nicht beklagen, bei der Begleitung“, antwortete er und zwinkerte Tina zu.

Anastasia umarmte Tina und verdrehte die Augen. Sie war so gespannt auf ihre Fotos, dass sie so schnell wie möglich ins Haupthaus wollte. Auf Smalltalk konnte sie sowieso gut verzichten.

Zügig schritt sie an den beiden vorbei und hoffte, mit ihrem Werk zufrieden sein zu können.

„Annie, deine Fotos sind unglaublich!“, rief Yvonne und kam ihr auf halbem Weg entgegen. „Ich habe mir erlaubt, einen ersten Blick darauf zu werfen, schließlich habe ich alles bezahlt. Ist hoffe, du hast nichts dagegen, meine Liebe?“

Anastasia nickte lächelnd und hoffte, dass sie recht behielt. Es war leicht, Laien zufrieden zu stellen. Aber sie stellte hohe Ansprüche an sich selbst. Sie heftete sich an Yvonnes Fersen und überhörte das Geplapper von Tina und Liam, die ihnen folgten.

Das Büro wirkte verwaist und Anastasia blieb abrupt stehen, als sie es betrat.

Ihre Fotos hingen an einer riesigen Pinnwand und Anastasia schluckte leer. Andächtig ging sie darauf zu und versuchte, ein Bild nach dem anderen kurz ins Visier zu nehmen.

„Das ist mein Lieblingsbild", riss Yvonne sie aus ihrer Kontrolle. „Lillibeth und Joseph sehen darauf so glücklich aus. Man spürt förmlich, wie zufrieden sie mit ihrem neuen Leben sind."

„Lola gefällt mir sehr gut", mischte sich Tina ein und zeigte auf eine Frau, die sich gerade lächelnd ein Stück Mango vor den Mund hielt. „Sie sieht so unbeschwert darauf aus. Alles Negative scheint in diesem Moment von ihr abzufallen."

„Dieses Foto ist entstanden, als sie mit den Wilson-Jungs Mangos geschnitten und ihnen gezeigt hat, dass man daraus auch einen lachenden Mund machen kann", erklärte Anastasia leise, während ihre Augen über die anderen Bilder schweiften.

„Du hast wahrlich eine Gabe. Zum Glück habe ich dein Talent sofort erkannt. Ich freue mich schon auf die Fotos von *Hillarya*. Bist du deswegen hier? Tom ist leider nicht hier", sagte Yvonne ohne Punkt und Komma.

„Nein. Natürlich werde ich mich dafür angemessen anmelden. Ich bin nur gekommen, um mir die Fotos anzuschauen und Nachschub zu holen." Sie zeigte auf ihre Kamera, ohne die sie fast nie unterwegs war.

„Gut", sagte Yvonne erleichtert, „habt ihr Zeit für Kaffee und Kuchen?"

„Immer", antworteten Anastasia und Liam wie aus einem Mund. Beide lächelten sich verlegen an und folgten dann der Hausherrin in die Küche.

„Gut, dass uns Tony noch ein paar Krümel übrig gelassen hat", sagte Liam, als sie wieder auf dem Weg zum Boot waren.

„Ein paar Krümel? Du hast bestimmt den halben Kuchen gegessen!" Sie lachten beide und als sich ihre Arme beim Gehen kurz berührten, griff er instinktiv nach ihrer Hand. Sie blieb abrupt stehen und sah ihn mit weit aufgerissenen Augen an.

„Es ist einfach schön, Zeit mit dir zu verbringen", sagte er schnell und wollte sie wieder loslassen. Doch sie nickte, schaute wieder geradeaus und drückte seine Hand.

Auf dem Rückweg schienen beide in Gedanken versunken. Sie nahmen die traumhafte Kulisse nur noch wie durch einen Schleier wahr.

Die Fahrt kam den beiden viel kürzer vor als der Hinweg und so staunten sie nicht schlecht, als der Steg in Sicht kam.

Mit wenigen Handgriffen war das Boot vertäut. Liam reichte ihr die Hand und zog sie mit aller Kraft hoch. Jetzt standen sie sich Nase an Nase gegenüber und sahen sich tief in die Augen.

Der betörende Duft, die vertrauten Gesichtszüge, alles schien perfekt zu passen. Ohne ein Wort zu sagen, schlossen beide die Augen und küssten sich.

Sie konnten nicht sagen, wie lange der Kuss dauerte, aber nach einer Weile lösten sie sich keuchend voneinander.

„Annie."

„Liam."

Das war alles, was sie hervorbrachten. Hand in Hand gingen sie über den Steg zu seiner Hütte.

Dort angekommen legte sie ihre Kamera vorsichtig auf einen Tisch und beobachtete, wie er die Vorhänge zuzog und eine Kerze anzündete. Wie in Trance zogen sie sich aus.

Alles fühlte sich so vertraut, so richtig an.

Die kleine Flamme hüpfte fröhlich auf und ab und tauchte den Raum in ein angenehmes Licht.

„Ich habe dich so vermisst", sagte Liam mit einem sehnsüchtigen Funkeln in den Augen.

„Ich dich auch", flüsterte Anastasia und hob ihr Kinn. Er strich ihr über den Rücken und konnte sein Glück kaum fassen. Nie hätte er gedacht, dass er diesen vollkommenen, perfekten Körper noch einmal in all seiner Pracht sehen würde.

Langsam legten sie sich auf die Matte und ließen sich viel Zeit. Es schien, als müssten sie die verlorenen Jahre nachholen. Erst als die Erregung bei beiden ihren Höhepunkt erreichte, zog er sie auf sich.

Jeder Handgriff saß. Nichts schien neu zu sein, auch nicht nach all den Jahren. Sanft drang er in sie ein, sie presste ihre Beine an seinen Körper. Dann griff sie nach ihrem Pferdeschwanz. Das lange Haar umspielte nun ihren hin und her wippenden Oberkörper und Liam versank in Ekstase.

Ein lauter, zweistimmiger Lustschrei durchbrach die Stille. Beide keuchten auf und sahen sich glücklich in die Augen. Sie strich ihm sachte über das kurze Haar und sog entspannt seinen verführerischen Duft ein.

„Ich liebe dich, Annie", sagte er und wartete auf ihre Reaktion. „Ich habe dich immer geliebt."

Sie nickte nur und löste sich von ihm. Es war nicht der richtige Zeitpunkt, ihm dieselben Worte zu sagen. Sie brauchte noch Zeit.

„Sind wir jetzt wieder ein Paar?", fragte sie zögernd, als sie in seinen Armen lag. Er küsste ihr das Haar und nickte glücklich.

„Sonst hätte ich wohl nicht mit dir geschlafen."

„Ich meine, so richtig?"

„Liebe Anastasia Smith, willst du meine Freundin sein?", fragte er und suchte ihren Blick.

„Ja, das möchte ich", antwortete sie lächelnd. „Aber was wird aus uns, wenn ich zurück aufs Festland gehe?"

„Dann komme ich natürlich mit. Deine Eltern werden Augen machen."

„Und Chris", fügte sie hinzu und fragte sich, ob ihre Familie von der Wiedervereinigung wirklich begeistert sein würde, „vielleicht erschießt dich mein Dad."

Liam löste sich aus der Umarmung und sah sie erschrocken an.

„Das ist nicht dein Ernst?"

„Kann schon sein. Du weißt schon, dass ich ein wenig gelitten habe, als du mich abserviert hast. Und Chris."

„Chris?", lenkte Liam das Thema geschickt auf ihren jüngeren Bruder. „Wie alt ist er eigentlich?"

„Er wird bald siebzehn. Und ist inzwischen so groß wie du", antwortete sie und ein Lächeln huschte über ihr Gesicht. Die Anspannung hatte sich gelegt und doch lag noch etwas Unausgesprochenes in der Luft. Wird dieser Trennungsschmerz immer über ihr schweben, fragte sich Anastasia gerade, als Liam sich aufrichtete.

„Das kann nicht wahr sein!"

„Was?", fragte sie und wusste nicht mehr, worüber sie zuletzt gesprochen hatten.

„Na, dass Chris bald erwachsen ist. Er war doch noch ein kleiner Junge, … damals. Wir haben stundenlang mit der Nintendo gespielt. Welches Game wollte er immer und immer wieder spielen?"

„Mario Kart", antwortete Anastasia.

Diese unbeschwerte Zeit schien eine Ewigkeit her zu sein. Liam war nach der Schule fast immer bei ihr gewesen. Nach all den Jahren wusste sie jetzt wenigstens, warum.

„Ich war so gerne bei euch zu Hause. Deine Mom konnte, … kann unglaublich gut kochen. Dein Dad war zwar nicht so oft da, aber er schien ein netter Kerl zu sein. Und Chris, ja Chris war ein kleiner Wildfang."

„Er hat dich geliebt wie einen Bruder. Und danach fast genauso gelitten wie ich", sagte sie und spürte, wie der Damm brach. Sie konnte sich nicht mehr zurückhalten.

Liam nahm sie in die Arme und drückte sie fest an sich. Ihre Schultern zitterten und sie weinte und weinte. Es tat ihm so leid, dass er damals nicht stark genug gewesen war. Dass er dieses tolle Mädchen einfach im Stich gelassen hatte. Tränen kullerten nun auch über seine Wangen und er küsste ihr Haar.

„Wir schaffen das, Annie, ich verspreche es. Ich werde dich nie wieder allein lassen … nie wieder", wiederholte er mit erstickter Stimme und drückte sie fest an sich.

Lucas schritt beschwingt über den Strand und blickte lächelnd zu seinem Boot zurück. Der lange Besuch bei Ottilia auf dem Festland hatte ihm gutgetan.

Nur Freds Zustand stimmte ihn nachdenklich. Er sah so blass aus und hatte dunkle, ausgeprägte Verfärbungen unter den Augen. Offenbar war sein

Bruder krank geworden und das machte ihm zu schaffen, hatte Fred ihn beruhigt.

Während Lucas den Weg zu seinem Freund einschlug, schloss er Fred und seinen Bruder in sein Gebet ein. Das tat Lucas oft. Bei alltäglichen Tätigkeiten zu beten. Natürlich nur, wenn er nicht zu konzentriert sein musste.

Auf dem Boot war das leider nicht möglich. Da musste er sich strikte an die Karte halten, um nicht irgendwo auf Grund zu laufen. Oder noch schlimmer, einen Taucher zu erwischen.

In Gedanken versunken wäre er fast mit Helene zusammengestoßen, die sich gerade von ihrer Hütte entfernte.

„Hallo, Lucas."

„Meine liebe Schwester", sagte er feierlich und umarmte sie ungefragt. „Geht es dir gut? Zumindest siehst du glücklich aus."

„Danke der Nachfrage. Ich bin sehr beseelt und zufrieden … und dankbar", fügte sie lächelnd hinzu.

„Das freut mich zu hören. Ist John zu Hause?"

„Ja, er ist unten am Strand und schnitzt. Viel Spaß euch beiden. Ich habe mich mit Rebecca zum Kochen verabredet. Sie zeigt mir, wie man Fisch zubereitet. Das wird John besonders freuen", sagte sie und machte sich wieder auf den Weg.

„Viel Freude und gutes Gelingen. Liebe Grüße an Beccy. Ich freue mich auf ein leckeres Mahl heute Abend!", rief Lucas ihr hinterher.

Als er weiterging, streiften die herabhängenden Äste seine Arme und er überlegte gerade, ob er sie zurückschneiden sollte, als ganz in der Nähe eine ihm bekannte Melodie erklang. Lucas blieb stehen und lauschte gebannt.

Es erinnerte ihn augenblicklich an seine Zeit in Taizé, wo die Lobgesänge oft von Flöten begleitet wurden.

Als Theologiestudent war er einige Monate durch Europa gereist, und diese Melodie hatte sich fest in sein Gedächtnis eingebrannt. Obwohl er diese Klänge seit Jahren nicht mehr gehört hatte, war plötzlich alles wieder präsent.

„Laudato sii, oh mi Signore", sang Lucas und trat aus dem Dickicht hervor. John verzog keine Miene und spielte weiter wie ein Profi.

Es war ein bewegender Moment, die beiden Männer am Strand zu sehen. Der eine hockend mit einer kleinen Flöte in den Händen, der andere stehend und inbrünstig singend.

„Du kannst echt gut singen", lobte John und lächelte.

„Ja, das kann ich. Ich liebe es sehr. Toll, dass du so gut spielen kannst", sagte er und zeigte auf die kleine Holzflöte in Johns Hand.

„Danke. Hat seine Vorteile, wenn das Instrument so klein ist", antwortete er und steckte sich das längliche Holzstück in die Brusttasche, „ich kann jederzeit üben."

„Ich habe gerade Helene getroffen, … sie hat mir verraten, wo ich dich finden kann."

„Du hättest mich bestimmt auch ohne ihre Hilfe ausfindig gemacht. So groß ist die Insel ja nicht."

„Das ist wahr. Ich denke oft an *Harmonya*, da kann man sich tagelang aus dem Weg gehen. Oder sich nie zu Gesicht bekommen", sinnierte Lucas und setzte sich.

„Ich habe schon viel von *Harmonya* gehört. Aber weißt du was? Ich bin sehr gerne hier. Es ist überschaubar, die Menschen sind nett und ich habe alles, was ich brauche." Er deutete auf sein Werkzeug, das fein säuberlich auf einem Ledertuch vor ihm lag. „Und ich kann tun und lassen, was ich will."

Lucas nickte lächelnd und betrachtete die vielen Feilen in verschiedenen Größen. Er wollte gerade mit dem Finger über eines der Werkzeuge streichen, als John blitzschnell seine Hand zurückhielt.

„Die sind messerscharf, lass sie liegen. Und wenn, dann nur hier am Holzgriff."

Lucas hob erschrocken die Augenbrauen und zog die Hand zurück.

„Reicht es dir, hier zu hocken und zu schnitzen?"

„Nana! Ich mache schon noch anderes", verteidigte sich John und rollte gemächlich sein Werkzeug zusammen. Dann band er eine dicke Schnur darum und legte es wieder in den Sand. „Ich bin einfach zufrieden und dankbar, dass mich das Universum an diesen paradiesischen Ort geführt hat."

„Das Universum?", fragte Lucas und sah ihn erstaunt an. „Das Universum?", wiederholte er, als müsse er sich vergewissern, dass John wirklich dieses Wort benutzt hatte.

„Ja, mein lieber Bruder, das Universum", antwortete John und betonte das letzte Wort. „Ist es Gott, Buddha, eine Naturgewalt, Engel? Ich weiß es nicht. Für mich ist das Universum einfach alles. Das kann ich mir bildlich vorstellen. Ich habe Schwierigkeiten, mir Gott als einen alten, weisen Mann mit Bart vorzustellen. Ist nichts Persönliches, verstehst du?"

Lucas nickte und fragte dann: „Kannst du dir nicht vorstellen, dass Gott dich hierher geführt hat?"

John blickte lächelnd auf die Wellen, die sich schäumend am Ufer brachen. Er genoss es, mit Lucas über das Leben zu philosophieren und atmete tief ein.

Die entstandene Pause stellte die Geduld des Geistlichen allerdings auf die Probe. Lucas musste sich innerlich zusammenreißen, um nicht gleich wieder das Wort zu ergreifen.

„Vor einem Jahr habe ich meine Bestellung ins Universum geschickt. Und jetzt sitze ich hier bei dir und es ist noch großartiger, als ich es mir hätte vorstellen können."

Lucas nickte und legte sich seine nächsten Worte im Kopf zurecht. Er fand das Wort ‚Bestellung' eigenartig und fragte sich im selben Moment, warum er bei Gott noch nie etwas bestellt hatte. Er bat ihn lediglich um das eine oder andere.

„Ich habe einen Tapetenwechsel bestellt, eine Zeit, um mir selbst und den Menschen um mich herum wieder näher zu kommen. Ich glaube, ich habe geschrieben: ‚Ich bestelle ein angenehmes und leichtes Leben an einem friedlichen Ort, wo ich mich wohlfühle und Zeit habe für die wesentlichen Dinge des Lebens'. Ja, exakt, das waren meine Worte."

„Du hast die Bestellung aufgeschrieben?"

„Ja, das ist eine sehr hilfreiche Methode. Du gehst in dich, machst dir bewusst, was du willst, und dann schreibst du es auf. Ich habe dafür ein kleines Büchlein. Jetzt habe ich es nicht dabei, aber ich kann es dir nachher in der Hütte zeigen."

Lucas nickte wieder und dachte über Johns Worte nach.

„Wenn ich laut bete, dann spüre ich die Bedeutung meiner Worte an Gott auch intensiver. Also nicht sehr laut", fügte Lucas hinzu, da John ihn erstaunt ansah. „Ich spreche einfach wie zu einem guten Freund, was Gott ja auch ist. Dann reden wir und ich ertappe mich dabei, dass die ‚lauten' Gespräche, äh, Gebete, einfach eindrücklicher sind. Sie berühren mich oft mehr, als wenn ich in der Stille mit Gott verbunden bin."

„Faszinierend. So geht es mir auch mit meinen Bestellungen. Wenn ich sie nur denke und nicht aufschreibe, sind sie nie so detailliert. Wenn ich sie aufschreibe, denke ich bewusster darüber nach, was ich wirklich will. Und das ist der Schlüssel zum Glück, meiner Meinung nach. Man muss sich bewusstwerden, was man will. Nicht das, was der Nachbar hat und man kopieren will. Nein, es ist eine Kunst im Leben, herauszufinden, was man selber will."

„Und warum betest du nicht einfach dafür?", fragte Lucas, der die Idee mit der Bestellung immer noch ein bisschen albern fand.

„Weil ich mit den Religionen so meine Mühe habe. Oder besser gesagt, das Bodenpersonal kann sehr anstrengend sein. Du natürlich ausgenommen!"

Lucas nickte mit ernster Miene und blickte auf die Weite des Ozeans. Für ihn gab es schon seit seiner Kindheit nur diesen einen Gott. Seine Großmutter hatte ihn mit der Liebe seines Lebens bekannt gemacht, als er noch ganz klein war. Zuerst waren es nur die kindlichen Dankesgebete vor dem Schlafengehen gewesen. Dann waren die vielen, vielen Fragen dazugekommen. Und später, an der Highschool, hatte er gemerkt, dass er mehr wissen wollte und sich für ein Theologiestudium entschieden.

„Ich staune auch immer wieder, wie Gott mich beschenkt. Da hatte ich vor vielen Monaten einen kleinen Gedanken an eine innige Partnerschaft und zack, bin ich mit Ottilia zusammen. Und das, obwohl wir uns schon kannten. Aber plötzlich hat es zwischen uns gefunkt. Dafür danke ich Gott jeden Tag."

„Siehst du, und genau so funktioniert das mit dem Universum."

„Eigentlich hat Gott das Universum erschaffen", erwiderte Lucas und hob lobend beide Hände.

„Deiner Meinung nach", entgegnete John.

„Nein, jetzt erzählst du mir bestimmt, dass wir alle vom Affen abstammen!"

„Wer weiß das schon so genau", lachte John.

In diesem Moment krachte eine Kokosnuss nur wenige Meter von ihnen entfernt mit voller Wucht auf den Boden.

Beide zuckten erschrocken zusammen und sahen sich mit weit aufgerissenen Augen an.

„Und ER hat immer das letzte Wort", sagte Lucas und starrte gebannt auf die riesige Nuss.

Anastasia schlich um die Hütte herum und sah sich um. Alles schien dunkel, nur der Vollmond wies ihr den Weg. Sie huschte leichtfüßig auf die Veranda, zog den Vorhang zur Seite und trat ein.

Alles war still. Das kam ihr seltsam vor. Doch als sich ihre Augen an die Dunkelheit gewöhnt hatten, sah sie, dass Jennifer in ihrem Bett lag, allerdings mit dem Gesicht zur Wand.

Anastasia verzichtete darauf, sich zu waschen oder ihr Pyjama anzuziehen, das hätte zu viel Lärm gemacht. Sie hob vorsichtig ihre feine Wolldecke an und wollte gerade ins Bett schlüpfen, als eine Stimme laut und deutlich fragte: „Wo warst du?"

Anastasie fühlte sich wie ein Teenager, der von seinen Eltern ertappt wird, wenn er zu spät nach Hause kommt. Für einen Moment überschlugen sich ihre Gedanken und sie fragte sich, ob sie ihr die Wahrheit sagen sollte.

Wieder ertönte der gleiche Satz: „Wo warst du, Anastasia?" Dieses Mal noch dröhnender und unheimlicher, denn sie fügte den vollen Namen hinzu.

„Auf *Hillarya*", antwortete Anastasia kleinlaut und hielt den Atem an. Es war nicht einmal gelogen. Sie war heute auf *Hillarya* gewesen und das wusste Jennifer ganz genau.

„Und danach?"

Mist, dachte Anastasia und suchte auf dem Tischchen nach Streichhölzern. Sie zündete eines an und als der Docht der Kerze brannte, setzte sie sich auf ein Kissen und starrte Jennifers Rücken an.

Diese schien ihren Blick zu spüren und drehte sich schwerfällig um. Jetzt sahen sich die Freundinnen an und im nächsten Augenblick prusteten sie los. Sie lachten und lachten und konnten sich kaum mehr einkriegen.

„Jetzt weiß ich, wie viel Macht eine Mutter hat!", quiekte Jennifer und wurde sofort ernst.

Sie dachte an ihre Mutter und wie oft sie sich mit ihr gestritten hatte, genau über solche Dinge. Sie hatte nie verstanden, warum ihre Eltern sich Sorgen um sie machten, wenn sie zu spät nach Hause kam. Aber jetzt wusste sie, wie sich das anfühlte und verstand viel zu spät, dass ihre Eltern sie einfach nur geliebt hatten.

Anastasia bemerkte den Stimmungsumschwung ihrer Freundin sofort und setzte sich schnell zu ihr aufs Bett.

„Es tut mir leid. Ich konnte nicht ahnen", weiter kam sie nicht. Im nächsten Moment hielt sie die schluchzende Jennifer in den Armen und wiegte sie liebevoll hin und her. „Alles gut, lass es raus", flüsterte sie und versuchte vergeblich, nicht auch noch zu weinen.

Die beiden Frauen lagen sich schluchzend in den Armen, der ganze Kummer schien sich mit jeder Träne einen Weg aus ihren Seelen zu bahnen.

Jennifer weinte um ihre Eltern, die sie viel zu früh hatte gehen lassen müssen.

Und Anastasia ließ den Schmerz los, den Liam ihr vor vielen Jahren zugefügt hatte. Alles musste raus und durfte raus.

Nach einer Weile versiegten die Tränen und sie suchten im Schein der Kerze nach Taschentüchern. Lautstark schnäuzten sie sich ein paar Mal und lächelten sich dann erschöpft an.

„Danke, … danke für alles", sagte Jennifer und drückte Anastasias Hand. „Es bedeutet mir echt viel, dich als Freundin zu haben."

„Dito", sagte Anastasia und fasste sich wieder.

„Also, wo warst du nach *Hillarya*? Ich habe da so eine Ahnung … hattest du einen attraktiven Uber-Fahrer?"

Anastasias Augen glänzten, ob vom Weinen oder von der süßen Erinnerung, konnte Jennifer sagen.

„Wir sind wieder zusammen", antwortete sie glücklich und nickte.

„So einfach kommst du mir nicht davon! Ich will alle Einzelheiten hören. Alle!", fügte Jennifer mit Nachdruck hinzu.

Als Anastasia mit Jennifer zusammen den Tag Revue passieren ließ, hatte sie das Gefühl, die richtige Entscheidung getroffen zu haben. Alles schien auf einmal so leicht, als wäre sie nach einer langen und beschwerlichen Reise endlich wohlbehalten zu Hause angekommen.

„Toll. Ihr seid so ein schönes Paar. Eure Kinder werden wunderschöne blaue Augen haben … und rote Haare", sagte Jennifer und lachte laut.

„Warum rote Haare?"

„Nun, wenn du brünett bist und er blond, dann werden die Kinder rote Haare haben, oder irre ich mich?" Jennifer fuhr sich müde über die Augen.

„Keine Ahnung. Müssen nicht beide Elternteile eine Mutation in ihren Genen haben? Zumindest habe ich sowas mal gelesen", sagte Anastasia und wickelte sich eine Haarsträhne um den Finger. „Und sowieso, vom Kinderkriegen sind wir noch weit entfernt, meine Liebe!"

„Ach, und was war das heute? Du weißt schon, dass man vom Sex schwanger werden kann? Apropos Sex, jetzt wird es Zeit, dass ich mal flachgelegt werde", sagte Jennifer bestimmt und blickte lächelnd an die Decke.

Anastasia legte sich zu ihr ins Bett und starrte ebenfalls auf die Schattengebilde, die die Palmwedel vor dem Fenster in den Raum warfen.

„Der Mond scheint so hell", bemerkte Jennifer und atmete entspannt ein und aus.

„Der Mond interessiert mich nicht die Bohne. Wie sieht es an der Scott-Front aus?", fuhr sie fort und sah ihre Freundin von der Seite an.

„Er wird bald pflückreif sein", antwortete sie zuversichtlich und lächelte. „Wenn du wüsstest, was ich ihm schon alles geboten habe!"

In den nächsten Minuten erzählte Jennifer ihrer Freundin, womit und wie sie Scott bereits bezirzt hatte.

„Du hast dich nackt vor ihm ausgezogen?!", schrie Anastasia und hielt sich dann die Hand vor den Mund.

„Schrei doch die ganze Insel zusammen! Nein, ich habe mich nur oben freigemacht. Sonst hätte ich das Bustier nicht anziehen können. Wie hätte das denn über dem Shirt ausgesehen!", empörte sich Jennifer.

„Oh mein Gott, bist du mutig! Ich hätte gern sein Gesicht gesehen", kicherte Anastasia und versuchte sich den verdutzten Scott vorzustellen.

„Unbezahlbar, das kann ich dir sagen. Ich hoffe, es hat sich gelohnt. Trotz der vielen Tattoos mag ich ihn."

„Wenn er nur nicht so stinken würde!"

„Wie bitte? Er riecht fantastisch!", protestierte Jennifer. „Ich könnte stundenlang an ihm schnuppern."

„Das ist auch so eine Sache mit den Genen, glaub ich. Hab' mal einen Artikel darüber gelesen. Wenn man den anderen gut riechen kann, dann passt man zusammen." Ihre Gedanken schweiften zu Liam ab und sie lächelte zufrieden.

„Jedenfalls ist er ein netter Kerl. Vor allem seit seinem Unfall. Er ist irgendwie…" sie suchte nach dem passenden Wort, „er hat einen weichen Kern, eine harte Schale, aber einen weichen Kern."

Anastasia nickte und spürte, wie die Müdigkeit sie übermannte. „Darf ich heute bei dir schlafen?", flüsterte sie und schmiegte sich an ihre Freundin.

„Klar, meine Liebe", sagte Jennifer und drückte ihr einen Kuss aufs Haar.

John streckte zufrieden die Beine aus und legte die Serviette sorgfältig auf den Tisch. Die Atmosphäre faszinierte ihn und er sah sich vergnügt um.

Innerlich klopfte er sich auf die Schulter, dass er diesen Schritt gewagt hatte. Es gefiel ihm sehr gut und er freute sich, dass die Gruppe so gut harmonierte.

Gedankenverloren nahm er die Serviette wieder in die Hand und begann sie zusammenzurollen. Dann steckte er sie in einen hölzernen Serviettenring und fuhr mit dem Finger über das filigran eingeritzte Muster. Er hatte vor, für jeden Bewohner einen solchen Ring zu schnitzen. Da sich das weiche Holz gut bearbeiten ließ, konnte er sich keine schönere Beschäftigung vorstellen.

„Den hast du sehr schön gemacht, John", sagte Helene und berührte ihn sanft an der Schulter.

„Danke", erwiderte er und sah sie lächelnd an. Sie setzte sich leichthin und berührte dabei seinen Arm. „Und danke dir, dass du mir diese edle Serviette geschenkt hast." Er deutete auf den dunkelgrünen Stoff, der nun zusammengerollt auf dem Tisch lag. Sie nickte lächelnd.

Helene hatte großzügigerweise jedem eine eigene Stoffserviette geschenkt. Sie hatte einen ganzen Fundus verschiedener Stoffe mit auf die Insel gebracht. John hatte seinen Augen kaum getraut, als er die vielen Stoffe in allen Farben und Größen zum ersten Mal in ihrer Hütte gesehen hatte.

Sie war sehr geschickt im Umgang mit Nadel und Faden und nähte alle ihre Kleider selbst. Manchmal färbte sie die weißen Stoffe auch bunt, natürlich nur mit Zutaten aus der Natur.

„Schön hier", sagte sie und begann, sich leicht im Takt zu wiegen. Ihre Schulter berührte immer wieder seine und er fragte sich, ob sie heute Abend mehr wollte.

Sie hatte sich in letzter Zeit rar gemacht. Dass sie jetzt seine Nähe suchte, freute ihn. Er mochte sie und hatte alle Zeit der Welt. Diese Entschleunigung gefiel ihm fast am besten. Keine Hektik, kein Stress, keine Termine, einfach nur Ruhe und Achtsamkeit.

„Wie eine große, bunte Familie", sagte John und nickte zu den tanzenden Frauen. Jennifer und Anastasia wiegten sich gemeinsam hin und her, sie schienen barfuß über den Sand zu schweben. Lucas hielt seine Gitarre fest umklammert und strahlte über das ganze Gesicht. Die Palmen wiegten sich im Wind und Helene blickte nun besorgt zum Himmel.

„Zieht bald ein Gewitter auf?" Sie zog ihre dünne Strickjacke enger um ihren schlanken Körper.

Auch John blickte auf und seine Miene verfinsterte sich augenblicklich.

„Sieht so aus." Er stand abrupt auf und begann, das Geschirr wegzuräumen. „Freunde, die Party ist zu Ende!", rief er und wie auf Kommando frischte der Wind auf.

Die Gemeinschaft verstand sofort und begann eilig, alles ins Haus zu tragen. Lucas stellte seine Gitarre in eine Ecke und begann mit dem Abwasch.

„Geht nur in eure Häuser. Ich schlafe hier und kann den Rest aufräumen, … geht!"

Die anderen nickten dankbar, wünschten eine gute Nacht und eilten in alle Richtungen davon.

„Jenny, ich geh mit Liam", rief Anastasia und winkte ihrer Freundin zu. Im nächsten Moment waren die beiden Verliebten verschwunden. Jennifer stand allein und etwas verloren vor der Tür.

„Ich begleite dich nach Hause", sagte Scott ritterlich und bot ihr seinen Arm.

„Danke, wie nett von dir", erwiderte Jennifer und hakte sich bei ihm ein. Doch aus dem romantischen

Spaziergang wurde nichts. Im nächsten Moment fielen dicke Regentropfen vom Himmel.

„Jenny, komm!", rief Scott, der ihnen den Weg bahnte, „ich habe keine Lust, nass zu werden, … und bis zu meiner Hütte ist es noch weit!"

Jetzt joggte er und Jennifer hatte Mühe, mit ihm Schritt zu halten. Sie raffte ihr Kleid und schnaufte laut.

Das waren die wenigen Momente in ihrem Leben, in denen sie ihr übermäßiges Gewicht hasste. Sie konnte nicht wirklich rennen. Sonst war sie mit ihrem Körper zufrieden. Sie liebte ihre weiblichen Rundungen und hatte nicht das Bedürfnis, schlanker zu werden.

Trotzdem war sie erleichtert darüber, dass sie seit ihrer Ankunft ein paar Pfunde abgenommen hatte. Jetzt spannten ihre Kleider nicht mehr so.

Vielleicht hatte sie nach dem Tod ihrer Eltern wieder zugenommen. Kein Wunder, denn Essen war für sie immer tröstlich gewesen.

„Jennyyyy!" Scotts Ruf riss sie aus ihren Gedanken und sie versuchte sich wieder auf den Weg zu konzentrieren. Im nächsten Moment stolperte sie über eine Wurzel und fiel vornüber.

„Aua!", rief sie und konnte es nicht fassen.

Da lag sie nun und spürte, wie der Regen auf ihren Rücken prasselte. Sie schloss kurz die Augen und wollte sich gerade wieder aufrichten, als sie spürte, wie starke Hände sie an den Armen hochzogen.

„Alles in Ordnung?", fragte Scott und sah sie erschrocken an, „bist du verletzt?"

Sie schüttelte den Kopf und starrte ihn an. Er zog sie weiter und erst als sie die Veranda erreichten, merkte Jennifer, dass ihre Knie schmerzten.

Er führte sie in ihre Hütte und suchte Streichhölzer. Draußen war es inzwischen so dunkel, dass man drinnen kaum etwas erkennen konnte.

„Neben dem Bett", sagte Jennifer erschöpft und strich sich über die Knie. Erschrocken sah sie, dass ihre schlammverschmierten Hände jetzt voller Blut waren.

Dann erhellte erst ein Blitz, dann die angezündete Kerze den Raum und Scott trat näher.

„Zeig mal. Das muss ich mir genauer ansehen", sagte er und kniete sich vor sie hin. Er hielt die Kerze an ihre Knie und betrachtete die Wunde.

Ihr Herz klopfte wie wild und sie fragte sich, ob es sich so anfühlen würde, wenn der Mann ihr die Frage aller Fragen stellen würde. In diesem Moment würde sie ihn auf der Stelle heiraten, dachte sie und lächelte tapfer.

„Nicht so schlimm. Die Schürfung scheint nur oberflächlich zu sein", sagte Scott und stand wieder auf. Er sah sich um, griff nach einem Tuch und holte Wasser.

Dann kniete er sich wieder hin und tupfte die Wunden vorsichtig ab. Er arbeitete konzentriert und Jennifer beobachtete fasziniert jeden seiner Handgriffe.

„Wo habt ihr das Notfallset?", fragte er und lächelte sie aufmunternd an.

„Ja", antwortete sie und konnte ihr Glück kaum fassen.

„Warum ja? Wo ist das Set? Das Notfallset?" Seine Miene verfinsterte sich und er stand auf.

„Ähm." Mehr brachte sie nicht heraus.

„Hast du dir auch den Kopf gestoßen, Jennifer?" Als sie ihren Namen hörte, verstand sie plötzlich.

„Ganz oben auf dem Regal", sagte sie und zeigte neben ihr Bett. Wie gerne würde sie sich mit ihm da hinlegen, dachte sie und grinste.

„Bist du sicher, dass es deinem Kopf gut geht?", erkundigte er sich und begann, Salbe auf die Wunde zu tupfen.

„Alles bestens", antwortete sie und im nächsten Moment zuckten beide heftig zusammen. Ein Donnerschlag ließ die Hütte fast erbeben. „Bleibst du heute Nacht hier bei mir? Bitte!", flehte sie.

Er nickte und band ihr den Verband um das rechte, dann um das linke Knie.

Dann stand er wieder auf und zog sich das Shirt über den Kopf. Sein muskulöser Körper schien die ganz Hütte auszufüllen und Jennifer sah ihn verdutzt an.

Er blickte sich um, griff nach einem Handtuch und trocknete sich ab. Seine Tätowierungen wirkten auf Jennifer bedrohlich und faszinierend zugleich und sie konnte die Augen nicht von ihm abwenden.

„Soll ich dir helfen?" Er deutete auf ihr Kleid. Erst jetzt bemerkte Jennifer, dass es völlig durchnässt und schmutzig war. Sie nickte und stand mit schmerzverzerrtem Gesicht auf.

Scotts Hände griffen nach dem Saum des leichten Sommerkleides und mit einem Ruck stand sie nur noch in Unterwäsche bekleidet vor ihm. „Gut, dass ich dich schon fast nackt gesehen habe, sonst könnte es noch peinlich werden", sagte er und grinste sie an.

Jennifer fragte sich gerade, was wohl als Nächstes passieren würde, als Scott sich geräuschvoll auf Anastasias Bett plumpsen ließ. Verwirrt sah sie ihn an.

„Das ist doch Annies Bett, oder?"

„Ja", antwortete sie knapp und humpelte zu ihrem Bett. „Danke für deine Hilfe", fügte sie hinzu und legte sich vorsichtig auf die Matte. Jetzt spürte sie, wie ihr der ganze Körper wehtat und sie war froh, dass Scott sich ihr nicht aufdrängte.

Andererseits, wenn er sie küssen würde, könnte sie den Schmerz vielleicht ignorieren.

Sie starrte an die Decke und hörte, wie die Palmwedel heftig gegen die Wände schlugen. Hoffentlich war der Sturm bald vorbei, dachte sie, als ein lautes Schnarchen sie aufschreckte. Anscheinend war ihr Bettnachbar schon eingeschlafen. Und das bei dem Tumult draußen.

Helene schmiegte sich zufrieden an Johns Schulter. Sie lauschte seinem gleichmäßigen Atem und hörte, wie der Sturm langsam weiterzog. Zwischen ihren Beinen pochte es immer noch heftig und sie fragte sich, ob sie nicht doch seine Partnerin sein wollte.

Sehr wahrscheinlich war er ein anständiger Mann. Sie wusste nicht genau, warum sie sich so zierte.

Vielleicht lag es an ihrer Vergangenheit. Zu viele toxische Beziehungen hatten sie der Liebe gegenüber müde und hoffnungslos gemacht.

Ihre Gedanken schweiften zu ihren Ex-Partnern ab. Da war der eifersüchtige Lasse gewesen. Dieser Mann hatte sie fast in den Wahnsinn getrieben. Schlussendlich war sie in eine andere Stadt gezogen, nur um ihm zu entkommen.

Dann war da noch Giorgio. Den attraktiven Südländer hatte sie während ihres Austauschjahres in Italien kennen und lieben gelernt. Sie hatten im selben Restaurant gearbeitet und waren sich schnell näher gekommen. Mit ihren blonden Haaren und den blauen Augen waren ihr die Männerherzen nur so zugeflogen. Aber sie hatte sich für Giorgio entschieden.

Bis sie herausfand, dass er ein notorischer Fremdgeher war. Sie war von Florenz nach Mailand gezogen, was für sie eine echte Herausforderung gewesen war. Die Schule wollte den Städtewechsel zunächst nicht akzeptieren.

Zurück in Schweden war sie nicht lange Single geblieben. Lars hatte ihr Herz im Sturm erobert. Mit ihm hätte sie fast eine Familie gegründet.

Leider erfuhr sie kurz vor der Hochzeit, dass er ein Alkoholiker war. Sie hatte es nicht fassen können. Er hatte seine Sucht geschickt vor ihr und seiner Familie verheimlicht. Nur sein älterer Bruder hatte von seinen Eskapaden gewusst und sie ein paar Tage vor der Hochzeit eingeweiht. Das sei er ihr schuldig, hatte er gesagt und gehofft, dass sie seinen Bruder trotzdem heiraten würde. Lars hatte die von ihr geforderte Auszeit nicht akzeptieren wollen und war zum Stalker mutiert.

Deshalb war Helene nach New York geflogen, regelrecht geflohen. In der amerikanischen Metropole hatte sie einige Monate Ruhe gefunden. Doch mit den ersten Modeljobs waren schnell wechselnde Affären in ihr Leben getreten.

Irgendwann hatte sie den Traum von einer eigenen Familie schweren Herzens begraben. Noch immer spürte sie einen dumpfen Schmerz in der Brust, wenn sie an das verlorene Glück dachte.

Auch noch mit fünfundfünfzig Jahren sehnte sie sich zwischenzeitlich nach einem eigenen Kind.

Ihre Gynäkologin hatte ihr gesagt, dass dieses Gefühl mit den Wechseljahren verschwinden würde, nicht so bei Helene. Sie hatte Freundinnen, die nun bereits Großmütter waren und das schmerzte sie zusätzlich.

Der Schritt, ihr altes Leben hinter sich zu lassen und auf eine Insel zu ziehen, war für Helene der einzige Weg, Abstand zu gewinnen und Heilung zu erfahren.

Sie wollte herausfinden, wie ein glückliches Leben ohne andere Menschen funktioniert. Nie hätte sie gedacht, dass ausgerechnet dieser wunderbare Mann ihr Nachbar werden würde.

Jetzt lag sie in seinen Armen und atmete seinen verführerischen Duft ein. Seine Brust hob und senkte sich langsam und sie ärgerte sich, dass sie einfach nicht über die Klippe springen konnte.

Was, wenn er sich nach ein paar Monaten auch als Schuft entpuppen würde? Dann müsste sie sich wieder ein neues Leben aufbauen.

Nein, sie wollte nicht mehr weglaufen. Das hatte sie in ihrem Leben schon zu oft getan. Sie fühlte sich einfach so wohl in diesem Paradies, dass sie sich ein Leben auf dem Festland nicht mehr vorstellen konnte.

Sie strich sich eine graue Strähne hinters Ohr und dachte, wie ideal die Situation doch war. Sie lebten nebeneinander in getrennten Hütten und konnten sich zwischenzeitlich näherkommen. Sie lächelte, schloss die Augen und schmiegte sich an ihn.

„Annie, schläfst du?"

Anastasia hob das Kinn und blickte in die Dunkelheit.

„Bei dem Lärm kann doch niemand schlafen", antwortete sie lächelnd. Es fühlte sich so gut an, mit Liam im Bett zu kuscheln.

„Ich dachte nur, weil du so still bist."

„Ich lausche dem Sturm", sagte sie und im nächsten Moment donnerte es sehr laut. Sie zuckte zusammen und er zog sie fester an sich.

„Erinnerst du dich an das Schulcamp, als dieses heftige Gewitter über den Campingplatz zog?"

„Ja, und ich habe mich vorher in dein Zelt geschlichen", antwortete Anastasia kichernd.

„Das ist eine Ewigkeit her", sagte er und hing seinen Erinnerungen nach.

„Und als Mr Lennon am Morgen entdeckte, dass die Mädchen bei den Jungs geschlafen hatten, wäre er beinahe tot umgefallen." Beide fingen an zu lachen und das Bett vibrierte.

„Der arme Mr Lennon muss wegen uns ein paar graue Haare bekommen haben", fuhr Liam fort. „Das ist verboten, das ist verboten, hat er immer gestammelt."

„Ich weiß noch, wie ich ihn etwas besänftigen konnte, indem ich ihm versicherte, dass alle Mädchen die Pille nehmen. Aber das schien ihm noch unangenehmer zu sein."

„Ich glaube, er dachte wirklich, wir wären noch Kinder. Dabei waren wir immer geile Teenager, außer Kontrolle."

Anastasia grinste, als sie an diese heiße Nacht dachte. Obwohl es heftig geregnet und der Wind am Zelt gezerrt hatte, hatten sie sich geliebt, als gäbe es kein Morgen.

Liam strich ihr mit der Hand über die Wange, dann den Hals hinunter bis zu ihrer Brust. Sie schnappte nach Luft und augenblicklich waren sie beide wieder in der Gegenwart. Gierig suchte sie seine Lippen und er zog ihr das Shirt über den Kopf.

Sie setzte sich auf ihn und er massierte ihre Brüste.

„Du machst mich wahnsinnig", flüsterte er und fast hätte sie es nicht gehört, denn ein weiterer Donnerschlag rollte über die Hütte hinweg. Dann suchte sie wieder seine Lippen und verschmolz mit ihm.

Es fühlte sich so gut an. Die Hände wussten, was zu tun war. Der Geruch, die Bewegungen, alles war so vertraut und erfüllte sie mit Liebe.

Sie bewegte sich langsam auf ihm und sein Stöhnen erregte sie. Dann beschleunigte sie das Tempo und spürte, dass sie den Höhepunkt nicht länger hinauszögern konnte.

Sie schrie laut auf und er umfasste ihre Hüften noch fester. Dann hörte sie sein Kommen und klammerte sich an seinen Schultern fest.

„Du bist eine Wucht, Annie. Für dich brauche ich einen Waffenschein." Er sah sie verliebt an und küsste sie zärtlich. „Anastasia Smith, willst du mich heiraten?"

Sie sah ihn mit weit aufgerissenen Augen an und glaubte im ersten Moment, seine Worte nicht richtig verstanden zu haben. Der Wind peitschte immer noch um die Hütte und zerrte an den Tüchern, die vor den Fenstern hingen.

„Wie bitte?"

„Willst du mich heiraten?"

Sie stieg irritiert von ihm runter und versuchte, ihre Gedanken zu ordnen.

„Ich habe es mir etwas anders vorgestellt", fügte er hinzu, „aber jetzt ist es raus."

„Ich mir auch", entgegnete sie und legte sich neben ihn. Ihre Gedanken schweiften zum Pier, wo sie so viele unvergessliche Stunden miteinander verbracht hatten. Sie hatte sich immer vorgestellt, wie er ihr auf dem Riesenrad die Frage aller Fragen stellen würde. Wie er ihr einen wunderschönen, funkelnden Ring mit einem kleinen Stein an den Finger stecken würde, um dann gemeinsam aufs Meer zu blicken.

„Annie, alles in Ordnung?"

„Ja, ich hätte nur nicht gedacht, dass du mich das so fragen würdest", sagte sie und versuchte, nicht allzu enttäuscht zu klingen.

Er sah sie fragend an und nickte. Anscheinend hatte er verstanden, denn er fügte rasch hinzu: „Natürlich schenke ich dir auch einen Ring."

„Ich habe mir immer vorgestellt, wie du mich auf dem Riesenrad fragst."

„Okay, das könnte etwas schwierig werden. Lucas kann wahrlich Wunder vollbringen und würde mir bestimmt einen Ring besorgen. Aber ein Riesenrad liegt wohl definitiv nicht drin."

„Du Doofi! Ich dachte doch, dass wir uns am Pier verloben würden, … unserem Pier", fügte sie hinzu und verstrubelte ihm sein blondes Haar.

„Was sagst du jetzt? Willst du meine Frau werden?"

Sie genoss es, ihn auf die Folter zu spannen und ließ sich Zeit.

„Ich glaube, nach diesem heißen Akt haben vielleicht ein paar deiner Gehirnzellen gelitten. Lass uns doch erst mal schlafen und morgen sehen wir weiter. Und wenn du dich noch ein bisschen mehr anstrengst, werde ich es mir überlegen", sagte sie und schmiegte sich an ihn.

Er nickte und überlegte konzentriert, wie er seiner Liebsten einen angemessenen Antrag machen könnte.

Scott wachte auf und starrte an die Decke. Etwas stimmte nicht. Durch die Fenster drang bereits das erste Morgenlicht, aber die Decke blieb schwarz. Seine Hütte hatte mehrere undichte Stellen, weil er das Dach mehr schlecht als recht zusammengezimmert hatte. Für die präzise Handwerkskunst fehlte ihm eindeutig die Geduld.

Seine Gedanken kreisten und im nächsten Moment wusste er wieder, wo er war.

Er lauschte in die Stille und hörte ein leises Schnarchen aus dem Nachbarbett. Sie schläft noch, dachte er und lächelte. Er drehte sich um und sah, dass Jennifer auf der Seite lag, das Gesicht ihm zugewandt, ganz entspannt.

Endlich hatte er Zeit, sie in Ruhe zu betrachten.

Sie hatte eine glatte, gebräunte Haut, feine Augenbrauen, eine etwas breite Nase und einen sinnlichen Schmollmund. Ihre prallen Wangen waren entspannt und so schlafend sah sie aus wie eine Göttin der Renaissance.

Sofort musste er an die fülligen, nackten Frauen denken, die er im Louvre in Paris gesehen hatte. Damals war er schockiert gewesen, dass solche riesigen Gemälde öffentlich ausgestellt wurden. Obwohl er schon mit dreizehn Jahren seinen ersten Porno gesehen hatte, waren ihm diese Gemälde ein wenig peinlich gewesen, so in aller Öffentlichkeit.

Amüsiert hatte Scott damals eine chinesische Schulklasse beobachtet. Mit großen Augen und offenen Mündern hatten die Jungen dagestanden und konnten es nicht fassen, genau wie er. Und die Lehrerinnen hatten vergeblich versucht, die Schar eilig in den nächsten Raum zu befördern.

Wahrscheinlich waren es die ersten nackten Frauen gewesen, die die Jungen je gesehen hatten. Er bezweifelte, dass man in China jemals die eigenen Eltern entkleidet zu sehen bekam.

Nicht so wie bei ihm zu Hause, dachte Scott und atmete schwer. Seine Mutter kannte keine Scham und stolzierte in ihrem Alter im Bikini durch den Garten, als würde sie an einem Schönheitswettbewerb teilnehmen. Obwohl sie eine gute Figur hatte, schämte er sich manchmal dafür. Seine Freunde machten dann immer dumme Witze, dass er eine MILF als Mutter habe.

Tatsächlich hatte Scott noch nie eine Freundin gehabt, die etwas mehr auf den Rippen hatte. Trotzdem fühlte er sich zu Jennifer hingezogen. Bilder ihrer nackten Brüste tauchten wieder in ihm auf und er spürte, wie sie ihn erregten.

Vielleicht lag es an ihrer sympathischen und fröhlichen Art. Sie konnte so unbeschwert lachen, dass er immer mitlachen musste. Und bei Tisch griff sie beherzt zu und genoss das Essen mit Inbrunst.

So etwas hatte er noch bei keiner Frau erlebt. Seine Mutter und alle seine Ex-Freundinnen aßen eigentlich nur Salat oder tranken grüne Smoothies.

Er lächelte bei dem Gedanken an das gestrige Abendessen und erschrak beinahe, als Jennifer die Augen aufschlug. Sie sah ihn erst ungläubig an, dann lächelte sie.

„Hey", sagte sie verschlafen und streckte sich. Ihre Haare standen von allen Seiten vom Kopf ab und verliehen ihr etwas Kindliches. Sie gähnte herzhaft und sah ihn wieder an. „Gut geschlafen?"

„Und wie. Ich war sofort weg", antwortete er und raffte die Decke vor seine Erregung. Hoffentlich konnte er sich bald etwas entspannen, denn so konnte er definitiv nicht aufstehen.

„War echt ein heftiger Sturm. Möchtest du einen Tee?", fragte sie und wollte gerade aufstehen, als sie ein Schmerz durchfuhr. „Aua!", sagte sie und erinnerte sich augenblicklich wieder an ihren Sturz. „Tut das weh!"

„Warte, ich sehe es mir an." Er band sich Anastasias dünne Wolldecke um die Hüften und kam näher.

Jennifer runzelte die Stirn und fragte sich, ob ihm wirklich kalt war, denn im Haus hatte es mindestens fünfundzwanzig Grad und es war sehr schwül.

Er kniete sich neben ihr Bett und löste den Verband. Vorsichtig zog er die Gaze ab und betrachtete die Wunden. Dann griff er nach der Salbe und tupfte sachte die blutigen Stellen ab, nahm neue Gaze und verband geschickt beide Knie. Jennifer schaute ihm fasziniert zu und platzte schier vor Glück. Seine Fürsorge ließ sie dahinschmelzen.

Er musste ihren intensiven Blick gespürt haben, denn er sah sie verlegen an.

„Danke, du bist mein Held", sagte sie lächelnd. Scott hatte nur noch Augen für ihren Schmollmund. Ihre Lippen sahen so weich und verführerisch aus, dass er einfach näher kommen musste.

Die Erinnerung an ihren ersten Kuss am Strand machte ihn mutig und er legte seine Lippen auf ihre.

Jennifer schloss die Augen. Eine Welle der Erleichterung und Erregung durchströmte sie. Er umfasste zärtlich ihren Nacken und ihr ganzer Körper erschauerte.

„Oh, Jenny", raunte er in ihr Ohr und küsste ihren Hals. Sie schien zu explodieren und keuchte.

„Scoooooott? Scoooooott?!"

Sie sprengten erschrocken auseinander und sahen sich mit großen Augen an.

Wieder ertönten die Rufe: „Scooott? Scooooott?"

Scott erhob sich leichtfüßig. Die Decke fiel zu Boden und Jennifer blickte ihm nach, wie er zur Tür ging und sich umsah.

„Ich bin hier!", rief er laut und im nächsten Augenblick stand die versammelte Inseldelegation vor der Hütte.

Jennifer trat schlaftrunken und nur in Unterwäsche bekleidet neben ihn und starrte irritiert auf die kleine Menschenmenge.

„Gott sei Dank!", rief Lucas laut, strich sich über die Glatze und setzte sich auf die Veranda. „Gott sei Dank", wiederholte er und erst jetzt bemerkte Jennifer, dass alle erleichtert aufatmeten.

Wollten die anderen etwa so dringend, dass sie mit Scott zusammenkam? Das kam ihr irgendwie albern vor, aber es berührte sie.

„Was ist denn mit euch los?", wollte Scott jetzt wissen und stand breitbeinig in der Tür, als wolle er sicherstellen, dass niemand außer ihm die Hütte betrat.

„Deine Hütte", stammelte Anastasia, „ist weg."

Scott sah sie verwirrt an und fragte sich, was sie damit meinte.

„Wir dachten schon, du wärst im Sturm umgekommen", fügte Siena hinzu und setzte sich erschöpft neben Lucas.

„Was faselt ihr da?"

„Deine Hütte … der Sturm hat sie fortgerissen. Nur ein paar Bambuspfosten stehen noch", sagte Liam mit ernster Miene und drückte Anastasia an sich.

„Wir dachten schon, du wärst der Pechvogel der Insel. Erst der schreckliche Unfall und jetzt dachten wir, du wärst in den Fluten umgekommen", sagte Helene leise. Sie atmete erleichtert und strich sich übers Gesicht.

„Du hättest eben doch ein Fundament nehmen sollen. Du hast zu nah ans Wasser gebaut. Ich habe dich gewarnt", mischte sich Robert jetzt ein und schüttelte den Kopf. „Ich kenne mich mit solchen Stürmen aus. Sie kommen scheinbar aus dem Nichts, wüten und nach wenigen Minuten ist der ganze Spuk vorbei. Aber zum Glück ist dir nichts passiert."

„Wenn du willst, kannst du bei mir wohnen", sagte John freundlich.

Scott musste die Nachricht erst einmal verdauen.

„Er wohnt bei mir", mischte sich Jennifer ein. Scott drehte sich abrupt um und sah sie erstaunt und erleichtert zugleich an. „Nun, ich brauche jemanden, der sich um mich kümmert." Scott lächelte Jennifer an und nickte dankbar.

„Danke für dein Angebot, John, aber wie du siehst, werden meine Dienste hier gebraucht. Vielleicht könntest du mir ein paar deiner Klamotten leihen? Falls wirklich alle meine Sachen weg sind."

„Oder ich nähe dir etwas", sagte Helene und musterte seine Statur genauer, als müsse sie gleich hier und jetzt Maß nehmen.

Scott lächelte und nickte dankbar.

„Ich schlage vor, wir treffen uns nachher am Lagerfeuer. Ich mache ein paar Brote und einen starken Kaffee", sagte Lucas und sehnte sich sofort nach Ottilia und ihrem ‚Caro'.

„Was ist denn mit deinen Knien?", fragte Anastasia, als sie zu Jennifer ins Haus trat.

„Ach, nicht so schlimm", beschwichtigte diese und führte ihre Freundin zum Bett.

„Weißt du, dass es Kissen gibt, wenn man sie von hinten nimmt?", flüsterte Liam Scott zu und zwinkerte.

„Alter!", erwiderte Scott empört und schubste seinen Kumpel ins Haus.

„Alles in Ordnung bei euch?", fragte Anastasia und sah die beiden Männer neugierig an.

„Alles bestens", antworteten beide gleichzeitig und grinsten.

6. UNTERSCHIEDE

Das breite Versorgungsschiff wirkte irgendwie fehl am Platz, zu wuchtig für den schmalen Holzsteg. Einige Insulaner hievten bereits die vielen Kisten von Bord, niemand sprach ein Wort.

Da die Sonne regelrecht vom Himmel brannte, waren alle bestrebt, die Arbeit so schnell wie möglich zu erledigen.

Lucas blieb kurz stehen, um sich einen Überblick zu verschaffen. Dann warf er eine Wolldecke über die restliche Ladung und zog zwei Kisten zur Tür.

„Nur noch die beiden", sagte er und schob sie Liam und John zu. Beide griffen beherzt zu und liefen zum Strand.

Eigentlich sollte Lucas' Einsatz auf *Helenya* längst beendet sein. Aber es gefiel ihm so gut, dass er um eine Verlängerung gebeten hatte. Und da die Bebauung der vierten Insel noch nicht einmal begonnen hatte, konnte das Team auf ihn verzichten.

„Nichts mehr für uns?", fragte Rebecca und sah sich im Schiff um.

„Nein. Der Rest ist für die Nord-Delegation. Sie müssten jeden Moment eintreffen."

„Ah, der Feind", sagte Rebecca und beobachtete amüsiert Lucas' Reaktion. „Keine Bange, Lucas, wir leben in Frieden und Harmonie mit denen."

„Mit denen?", erkundigte sich eine tiefe, drohende Stimme. Ein massiger, kleiner Mann mit dichtem Vollbart stand breitbeinig in der Tür und verschränkte die Arme über seinem voluminösen Bauch. Sein Anblick ließ nichts Gutes erahnen, doch Rebecca grinste und nickte ihm zu.

„Hey Peter, brauchst du Futter?"

„Immer. Die fressen mir noch die Haare vom Kopf."

„Wenigstens hast du noch welche", mischte sich Lucas ein und nahm die Wolldecke wieder von den Kisten. „Bist du allein hier?"

„Nein. Am Strand tobt die Schlacht. Norden gegen Süden. Ich tippe mal auf den Norden, da sind die kräftigeren Kerle am Werk. Vielleicht brauchen die Südländer nachher noch einen Geistlichen für die letzte Ölung, wenn du Zeit hast?", meinte er und zwinkerte Lucas zu.

„Haha", erwiderte Rebecca und klopfte ihm auf die Schulter. „Hast du das Rezept dabei?"

„Klar", antwortete Peter und zog einen kleinen Zettel aus der Hosentasche. „Und nicht zu lange auf dem Feuer lassen, sonst wird der Fisch trocken."

„Danke dir. Viel Spaß beim Tragen."

„Ich trage keine Kisten, ich delegiere", erwiderte Peter und nickte in Richtung Strand.

Wie auf Kommando betraten einige Männer den Steg und kamen schwatzend auf sie zu.

Als Lucas am Haupthaus ankam, traf er auf Helene und John, die gerade in eine lebhafte Diskussion vertieft schienen.

Er setzte sich weit genug von ihnen entfernt unter eine Palme, um nicht miteinbezogen zu werden und dennoch kein Wort zu verpassen.

Es amüsierte ihn zu sehen, wie sehr Helene sich weigerte, sich auf John einzulassen. Die Anziehungskraft zwischen den beiden war förmlich zu spüren.

„Man wird doch von den Medien nur zugemüllt! Wer entscheidet, was richtig und was falsch ist? Was publiziert wird und was nicht? Und sie nehmen sich nicht einmal Zeit, gründlich zu recherchieren! Egal, welche Zeitung du nimmst", schrie John und Lucas hob erstaunt die Augenbrauen. So aufgebracht hatte er ihn noch nie gesehen. Dann beobachtete er Helenes Reaktion und bemerkte die Zeitung, die auf ihrem Schoss lag.

„Verurteilst du mich etwa, weil ich einen Blick in den Boston Globe werfe?"

„Warum liest du diesen Schund überhaupt? Es kann dir doch egal sein, was in der Welt passiert!" John fuhr sich verärgert mit beiden Händen über den Kopf. Ein paar graue Strähnen hatten sich aus dem Haarband gelöst und standen nun grotesk von seinem Kopf ab.

„Weil die Zeitung auf dem Schiff herumlag und ich Lust darauf hatte. Es ist doch nichts dabei. Früher habe ich jeden Tag Zeitung gelesen."

„Früher! Aber jetzt sind wir aus einem triftigen Grund hier. Hier werden wir nicht mehr von diesem Filz eingelullt und manipuliert. Hier kann es uns schnuppe sein, was wo läuft. Und dann ist da noch die Sache mit der KI. Weißt du eigentlich, dass die Programmierer dieser *ach so tollen* künstlichen Intelligenz den Überblick verloren haben, wie ihre Erfindung genau funktioniert?

Sie fliegt sogar denen um die Ohren, die sie entwickelt haben! Nein, ich kann dir sagen, wohin das führt: In ein paar Jahren wissen wir nicht mehr, was Wahrheit und was Lüge ist! Alles ist manipulierbar und wir werden den Unterschied nicht mehr erkennen können!"

Lucas faltete die Hände vor dem Bauch und hörte aufmerksam zu. Natürlich hatte er schon von dieser KI gehört und sich gefragt, wohin diese Technologie die Menschheit wohl führen würde. Aber seit er wieder auf der Insel lebte, gelang es ihm erstaunlich gut, diese alltäglichen Themen vom Festland auszublenden. Selbst wenn er Ottilia besuchte, las er fast nie Zeitung und schaute kein Fernsehen. Er ertrug zeitweise nicht mal das Radio im Shop. Diese wohltuende Stille hier hatte ihn sensibler gemacht.

„Ach John, lass uns nicht streiten. Ich lege die Zeitung ins Feuer und gut ist. Ich mag Biografien sowieso viel lieber", sagte Helene und erhob sich geschmeidig. Sie schwebte zum Feuer und legte andächtig die Zeitung darauf. Im nächsten Moment wich sie erschrocken zurück, denn wie aus dem Nichts schossen die Flammen in die Höhe und fraßen sich gierig durch das Papier.

John war bereits aufgesprungen und wollte sie gerade zurückziehen, weil ihr langer, wallender Rock dem Feuer gefährlich nahegekommen war. Aber Helene hob nur das Kinn und trat einen Schritt von ihm zurück. Dann setzte sie sich wieder und strich ruhig über ihr Kleid.

„Die Biografie von Michelle habe ich zweimal gelesen", nahm sie das Thema wieder auf und blickte zu John auf, der demonstrativ vor ihr stehen geblieben war. „Diese Frau ist eine Inspiration! Was sie alles erreicht hat, ... für die Frauen."

„Biografien? Du hast also einen Hang zum Voyeurismus?" John verschränkte seine Arme vor der Brust und versuchte sich zu beruhigen, was ihm nur mäßig gelang.

Helene sah ihn erstaunt an und dachte nach.

Lucas überlegte aus sicherer Entfernung, ob er nicht besser eingreifen sollte. Aber irgendeine Macht schien ihn zurückzuhalten, oder er war einfach zu erschöpft vom Schleppen der Nahrungsmittel.

„Nein. Ich mag Geschichten über Menschen. Warum sie so geworden sind, wie sie sind. Was sie geprägt hat, … und woran sie fast zerbrochen sind."

„Also kommt noch Schadenfreude dazu, … und Überheblichkeit." John grinste sie an und genoss es, sie zu provozieren. Ihre Wangen röteten sich und er wartete darauf, dass sie aufstand und sich auf ihn stürzte. Doch sie blieb sitzen, ihre hellblauen Augen fixierten ihn.

„Was liest du?", fragte sie und bemühte sich, höflich zu bleiben.

„Nichts. Ich baue viel lieber etwas, benutze meine Hände. Warum sollte ich meinen Kopf mit Lebensgeschichten von Menschen füllen, die ich nicht einmal persönlich kenne? Glaubst du wirklich, dass diese Leute, diese Stars, ihre dunkelsten Geheimnisse in einem Buch preisgeben? Wie naiv bist du eigentlich?"

Helene erhob sich abrupt und sagte nur ein Wort: „Arschloch!" Dann schritt sie mit wehendem Kleid und hoch erhobenen Hauptes davon.

John stand da und war über diesen kleinen Ausbruch erstaunt und zufrieden zugleich. Anscheinend hatte sie doch mehr für ihn übrig, als sie sich eingestehen wollte.

Als sie nicht mehr zu sehen war, drehte er sich um und sah zu seiner Überraschung Lucas. Der hockte auf einem Stuhl und sah ihn verwirrt an.

„Was hast du alles mitbekommen?"

„Ab der Zeitung", antwortete Lucas und wies John an, sich zu ihm zu setzen, „was sollte das denn?"

„Ich will sie aus der Reserve locken. Sie schwebt von einem Ort zum anderen. Ich will ihr wahres Ich herauskitzeln."

„Und das gelingt dir, indem du sie beleidigst?"

„Keine Ahnung. Vielleicht hat die Zeitung bei mir einen Nerv getroffen. Genau von diesem Scheiß wollte ich wegkommen", sagte er und setzte sich. Er fühlte sich wie ein trockener Alkoholiker, der nur knapp einer Flasche Wodka entkommen war.

Er strich sich müde übers Gesicht, dann löste er seinen Dutt. Die schulterlangen, grau melierten Haare fielen ihm über die Schultern und er sah zu Lucas auf.

„Oh … mein … Gott!", rief der Pastor und traute seinen Augen nicht, „oh … mein … Gott!"

John sah sich um und fragte sich, was in Lucas gefahren war, aber er konnte niemanden entdecken. Er suchte wieder den Blick des Geistlichen und wich irritiert zurück, als Lucas die Hand nach seinen langen Haaren ausstreckte.

„Nicht anfassen!", sagte John bestimmt und lehnte sich in seinem Stuhl zurück.

„Du siehst aus wie Jesus", flüsterte Lucas und konnte den Blick nicht von John abwenden. „Genauso stelle ich mir Jesus vor. In reiferem Alter natürlich."

„Danke. Sehe ich so alt aus?"

„Na ja, Jesus hat es nicht bis in die fünfziger geschafft, mein Lieber. Jedenfalls nicht in Fleisch und Blut auf dieser Erde. Wahnsinn, diese Ähnlichkeit."

„Und genau deshalb trage ich mein Haar nicht offen. Nicht, wenn mich jemand sieht", fügte John müde hinzu und band seine Haarpracht wieder zusammen. „Du bist übrigens nicht der Erste, der mich mit Jesus verwechselt. Komisch, denn vor über zweitausend Jahren gab es noch keine Fotografien, oder?"

„Da stimme ich dir zu. Aber die Menschheit hat die Geschichten wenigstens schriftlich festgehalten. Und wie du sicher weißt, gibt es in den meisten Kirchen sehr wohl Bilder von Jesus." Lucas saß nun auf der vorderen Kante seines Stuhls und war immer noch sichtlich gerührt. „Wie schade, dass du dein Haar nicht offen trägst. Es sieht wirklich gut aus, so majestätisch. Deine Diskussion mit Helene wäre mit offenen Haaren bestimmt zu deinen Gunsten ausgegangen!"

John blickte erstaunt auf, dann lächelte er.

„Glaubst du, sie hätte sich mir an den Hals geworfen und mir erlaubt, sie zu lieben?"

„Mag sein. Aber bitte nicht hier am Feuer, … vor Publikum", erwiderte Lucas grinsend.

Die Sonne brannte vom Himmel und es war wolkenlos. Schon seit Tagen herrschte auf der Insel ausnahmslos schönes Wetter. Was für diese Gegend ungewöhnlich war. Mit einem mulmigen Gefühl wartete man auf den nächsten heftigen Sturm.

Jennifer kniete im Sand und wusch ihre Kleider. Ein Plastikeimer war bis zum Rand mit Wasser gefüllt und sie schrubbte energisch mit beiden Händen ein orangefarbenes Stück Stoff. Immer wieder schwappte etwas Wasser seitlich aus dem Eimer.

Scott stand in der Hütte und beobachtete sie vom Türrahmen aus. Seit einigen Tagen lebte er mit ihr auf engstem Raum. Diese Nähe zu einem anderen Menschen war für ihn sehr gewöhnungsbedürftig. Er war eher ein Einzelgänger und es gewohnt, auf niemanden Rücksicht zu nehmen.

Und doch fühlte er sich wohl bei ihr. Vielleicht lag es daran, dass sie immer gut gelaunt war. Sie lachte so viel, dass seine Laune automatisch besser wurde. Ihre positive Art verlieh ihm eine Leichtigkeit, die er so noch nie erlebt hatte.

In seinem Elternhaus herrschte eigentlich immer Krieg. Und gelacht wurde nie, außer aus Schadenfreude.

Ein Lächeln huschte über sein Gesicht, als er ihre Stimme hörte.

„Oh happy day…"

Das Lied wehte mit dem Wind zur Hütte, Scott konnte den Blick nicht von ihr wenden. Alles an ihr gefiel ihm. Und doch konnte er sich nicht überwinden, es ihr zu sagen.

Seit sie ihm Asyl gewährt hatte, fühlte er sich wie ein Gestrandeter. Und das war er ja auch. Es war ihm unmöglich, sich ihr zu nähern. Und ihre verletzten Knie mussten erst wieder ganz heilen.

„Ist es bequem?", rief er ihr zu, als er feststellte, dass sie schon eine Weile im Sand kniete.

Sie hob den Kopf und strahlte ihn an.

„Alles bestens! Dank deiner Pflege!", rief sie zurück und widmete sich wieder ihrer Wäsche.

Er nickte und war ein wenig stolz auf sich, weil er ihre Wunden so hingebungsvoll gepflegt hatte. Wieder eine

Seite an sich, die er durch sie kennengelernt hatte. Sie kitzelte wirklich alle seine guten Eigenschaften aus ihm heraus.

Und doch hielt ihn etwas zurück. Er beobachtete weiter ihre Bewegungen und musterte ihre Figur. So wie sie im Sand hockte, wirkte sie noch fülliger als im Stehen. War es ihre Figur, die ihn abhielt? Er strich sich über den rasierten Schädel und atmete tief durch.

Da er noch nie mit einer fülligen Frau intim gewesen war, wusste er nicht, worauf er sich einließ. Und wenn es ihm nicht gefiel, war er obdachlos.

„Du bist ein berechnendes Schwein", flüsterte er und dachte an den Kuss mit ihr. Sein ganzer Körper verzehrte sich nach ihr, aber sein Verstand stellte sich ihm in den Weg. Was würden seine Freunde, seine Familie sagen, wenn er mit ihr ankommen würde.

Nun, ihr Reichtum würde seine Eltern wahrscheinlich besänftigen. Jennifer Hanks, … die Jennifer Hanks.

„Hast du auch Wäsche?"

Ihre helle Stimme riss ihn aus seinen Grübeleien. Instinktiv nickte er und ging in die Hütte. Dort suchte er seine schmutzige Wäsche zusammen und brachte sie nach draußen. Der Sand war heiß und er war erleichtert, als er bei ihr unter einer Palme ankam.

„Wirf alles rein", sagte sie lächelnd und ihre vollen Wangen glühten. „Dann können wir später alles zusammen aufhängen."

In wenigen Minuten hatte sie auch seine Wäsche geschrubbt und nun bot er ihr die Hand, um ihr aufzuhelfen. Sie griff beherzt zu und stand dann ganz dicht vor ihm.

„Wie war es auf dem Festland?", fragte sie und griff nach dem Korb mit der nassen, nun sauberen Wäsche.

Wortlos nahm er ihr den Korb wieder ab und trug ihn hinter ihr her. Er wollte ihr schon die Sandkörner vom Hintern wischen, aber er ließ es. Hinter der Hütte stellte er den Korb auf den Boden.

„Es war okay", antwortete Scott und strich sich über den fast kahlen Schädel. „Die Frisur sitzt wieder. Ich hasse es, wenn die Haare zu lang sind."

„Ich finde, die Locken stehen dir."

Sie begann, ein Kleidungsstück nach dem anderen auf eine Wäscheleine zu hängen. Scott schüttelte eines ihrer Kleider kräftig aus und reichte es ihr.

„Ich hasse meine Locken. Außerdem passen sie nicht zu meinem restlichen Look."

Jennifer hob die Augenbrauen und wartete auf das nächste Kleidungsstück. Er reichte ihr eine blaue Shorts und fuhr fort: „Diese Locken und meine Tattoos, das passt einfach nicht zusammen. Wenn die Sonne nicht so gnadenlos vom Himmel brennen würde, hätte ich mir den Kopf kahl rasiert."

„Und was hast du sonst noch getrieben?"

Er sah sie erstaunt an und verstand die Frage nicht. Dann kapierte er und dachte nach.

„Ich habe eine richtig leckere Pizza bei Ottilia gegessen, mir eine neue Sonnenbrille gekauft und meine Mails gecheckt."

„Und sonst?", hakte sie nach und verschränkte ihre Arme unter der Brust.

Sein Blick blieb an ihrem Dekolleté hängen und er überlegte angestrengt.

„Kein Insta und Co.?", half sie ihm auf die Sprünge.

„Aber natürlich." Schuldbewusst sah er sie an. „Ich konnte nicht widerstehen. Es sieht übel aus, übel!"

„Wir hatten doch eine Abmachung, Scott Melony!"

„Ja, hatten wir. Aber der Computer im Shop war so einsam, ich musste ihm etwas Gesellschaft leisten. Und du hättest die wilden Spekulationen über meinen Verbleib lesen sollen! Von Drogenentzug über Heirat, bis Tod war alles dabei!"

Sie schüttelte enttäuscht den Kopf und hängte das letzte Kleidungsstück auf die Wäscheleine.

„Komm, lass uns in die Hütte gehen. Hier draußen ist es mir zu heiß", sagte sie und ging an ihm vorbei. Er nickte und folgte ihr mit hängenden Schultern.

Sie verstand es, ihn mit Freude zu erfüllen und gleichzeitig konnte sie ihn in Sekundenschnelle mit einem schlechten Gewissen zurücklassen.

„Vermisst du deine Kanäle nicht? Du hast doch auch eine riesige Community!"

„Doch. Aber ich habe mich bewusst zurückgezogen. Und das auch offen kommuniziert. Das hättest du vielleicht auch tun sollen", sagte sie etwas genervt und setzte sich auf einen Stuhl.

Scott trat zum Regal und holte zwei Gläser und eine Karaffe Wasser. Er goss ihr und sich selbst ein Glas ein und setzte sich.

„Ich hätte nie gedacht, dass ich es hier so lange aushalte!", sagte er zu seiner Verteidigung und trank gierig. Er wischte sich über den Mund und suchte ihren Blick.

Sie nickte und trank langsam ein paar Schlucke. Dann stellte sie ihr Glas auf den Tisch und sah ihn mit ihren großen, braunen Augen eindringlich an.

„Wolltest du nicht bleiben?"

Seine Augen weiteten sich und er dachte angestrengt nach. Die Sucht nach noch mehr Followern hatte ihn auf diese Insel geführt. Dabei war ihm und seinen Eltern

von Anfang an klar gewesen, dass er nur für eine
begrenzte Zeit hierher kommen würde. Aber sie hatten
nichts Genaues vereinbart. Wollte er zurück? Oder
bleiben?

„Keine Ahnung", gab er ruhig zurück.

„Ich möchte, dass du bleibst. Für immer", sagte sie
und berührte sanft seinen Arm.

Er betrachtete ihre Hand und fragte sich, wie sein
Leben weitergehen würde, wenn er nicht mehr aufs
Festland zurückkehren würde.

„Wolltest du wirklich hierbleiben, für immer?"

„Nein. Zuerst nur für ein paar Monate", antwortete
sie, „aber jetzt kann ich mir ein Leben wie früher nicht
mehr vorstellen. Auch wenn mir meine Schwester fehlt.
Mir geht es hier zu gut."

Scott sah sie fasziniert an und nickte.

„Ich hätte auch nicht gedacht, dass die Inselbewohner
so coole Leute sind. Und doch vermisse ich ab und zu
meine Likes. Die Bestätigung, dass ich ein cooler Typ
bin."

„Ach, ich habe die Kommentarfunktion schon vor
Jahren ausgeschaltet", sagte Jennifer und grinste ihn an.

„Ausgeschaltet? Dann weißt du ja nicht, was deine
Fans sagen!", rief Scott und konnte es nicht fassen.

„Stimmt, aber so bekomme ich auch kein negatives
Feedback. Kann echt befreiend sein."

„Dafür auch keine Komplimente", fügte Scott hinzu
und fragte sich insgeheim, was Jennifer wohl für
negative Reaktionen auf ihre Posts bekommen hatte.

„Als sich die Kommentare fast ausschließlich nur
noch um meine Rundungen drehten, hatte ich die
Schnauze voll. Den anderen kann es doch egal sein, wie
ich aussehe. Und wenn sie mich nicht mögen, müssen

sie mir ja nicht folgen. Gleichzeitig brauche ich keine Bestätigung von wildfremden Menschen, ob mein Kleid toll ist oder nicht. Ich muss mich darin wohlfühlen, das ist alles, was zählt."

„Wie weise. So weit bin ich noch nicht", sagte Scott und lehnte sich zurück. „Manchmal fehlt mir die tägliche Bestätigung."

„Soll ich dich jeden Tag daran erinnern, was für ein toller Mann du bist?", fragte Jennifer und blickte erschrocken auf, weil Scott vom Stuhl aufgesprungen war. „Was ist los?"

„Darf ich bitten?", fragte er höflich und verbeugte sich vor ihr. Sie verstand nicht, was er meinte, griff aber trotzdem nach seiner Hand.

Er zog sie auf die Beine. „Leider haben wir keine Musik, aber ich würde gerne mit dir tanzen."

Sie sah ihn überrascht an und nickte. Er zog sie an sich und begann, sie leicht hin und her zu wiegen. Sie legte ihren Kopf an seine Brust, schloss die Augen und konnte ihr Glück kaum fassen. Sie begann das Lied vom Strand zu summen. Dieser Tag war wirklich ein ‚happy day'!

Irgendwo im Haus schlug ein Fenster zu und Anastasia zuckte zusammen. Sie blickte auf das dunkelblaue Wasser, das mit hohen Wellen wütend ans Ufer peitschte.

Die Regentropfen glitten die Fensterscheiben hinunter und hinterließen lange Spuren, die sofort von neuen übermalt wurden.

Anastasias Gedanken schweiften zu Jennifer ab und sie spürte, wie das schlechte Gewissen an ihr nagte. Seit einiger Zeit verbrachte sie fast jede freie Minute mit

Liam. Dass Scott nun ihren Platz in der kleinen Hütte eingenommen hatte, empfand sie als glückliche Fügung.

Jetzt hatte sie Zeit, die verlorenen Jahre mit ihrer großen Liebe nachzuholen. Und doch hatte sie das Gefühl, ihre Freundin im Stich gelassen zu haben.

Vor allem jetzt, wo sie seit Tagen auf *Hillarya* festsaß.

Ein weiterer Interviewtermin hatte sie auf die zweite Insel geführt und das schlechte Wetter hatte sie gleich hierbehalten. Und da sie kein Handy hatte und Jennifer auch nicht, gab es nicht einmal einen Funken an Kommunikation.

„Alles in Ordnung, Liebes?", fragte Yvonne und trat neben sie ans Fenster. „Es sieht bedrohlich aus, wenn das Meer so tobt."

Anastasia nickte und schlang die Arme um sich. Ein Blitz erhellte den Himmel und beide Frauen zuckten zusammen, gleich darauf folgte ein lauter Donnerschlag, der die Fensterscheiben erzittern ließ.

„Trinken wir eine Tasse Tee", schlug Yvonne vor und führte ihren Gast zu den bequemen Ledersesseln. „Earl Grey?"

„Gerne", antwortete Anastasia und musterte Yvonne, die nun in der Küche hantierte. Ihr langer Zopf reichte ihr bis zur Hüfte und Anastasia fragte sich, wie viel Pflege wohl in dieser Haarpracht steckte.

„Ich brauche eine Pause", sagte Tina, die gerade zur Tür hereinkam. „Die Holzlieferanten rauben mir noch den letzten Nerv!"

„Dann brauchst du bestimmt auch einen Muffin, Schokolade wirkt beruhigend", sagte Yvonne und drapierte Tassen und Muffins für drei Personen auf einem Tablett.

Anastasia beobachtete die beiden Blondinen in der Küche und sagte dann: „Ihr könntet glatt als Mutter und Tochter durchgehen, … oder als Schwestern."

Yvonne lachte laut auf und folgte Tina, die mit dem Tablett bewaffnet ins Wohnzimmer ging.

„Stimmt doch. Ihr seht euch so ähnlich!"

„Mag sein, aber leider habe ich nicht so schöne Locken."

„Danke für dein Kompliment. Dafür hast du aber viel längeres und dichteres Haar. Meine werden gefühlt immer dünner … und weniger", antwortete Tina und setzte sich. „Aber deine Tochter hat doch auch lockiges Haar, oder?"

„Ja, Josephine hat zwar meine Haarfarbe geerbt, aber die Haarstruktur von Tom", sagte Yvonne und biss genüsslich in das Gebäck. „Das tut gut, besonders bei dem miesen Wetter", fügte sie schmatzend hinzu und hielt sich dann entschuldigend die Hand vor den Mund.

„Genau das Richtige", stimmte ihr Tina zu und stellte ihre dampfende Tasse ab.

„Danke, dass ich hierbleiben darf", sagte Anastasia und nahm sich einen Muffin. Vorsichtig löste sie das Papier ab und legte es zurück auf den Teller.

„Gerne. Wo hättest du denn sonst hingehen sollen bei dem Wetter?", sagte Yvonne lächelnd.

„Ihr hättet mich bei den Insulanern unterbringen können, statt in eurem luxuriösen Haus."

Yvonne nickte und fragte sich, ob es klug war, jetzt schon die Katze aus dem Sack zu lassen. Doch Tina riss das Wort bereits wieder an sich.

„Wir haben ja genug Zimmer. Eins für Yvonne und Tom, eins für Lucas, dann eins für Tony und mich und das vierte steht eigentlich immer leer. Es sei denn, es kommt mal jemand zu Besuch. Aber das ist noch nie vorgekommen."

„Stimmt, dabei haben sich meine Kinder schon mehrmals angekündigt. Aber leider ist immer etwas dazwischen gekommen. Wenn es keine Terminkollision war, dann bestimmt das schlechte Wetter. Kommt es mir nur so vor oder ist es dieses Jahr besonders schlecht?"

Tina nickte zustimmend und biss in den Muffin. Sie tupfte sich den Mund mit einer Serviette ab und legte sie dann neben ihren Teller.

„So eine unbeständige Wetterlage hatten wir wirklich noch nie. Ich kann nur sagen: Klimawandel!"

„Rieche ich Kuchen?", kam eine tiefe Stimme von der Tür und im nächsten Moment stand Anthony vor den drei Frauen. „Hey Liebling", sagte er und küsste Tina liebevoll aufs Haar.

„Hallo du. Wo ist denn unser Gast?", fragte sie und sah sich um.

„Der ist noch im Büro und macht meine Arbeit", antwortete er, nahm den Rest des Muffins von Tinas Teller und stopfte ihn sich in den Mund.

„Hey, das ist meiner!", rief Tina gespielt empört und fuchtelte mit einer Hand vor seinem Gesicht herum. „Jetzt kannst du mir einen neuen holen!"

Anthony grinste, marschierte kauend in die Küche und kam lächelnd mit der Kuchenplatte zurück.

„Voila, wer möchte noch einen?", fragte er und verbeugte sich wie ein Kellner. „Nicht so bescheiden, Ladies. Ihr solltet eure Chance nutzen, denn in ein paar Minuten wird nichts mehr übrig sein."

„Ich lege zwei für deinen Diener beiseite", sagte Tina und zwinkerte ihrem Mann zu.

„Wenn es sein muss."

„Wer ist denn dein Diener?", erkundigte sich Anastasia, die sich fragte, ob sie einen Neuen im Team hatten.

„Ich stelle ihn dir später gerne persönlich vor, aber erst einmal schaue ich nach, ob alle Arbeiten zu meiner vollsten Zufriedenheit erledigt wurden. Bis später, Ladies", sagte er und machte kehrt. Theatralisch hielt er in jeder Hand einen Muffin in die Luft und ging davon.

Die Frauen sahen ihm lächelnd nach und Yvonne wechselte das Thema. Die Interviews für *Harmonya* waren fast abgeschlossen und nun mussten noch die letzten Details geklärt werden.

„Bis das Boot wieder da ist, könnte ich noch ein paar Fotos machen", schlug Anastasia vor und klammerte sich an ihre Tasse. Der Regen peitschte immer noch heftig gegen die Fenster und trotz der angenehmen Temperaturen im Haus fröstelte sie.

„Lucas ist zwar zurückgekommen, aber bei diesem Wetter musst du noch etwas länger hierbleiben. Ich fürchte, dass du bei diesem Wetter keine Fotos machen kannst", sagte Yvonne und zeigte nach draußen, wo der Himmel dunkel und bedrohlich aussah.

„Stimmt, daran habe ich gar nicht gedacht. Das Licht ist wirklich nicht optimal", sagte Anastasia und runzelte die Stirn, „dann ist Lucas also wieder da?"

Wie auf Kommando trat der Geistliche über die Schwelle, in einem Arm hielt er einen Aktenkoffer.

„Hab' ich meinen Namen gehört?"

„Du hast wahrlich göttliche Kräfte und erscheinst immer dann, wenn dein Name fällt", sagte Tina und erhob sich.

„Das muss so sein, dann könnt ihr nicht über mich lästern!"

„Deine Weste ist weißer als weiß, Lucas. Leider muss ich euch wieder verlassen, die Arbeit ruft. Danke für den Tee und den Kuchen, Yvonne."

„Es gibt Kuchen?", fragte Lucas und inspizierte den Salontisch.

„Muffins", korrigierte die Hausherrin und ging in die Küche, um Nachschub zu holen. „Einen Espresso?"

„Gerne, danke."

„Was ist da drin?", fragte Anastasia und deutete auf den Koffer. Doch sie bekam keine Antwort, denn im nächsten Moment betrat ein großgewachsener, junger Mann den Raum.

Anastasias Augen weiteten sich und im nächsten Moment sprang sie vom Sessel. Mit wenigen Schritten war sie bei ihm und schlang ihre Arme um seinen Hals.

„Junge Liebe", flüsterte Lucas und nahm dankbar den Kaffee entgegen.

„Ich wusste nicht, dass du kommst", sagte Anastasia atemlos und ihr Lächeln verzauberte den ganzen Raum.

„Ich bin mit Lucas gekommen. Und Anthony hat mich gleich in Beschlag genommen. Das Büro ist erstaunlich gut eingerichtet", sagte er an Yvonne gewandt.

Anastasia ließ ihn los, nahm aber seine Hand in ihre.

„Ja, Tom besorgt uns immer die besten Geräte. Er will, dass alles perfekt funktioniert. Und Tony hat ein Faible für technische Geräte."

„Die aber nicht immer einwandfrei funktionieren, wie ich leider anmerken muss", sagte Lucas und griff nach einem Muffin.

„Das ist mir auch aufgefallen. Der Drucker war falsch angeschlossen", bestätigte Liam.

Yvonne horchte auf und betrachtete den jungen, sympathischen Mann. Sie kannte ihn nur flüchtig und hatte keine Ahnung, wo seine Stärken lagen.

„Im Wahlkomitee meines Vaters war ich für die technischen Anlagen zuständig. Und wir hatten viele, viele Probleme, glaubt mir. Und ohne Internet geht heute gar nichts mehr."

Yvonne machte sich eine Notiz in ihr Büchlein und hörte dem Gespräch der beiden Männer aufmerksam zu. Anastasia lächelte glücklich und ließ ihren Liebsten nicht aus den Augen.

Ein schönes Paar, dachte die Hausherrin und machte sich eine weitere Notiz. Am Abend würde sie sofort mit ihrem Mann sprechen müssen. Sie hatte eine Idee.

„Soll ich dir mein Zimmer zeigen?", beendete Anastasia die Diskussion über die Einrichtung des Büros und wies zur Treppe.

„Geht nur, ich leiste Yvonne noch ein bisschen Gesellschaft … und den Muffins", sagte Lucas grinsend.

Yvonne nickte und goss sich noch eine Tasse Tee ein. Sie fragte sich, ob ihre Idee bei den anderen gut ankommen würde. Aber zuerst musste sie mit Tom sprechen.

Lucas begann etwas zu erzählen und sie musste sich einen Ruck geben und ihre Gedanken beiseite schieben.

„Wow, das sieht ja aus wie in einem Fünf-Sterne-Hotel", sagte Liam und warf sich aufs Bett. Anastasia nickte verlegen und setzte sich zu ihm. „Hier wäre es bedeutend angenehmer als in meiner bescheidenen Hütte."

Sie hob die Augenbrauen und musterte ihn.

„Was willst du damit sagen?"

„Tony hat so eine Andeutung gemacht, dass sie vielleicht noch mehr Leute im Team gebrauchen könnten. Und als er gemerkt hat, dass ich was auf dem Kasten habe, ist er kurz rausgegangen, um zu telefonieren.“

„Mit wem?“

„Na, mit Tom, glaube ich. Er ist ja der Boss. Und da Yvonne bei jeder Gelegenheit von deinen Bildern schwärmt, kann ich mir vorstellen, was auf uns zukommt. Ich kann eins und eins zusammenzählen“, sagte er stolz und zog sie an sich.

„Lass das, Liam“, sagte sie ernst und schob ihn weg. „Willst du damit sagen, dass sie uns hier auf *Hillarya* einen Job anbieten?“

Er drehte sich auf den Rücken und lächelte zufrieden.

„Das wäre das Paradies auf Erden. Dann müsste ich meinen Vater nie wieder sehen.“

Anastasia sah ihn an und schluckte leer. Sie fragte sich, ob an seiner Vermutung etwas dran war und was das für sie bedeuten würde. Könnte sie wirklich hierbleiben? Für immer?

„Und meine Familie?“, flüsterte sie und zupfte an einem Zierkissen, „meine Mutter würde ausflippen.“

„Ach was, wir würden sie besuchen, oder sie uns. Annie, stell dir mal das Leben hier vor! Wir würden in diesem Luxushaus wohnen und das Team unterstützen. Das wäre ein Leben!“, sagte er und sein Hochgefühl ließ ihn breit grinsen.

Anastasia versuchte, seine Euphorie zu teilen, aber es gelang ihr nicht. Sie vermisste ihre Familie und hatte sich in Gedanken schon ein Leben nach diesem Insel-Job ausgemalt.

Sie vermisste auch Santa Monica, die vielen Menschen und das lebhafte Treiben. Hier war alles sehr ruhig und sie fragte sich, ob es ihr nicht zu ruhig war. Auch wenn die Nächte mit Liam stürmisch und leidenschaftlich waren, fehlte ihr der Austausch mit anderen Menschen. Sie vermisste ihre Streifzüge durch die Stadt oder am Strand entlang, auf der Suche nach dem nächsten Schnappschuss. Hier auf den Inseln gab es nicht viel zu sehen. Zumal Naturfotografie nicht ihr Ding war. Und da niemand sonst ein technisches Gerät besaß, fühlte sie sich mit ihrer Kamera oft wie ein Eindringling.

Bei ihrem ersten Fototermin waren die Begegnungen mit den Inselbewohnern eher distanziert verlaufen. Auf *Harmonya* waren die Menschen schon sehr verwildert, zumindest hatte Anastasia das so empfunden.

Die Skepsis ihr gegenüber war enorm gewesen. Als hätte sie die Pest auf die Insel gebracht. Erstaunlich, wie Menschen sich innerhalb weniger Jahre so verändern konnten.

„Gefällt es dir hier nicht?", riss Liam sie aus ihren Gedanken, „es ist doch perfekt hier auf *Hillarya*."

Sie sah ihn an und überlegte, was sie antworten sollte. Diese Vorstellung überforderte sie im Moment.

„Noch haben wir kein Jobangebot bekommen."

„Das kommt schon noch, da bin ich mir ganz sicher."

„Und verheiratet sind wir auch noch nicht", sagte Anastasia und legte sich neben Liam. Sie starrte an die Decke und ihre Gedanken wirbelten wild in ihrem Kopf durcheinander.

„Ich würde dich sofort heiraten!", sagte er und stützte seinen Kopf mit einer Hand ab. Er musterte sie und fragte sich, was in ihr vorging. „Aber was hat das mit dem Jobangebot zu tun?"

„Auf *Hillarya* dürfen nur verheiratete Paare leben", antwortete Anastasia und suchte Liams Blick.

„Das gilt doch nur für die Insulaner. Lucas ist auch nicht verheiratet!", empörte sich Liam stirnrunzelnd.

„Aber Yvonne und Tom haben das so festgelegt, für alle. Du kennst doch sicher den LuKo auf *Harmonya*", entgegnete sie und versuchte, ihr Gedankenkarussell zu stoppen. Bilder von dieser Lisa und Liam, wie sie sich gemeinsam auf der Liebesschaukel vergnügten, drängten sich ihr auf. Instinktiv schüttelte sie den Kopf. Warum nur hatte sie so eine lebhafte Fantasie? Sie wusste doch gar nicht, wie diese Frau aussah.

„Was hat denn der LuKo damit zu tun?"

„Na ja, sie wollten nicht, dass es hier auch so zügellos zu und hergeht. Und Lucas ist bestimmt keine Gefahr für die anderen Paare. Und er ist mit Ottilia verlobt!"

„Aha", sagte Liam und nickte, „ich würde dich noch heute heiraten, Annie, … das weißt du."

Sie atmete schwer und schloss die Augen.

„Ich bin noch nicht so weit. Lass uns duschen und dann ins Bett gehen. Es gibt sogar eine Massagedusche", fügte sie hinzu und stand auf. Sie hoffte inständig, dass dieses Wellness-Gadget ihren Liebsten vom Thema Heirat ablenken würde. Und prompt biss er an.

„Was hat es?", fragte er laut, sprang vom Bett und folgte ihr.

Der Kerzenschein warf ein angenehmes Licht auf die Wände und hüllte den Raum in ein wohliges Ambiente. Obwohl es draußen regnete, war es im Haus angenehm warm. Die Matratzen lagen im Kreis auf dem Boden und dienten als Sitzgelegenheit.

Auf der einen Seite waren die Männer, auf der anderen die Frauen in Gespräche vertieft. Die Süddelegation war geschrumpft, nur noch neun Personen waren anwesend.

Jennifer streckte die Beine aus und gähnte herzhaft.

„Wann hört es endlich auf zu regnen", murmelte sie und blickte nach draußen. Helene erhob sich elegant und dehnte theatralisch ihre Wirbelsäule. Ihr Körper war so schlank, dass Jennifer sich fragte, ob sie genug aß. Das rote Baumwollkleid hing wie an einem Bügel an ihrem Körper. Keine Rundung war zu sehen. Die dünnen Arme wirkten seltsam im Vergleich zu dem voluminösen Kleid.

„Es tropft nur noch. Bald hört es auf", sagte Helene leise und blickte zuversichtlich lächelnd auf die sitzenden Frauen.

„Gehst du jetzt? Wo das Thema heiß wird?", fragte Vanessa und grinste sie herausfordernd an. Rebecca stupste sie mahnend an und lächelte milde. „Ist doch wahr! Ich habe meine Vorlieben offenbart und jetzt, wo sie an der Reihe wäre, macht sie Anstalten, zu gehen."

Helene fixierte sie schweigend.

„Nicht jeder spricht so offen über sein Sexualleben", beschwichtigte Siena und erhob sich ebenfalls. „Und es ist schon spät, Vanessa."

„Na und?", antwortete sie und ließ Helene nicht aus den Augen.

„Ja, ich bin müde und gehe jetzt. Ich wünsche euch eine gute und erholsame Nacht, bis morgen", sagte Helene und entschwand.

„Sie ist und bleibt ein Mysterium“, sagte Vanessa laut genug, dass Helene sie bestimmt noch hören konnte. „Und verklemmt“, fügte sie leise hinzu.

„Nicht jeder kann so frei und offen sein wie du“, sagte Siena lächelnd und band sich ihr feines, blondes Haar zu einem kleinen Pferdeschwanz zusammen.

„Das stimmt. Ich habe noch nie eine Frau getroffen, die so hemmungslos ist“, mischte sich Jennifer ein und errötete augenblicklich. „Also, ich meine das als Kompliment, nicht, dass du mich falsch verstehst“, fügte sie schnell hinzu und bemerkte, dass Rebecca und Vanessa sich angrinsten.

Die Zwillinge faszinierten Jennifer. Sie waren zwar charakterlich unterschiedlich, aber äußerlich glichen sie sich wie ein Ei dem anderen. Vor allem, wenn sie die gleiche Kleidung trugen, was fast immer der Fall war.

Auch heute Abend hatten sie sich im Doppelpack schick gemacht: Beigefarbene Shorts und eine blaue Bluse mit kleinen, roten Blümchen darauf, was wiederum gut zu den ebenfalls roten Haarbändern passte. Obwohl Jennifer diese Haarbänder für völlig aus der Mode gekommen hielt, hatte sie sich bei den beiden Frauen langsam daran gewöhnt.

„Beccy, können wir?“ Plötzlich stand Robert vor ihnen und reichte einer der Zwillingsschwestern die Hand. Woher wusste er, dass er mit der Richtigen nach Hause ging? schoss es Jennifer durch den Kopf.

Rebecca nickte und ließ sich von ihm auf die Füße ziehen. Sie suchte kurz den Blick ihrer Schwester, beide nickten kaum merklich. Sie schienen sich auch ohne Worte zu verstehen.

„Gute Nacht“, sagte Rebecca und hakte sich bei Robert unter.

„Bis morgen", sagte Siena und folgte ihrem Mann nach draußen. Jennifer blickte sich um. Im Nu war es wie ausgestorben in dem eben noch so belebten Raum. Sie suchte Scotts Blick, der nur nickte.

„Dann gehe ich auch schlafen", sagte Jennifer und erhob sich schwerfällig. Es dauerte einen Moment, bis sie ihre Beine wieder spürte.

Scott war bereits vorausgegangen und sie spürte, Enttäuschung in sich aufsteigen. Warum verhielt er sich ihr gegenüber in der Gruppe so distanziert? Immerhin lebten sie schon seit Wochen unter einem Dach. Und wenn sie allein waren, konnte er so aufmerksam und nett sein.

Aber sobald andere Menschen anwesend waren, schottete er sich ab. Sie trottete ihm nach und rief: „Warte auf mich, Scott!"

„Wie schade. Die beiden wären ein schönes Paar", sagte John und setzte sich zu Vanessa. Ihr Blick blieb an der Tür hängen, wo soeben Jennifer verschwunden war.

„Ich stimme dir zu. Aber er muss seine Hemmungen ablegen. Jennifer ist eine tolle Frau."

„Ja. Und das weiß er auch. Aber seine Einstellung zur äußeren Schönheit steht ihm wohl noch im Weg, fürchte ich."

„Du sagst es richtig, äußere Schönheit. Denn Jennifers strahlendes Gesicht haut mich jedes Mal um. Und ich finde, die paar Pfunde mehr auf den Rippen stehen ihr ausgezeichnet", sagte Vanessa lächelnd.

„Man könnte meinen, du bist in sie verknallt, so wie du strahlst, wenn du von ihr sprichst", neckte John und grinste.

„Ich wäre tatsächlich nicht abgeneigt, ... natürlich nur für einen ‚one night stand', versteht sich."

John sah sie erstaunt an. Vanessa lachte laut auf.

„Wie schön, dass dich das amüsiert", sagte er etwas zerknirscht.

„Ach John, dein Gesichtsausdruck war einfach zu komisch. Was ist schon dabei? Ich liebe Frauen und Männer. Oder besser gesagt, ich liebe interessante und besondere Menschen. Das Geschlecht ist mir egal. Und Jennifers Titten machen mich schon ein bisschen an, das muss ich zugeben."

„Ich stehe eher auf einen anderen Typ Frau", sagte John und spürte, wie ihm warm wurde. Er hatte Vanessa vom ersten Augenblick an sehr anziehend gefunden, und jetzt, so allein mit ihr im Haupthaus, spürte er, dass seine Chance gekommen war.

„Bist du nicht mit Helene zusammen?", erkundigte sich Vanessa und sah ihn ernst an. Sie wollte sich nicht in eine bestehende Beziehung einmischen. Außer bei Beccy und Robi, aber das war eine andere Geschichte.

„Nein", antwortete John und seine ausdrucksstarken Augen zogen Vanessa förmlich aus, „ich bin frei wie ein Vogel und das ist gut so."

Wie auf Kommando kam Vanessa näher und sah ihm tief in die Augen. Das Kerzenlicht verlieh der Szene eine magische Atmosphäre und John spürte, wie sein Herz fest in seiner Brust hämmerte.

„Darf ich deinen Dutt lösen?"

Er nickte und drehte den Kopf leicht zur Seite. Geschickt befreite sie sein Haar aus dem Knoten und fuhr mit beiden Händen durch sein weiches Haar.

Er stöhnte auf, als sie mit der Zunge über sein Ohrläppchen fuhr. Mit beiden Händen zog er sie auf seinen Schoß und atmete schwer. Ihre Hände vergruben sich in seinem lockigen Haar und sie sog seinen Duft ein.

„Was machen wir hier?", fragte sie keuchend.

„Wir erkunden Neuland."

Seine Hände fuhren über ihren Rücken und sie erschauerte. Dann näherten sich ihre Lippen und im nächsten Moment verloren sie sich in einem innigen Kuss. Die Welt um sie herum schien nicht mehr zu existieren. Sie küssten sich hemmungslos, kein Gedanke daran verschwendend, dass sie sich immer noch im Gemeinschaftsraum befanden.

Schnell zogen sie sich gegenseitig aus. Ihre Hände und Lippen schienen überall zu sein. John kannte die erogenen Zonen einer Frau und machte Vanessa fast wahnsinnig. Dann drehte er sie auf den Rücken und legte sich auf sie. Sie spreizte ihre Beine, hob ihr Becken an und er drang in sie ein.

Sie klammerte sich an seinen Rücken und forderte ihn zu heftigen Bewegungen auf. Er begehrte sie mit jeder Faser seines Körpers und versuchte, seinen Höhepunkt hinauszuzögern.

Aber ihre lauten Schreie trugen nicht gerade dazu bei. Sie feuerte ihn an und flüsterte ihm verruchte Worte ins Ohr.

„Ich komme, … ich komme!" Vanessas Stimme überschlug sich beinahe und heizte John noch mehr an. Dann hallte ihr Erlösungsschrei durch den Raum und John konnte nichts mehr zurückhalten. Er stieß noch einmal heftig zu und stöhnte dann ebenfalls laut auf.

Sie klammerte sich immer noch fest an ihn und atmete schwer.

„Du bist so gut, wie du aussiehst", flüsterte sie erschöpft und lächelte zufrieden.

„Oh, das ist mal ein Kompliment", erwiderte er und genoss es, auf ihr zu liegen. „Und du bist eine Granate. Jetzt kann ich meine Hände nicht mehr von dir lassen."

„Jederzeit wieder. Aber jetzt musst du runter, sonst bin ich platt wie eine Flunder."

Er löste sich von ihr und betrachtete sie fasziniert. Ihre weiblichen Rundungen gefielen ihm sehr und nun streichelte er sanft über ihren Busen.

„Und keine Sorge wegen der Verhütung, ich hab' die Spirale drin", sagte Vanessa und lächelte ihn an.

„Das wäre jetzt auch ein paar Minuten zu spät, meinst du nicht?", antwortete er grinsend. „Da mache ich mir sowieso keine Sorgen. Ich kann keine Kinder zeugen." Sie sah ihn interessiert an und wartete auf eine weitere Erklärung. Doch er streichelte gedankenverloren weiter. Als er ihren fragenden Blick sah, hielt er kurz inne.

„Vasektomie. Ist schon eine Weile her. Als ich wusste, dass ich keine Kinder will, hab' ich's gemacht. So kann mir keine Frau was anhängen", sagte er und zuckte mit den Schultern. „Selbst ist der Mann."

„Was anhängen?! Das klingt ja wie eine Geschlechtskrankheit."

„Willst du Kinder?"

„Nein!", kam es wie aus der Pistole geschossen. „Ich liebe mein Leben und meine Unabhängigkeit. Da wir gleich beim Thema sind. Ich hoffe, du bist nicht auf der Suche nach einer festen Beziehung. Denn ich bin eher der spontane Typ. Je nach Lust und Laune. Und wie gesagt, ich mag auch Frauen."

„Alles klar. Ich genieße auch die Freiheit. Das ist sicher einer der Gründe, warum ich keine Familie gründen wollte. Ich liebe es, durchs Land zu streifen und mich treiben zu lassen. Deshalb bin ich gerne hier.

Und das hier", er zeigte auf ihr improvisiertes Liebesnest, „ist die Krönung meines Lebens. Auch wenn wir darauf verzichten, neues Leben zu zeugen." Er legte sich neben sie und beide blickten zur Decke.

„Willst du hier schlafen?", flüsterte sie und gähnte. Er sah sie von der Seite an und lächelte.

„Oder wir gehen in meine Hütte", sagte er und stand auf.

7. EIFERSUCHT

Die ersten Sonnenstrahlen des Tages warfen helle Linien auf Helenes Bett. Sie öffnete die Augen, hob den Kopf und sah sich um, ein Rascheln hatte sie geweckt.

Es musste noch früh am Morgen sein, denn in der Hütte war es noch recht dunkel. Nur das Bett und der Tisch waren schwach beleuchtet.

Sie hob den Kopf und entdeckte sofort den ungebetenen Gast. Ein Vogel hüpfte über die Holzplatte und zupfte hier und da an den herumliegenden Papieren. Sein Gefieder schimmerte in allen Grüntönen.

Helene lächelte und legte langsam ihren Kopf wieder auf das Kissen, das immer noch angenehm warm war. Still lag sie da und beobachtete den Vogel. Wahrscheinlich war er auf der Suche nach etwas Essbarem. Aber sie bewahrte hier nur Tee auf und der war sicher in einer Dose verstaut.

Als hätte er ihre Gedanken erraten, neigte der Vogel seinen Kopf schräg, musterte sie kurz und flog dann mit anmutender Leichtigkeit aus dem Fenster.

„Ich sollte wohl besser die Vorhänge schließen", sagte sie zu sich selbst und streckte sich genüsslich im Bett aus. „Das wird ein wunderbarer Tag, liebe Helene", setzte sie ihr Selbstgespräch fort und stand auf.

Andächtig goss sie Wasser in eine Keramikschale. Mit beiden Händen führte sie das Wasser zu ihrem Gesicht und genoss die Kühle.

Helene nahm sich jeden Morgen bewusst Zeit für ihre Körperpflege. Behutsam tupfte sie dann einen Finger in die selbst hergestellte Kamillencreme und rieb sich wie in Zeitlupe das Gesicht ein. Als sie am Dekolleté angekommen war, hielt sie inne und massierte sich dann die Hände.

Tief durchatmend schlüpfte sie in ein frisches, hellgelbes Sommerkleid und holte ihre Yogamatte unter dem Bett hervor.

Als sie auf die kleine Veranda trat, spürte sie das nasse Holz unter ihren Füßen, doch das störte sie nicht. Gedankenverloren rollte sie die Matte aus und platzierte sich darauf.

Sie atmete tief ein und wieder aus und dann - wie aus dem Nichts - hörte sie einen lauten Schrei.

Erschrocken blickte sie sich um, um herauszufinden, woher der Schrei kam. Aber nichts in ihrem Blickfeld bewegte sich.

Kam der Schrei aus Johns Hütte, schoss es ihr durch den Kopf? Oder von woanders her? Sie blieb regungslos stehen und überlegte, ob sie nachschauen sollte, aber intuitiv blieb sie, wo sie war.

Als kein weiteres Geräusch zu hören war, ordnete sie ihre Gedanken wieder und konzentrierte sich auf ihr Vorhaben.

Sie nahm die Baum-Pose ein und atmete gleichmäßig. Die Ruhe breitete sich wieder in ihr aus und sie lächelte.

Diese Momente am Morgen liebte sie, wenn die Insel noch schlief. Und das schöne Wetter freute sie. Die vielen Regentage hatten langsam an ihren Nerven gezehrt.

Sie war gerade zur Kriegerin übergegangen, als sie eine Bewegung in der Nachbarhütte wahrnahm.

„Guten Morgen."

Helene drehte sich um und erblickte Vanessa, die lächelnd die Stufen hinuntersprang. „Schönes Wetter heute."

Helene verharrte angespannt in ihrer Pose und versuchte, sich an einem ihrer wild wirbelnden Gedanken festzuhalten. Was machte Vanessa in Johns Hütte? Frühmorgens?

„Ich wünsche dir einen schönen Tag, bye", fügte Vanessa hinzu und entfernte sich leichtfüßig. Helene blickte ihr sprachlos nach. Erschöpft ließ sie ihre Arme sinken und spürte, wie sich ihr Magen verkrampfte.

Im nächsten Augenblick zog John die Vorhänge seines Fensters zurück und sah sie erstaunt an.

„Hey", sagte er und lächelte verlegen.

Helene hob langsam die Hand zum Gruß, wandte sich wie in Zeitlupe von ihm ab und ging in ihre Hütte. Jetzt brauchte sie erst einmal eine Tasse Tee. Lieber wäre ihr etwas Stärkeres gewesen, aber sie hatte keinen Tropfen Alkohol im Haus.

John sah ihr nach und fragte sich, ob er nun alle seine Chancen bei ihr verspielt hatte. Und dennoch bereute er die letzte Nacht nicht.

Vanessa war eine klasse Frau und er war voll auf seine Kosten gekommen. Und wenn Helene nicht seine feste Partnerin sein wollte, dann konnte er tun und lassen, wie es ihm passte.

Er legte seine Bettdecke auf das Fensterbrett und versuchte zu sehen, was sie drinnen tat, aber er konnte nichts erkennen.

Eigenartig fand er jedenfalls, dass sie ihre Yogamatte einfach draußen liegen ließ. Das war überhaupt nicht ihre Art. Bei Helene musste immer alles an seinem Platz sein, immer.

Dann hörte er Geschirr klappern und lächelte. Wäre es anmaßend, sie jetzt um eine Tasse Tee zu bitten, fragte er sich und spürte, wie sein Magen knurrte.

Er wusch sich das Gesicht, band sich die Haare zusammen und zog eine frische Hose aus dem Regal. Dann nahm er seinen Hut vom Haken und trat auf die Veranda.

Das helle Sonnenlicht ließ ihn blinzeln und er atmete tief ein. Die vielen Tropfen, die der Regenschauer hinterlassen hatte, glitzerten auf den Blättern. Er lächelte, als er aus dem Augenwinkel sah, dass Helene offenbar wieder nach draußen getreten war.

„Guten Morgen, John, darf ich dir eine Tasse Tee anbieten?"

Er drehte sich zu ihr um und nickte lächelnd.

„Gerne, liebe Helene, danke für die Einladung", sagte er freundlich und wechselte von einer Veranda zur anderen.

„Tee ist so beruhigend. Aufregung hattest du ja heute Morgen schon genug, … denke ich", sagte sie und warf ihm einen vorwurfsvollen Blick zu.

Er strich sich verlegen über den Bart und setzte sich auf ein Kissen. Was sollte er da noch hinzufügen, dachte er und versuchte, etwas Schlaues zu erwidern. Aber es fiel ihm nichts ein und sie bohrte nicht weiter, sondern ging in die Hütte zurück.

„Schönes Wetter heute", sagte er, als sie wieder vor ihm stand. Er hätte sich ohrfeigen können. Wollte er jetzt wirklich mit ihr über das Wetter sprechen?

Sie musterte ihn mit ihren hellblauen Augen und blieb wie angewurzelt stehen. Ihr Kinn ragte drohend in die Luft.

Einen kurzen Moment dachte sie daran, ihm das kochend heiße Wasser über den Kopf zu schütten, aber das war nicht ihre Art. Sie nickte nur und stellte die Kanne auf den Tisch.

„Er muss noch etwas ziehen", sagte sie stattdessen und setzte sich langsam John gegenüber. „Ich bin auch froh, dass endlich wieder die Sonne scheint. Ich wusste gar nicht, dass es so lange Regenperioden geben kann."

„Ja, das ist in der Tat ungewöhnlich. Aber für diese Gegend scheint es normal zu sein, zumindest hat Robert mir das versichert", sagte John und suchte ihren Blick.

Sie lächelte aufgesetzt und ihre feinen Gesichtszüge wirkten ungewöhnlich glatt.

„Und du vögelst jetzt Vanessa?", fragte sie, ohne mit der Wimper zu zucken. John sah sie überrascht an. Er hätte nicht gedacht, dass sie ohne Umschweife das heikle Thema ansprechen würde. „Oder hast du mit ihr auch nur über das Wetter gesprochen?"

Dieser Seitenhieb saß. John erwiderte ihren gefassten Blick und fragte sich, wohin dieses Gespräch wohl führen würde. Er ordnete seine Gedanken und war überrascht, als sie nach der Kanne griff.

Mit einer Ruhe, die er an ihr bewunderte, goss sie den dampfenden Tee in zwei Tassen, stellte die Kanne wieder ab und reichte ihm eine Tasse.

„Danke", sagte er und berührte dabei sachte ihre Hand. Sie hob die Augenbrauen und presste ihre Lippen zusammen, sodass ihr Mund nur noch eine schmale Linie bildete.

Dann nahm sie ihre Tasse und führte sie langsam an den Mund. Sie blies auf das heiße Getränk und trank einen kleinen Schluck.

„Wird es nun einen Zeitplan fürs Vögeln geben? Wo man sich eintragen kann?" Ihre Stimme überschlug sich fast und eine ungesunde Röte breitete sich auf ihrem Gesicht und an ihrem Hals aus.

„Einen Zeitplan wird es hoffentlich nicht brauchen", erwiderte John gelassen, als würden sie über ein gemeinsames Projekt sprechen, „es kommt, wie es kommt."

„Oder du kommst, wenn du kommst", erwiderte sie bissig und kniff die Augen zusammen.

Am liebsten hätte sie ihn angeschrien, sich auf ihn gestürzt und auf ihn eingeschlagen. Wie konnte er sie nur so hintergehen? Und das, wo sie doch direkte Nachbarn waren. Sie hasste ihn und hätte ihm am liebsten ihren Tee ins Gesicht geschüttet. Und dann dieser alberne Hut, der ihm überhaupt nicht stand.

Helene musste alle ihre Kräfte mobilisieren, um sich zu beherrschen. Sein freundlicher Blick ruhte auf ihr und das machte sie noch wütender. Er schien die Ruhe selbst zu sein und sich keiner Schuld bewusst.

„Helene, ich habe nichts Unrechtes getan. Wenn ich dich verletzt habe, tut es mir aufrichtig leid", sagte er und lächelte sie an.

Und dann war er auch noch ein liebenswürdiger Kerl, schoss es ihr durch den Kopf. Was sollte sie da erwidern? Sie spürte, wie alle Dämme zu brechen drohten, stand hastig auf und ging in die Hütte.

John sah ihr irritiert und erstaunt zugleich nach. So hastige Bewegungen hatte er bei ihr noch nie gesehen. Vielleicht einmal, als ein Krebs ihren Weg kreuzte.

Er erhob sich und folgte ihr. Helene stand vor der Küchenablage und stemmte ihre Fäuste auf die Holzplatte. Ihre Schultern zitterten und John trat dicht hinter sie.

„Helene", sagte er nur und drehte sie zu sich um.

„Du Schuft, du elender Schuft!", schrie sie und ihre Fäuste hämmerten auf seine Brust. „Wie konntest du nur?" Sie weinte und ihre Fäuste hämmerten weiter.

Er ließ sie gewähren und als ihre Kräfte nachließen, nahm er sie in die Arme. Zärtlich drückte er sie an sich und wartete.

Als ihre Tränen versiegt waren, hob sie den Kopf und ihre Augen sahen ihn verletzt und traurig zugleich an.

„Was erwartest du von mir, Helene?", fragte er ruhig und sah sie liebevoll an, „dass ich auf dich warte und dann antrabe, wenn du mich willst?"

Sie weitete die Augen und schüttelte müde den Kopf.

„Ach John, ich dachte nur, wir hätten eine schöne Zeit zusammen. Nur wir beide."

„Nach deinen Regeln?"

„Ach John. Warum ausgerechnet Vanessa? Sie ist doch viel zu jung für dich", flüsterte sie und löste sich aus seinen Armen. Sie trat ans Bett und setzte sich.

„Das beleidigt mich jetzt. Sie ist nur ein paar Jahre jünger und die Auswahl hier ist nicht groß."

„Du hättest wenigstens eine aus der Norddelegation nehmen und dich bei ihr vergnügen können!"

„Eben, nach deinen Regeln", wiederholte er und setzte sich vor ihr auf den Boden. „Es sollte dich nicht interessieren, mit wem ich Sex habe. Wichtig ist nur, dass wir beide schöne Momente miteinander haben. Das ist alles, was zählt", sagte er und strich sanft über ihr Bein.

Sie wollte es ihm schon entziehen, aber es fühlte sich zu gut an. „Wir können die Zeit zu zweit genießen und es ist egal, was du oder ich mit anderen erleben. Wir sind frei wie Vögel."

Sie sah ihn an und fragte sich, ob sie es schaffen würde. Seine Hand kam ihrem Oberschenkel gefährlich nahe und sie seufzte wohlig auf.

„Du bist eine wunderschöne und liebenswerte Frau. Ich begehre dich. Ich will, dass du glücklich bist", flüsterte er und wagte sich noch näher an sie heran.

Sie nickte und öffnete leicht die Beine. Er fuhr mit den Fingern über ihren gestutzten Lusthügel und sie schloss die Augen. Dann legte sie sich zurück und genoss sein Treiben. Mit beiden Händen schob er ihren Rock hoch und kniete sich zwischen ihre Beine.

„Oh John!"

Er liebkosten sie erst langsam und hingebungsvoll, bis sie vor Lust aufstöhnte und ihm energisch den Hut vom Kopf riss.

Dann hob sie ihr Becken und er leckte sie bis zum Höhepunkt. Sie schien regelrecht zu explodieren und lag dann erschöpft vor ihm.

„Komm zu mir", flüsterte sie und zog sich das Kleid über den Kopf, „und zieh die Hose aus."

Er zögerte keine Sekunde und im nächsten Moment war er in ihr. Sie keuchte auf und presste ihre Schenkel an seinen Körper. Dann hob sie ihre Beine an, legte sie ihm an die Schultern und er drang noch tiefer in sie ein. Ihre Beweglichkeit faszinierte ihn und er spürte, dass er keine Minuten mehr hatte.

Obwohl er es stundenlang mit ihr hätte tun wollen, explodierte er in der nächsten Sekunde.

Schwer atmend lag er neben ihr und streichelte über ihre kleinen, festen Brüste.

„Ich werde mich wohl an deine Regeln halten müssen, … du bist ein Hengst, John Cooper", sagte sie und löste mit einer Hand seinen Dutt.

„Keine Regeln, … nur Liebe."

Scott schwamm ans Ufer und lächelte beim Anblick von Jennifer. Sie hockte gedankenverloren im Sand und knüpfte Freundschaftsbänder.

In letzter Zeit war sie sehr produktiv gewesen und hatte sogar die gesamte Norddelegation mit ihrem selbstgemachten Schmuck ausgestattet. Jeder bekam ein Bändchen, ob er wollte oder nicht.

Sie blickte auf und winkte ihm fröhlich zu. Ihre Anwesenheit löste in ihm immer ein wohliges Gefühl aus. Er überlegte gerade, ob er sich heute Abend endlich einen Ruck geben sollte, als er Lucas neben seiner Mitbewohnerin stehen sah.

Was wollte der Pastor so früh am Morgen von ihr, schoss es ihm durch den Kopf. Hoffentlich war nichts mit ihrer Schwester.

Schnell entfernte er sich vom Wasser und griff nach seinem Strandtuch. Besorgt fuhr er sich beim Gehen übers Gesicht und war nach wenigen Sekunden bei den beiden.

„Was ist los?", fragte er und spürte, wie die Anspannung seinen ganzen Körper erfasste.

„Du musst mit mir aufs Festland, sofort", antwortete Lucas ruhig und sah ihn ernst an.

„Ist mein Vater tot?"

„Niemand ist tot. Ich handle nur im Auftrag von Tom. Anscheinend hast du eine wichtige Angelegenheit zu klären, … mit einer Frau", fügte Lucas besorgt hinzu.

„Mit einer Frau?", wiederholte Scott und versuchte, diese Information einzuordnen. „Um wen handelt es sich?" Hastig rieb er sich über den Körper und versuchte so, sich etwas zu beruhigen.

„Mehr Informationen habe ich nicht erhalten. Nur, dass du sofort aufs Festland musst", antwortete Lucas und fächerte sich mit seinem Hut etwas Luft ins Gesicht. Auf seiner Glatze bildeten sich schon die ersten Schweißperlen.

Jennifer saß immer noch am Boden und schaute etwas irritiert von Scott zu Lucas und wieder zu Scott.

„Und wenn ich mich weigere?", fragte Scott trotzig und verschränkte die Arme vor seiner muskulösen Brust.

„Ach komm, Bruder, lass uns doch einfach fahren und danach bei Ottilia einen leckeren Kaffee trinken."

Scott überlegte und suchte dann Jennifers Blick. Sie nickte nur und packte ihre Bänder zusammen.

„Kann sie mitkommen?"

„Nein. Das Boot ist leider schon voll, tut mir leid", antwortete Lucas und machte sich auf den Weg zur Hütte. Dort setzte er sich auf die Veranda und wartete auf die beiden.

„Geh, dann findest du heraus, was los ist. Bringst du mir was Süßes von Ottilia mit?", fragte Jennifer und klimperte mit den Wimpern.

„Klar", antwortete Scott und schlurfte über den Sand. „Muss ich noch was mitnehmen?", fragte Scott an Lucas gewandt, während er sich ein weißes Shirt über den Kopf zog.

„Nur dich! Bis bald, Jennifer. Hab einen gesegneten Tag", sagte Lucas, lüftete kurz den Hut und ging davon. Scott trottete wie ein Sträfling hinterher.

Jennifer sah den beiden Männern nach, bis sie im Dickicht verschwanden und strich sich über ihr kurzes Haar. Ihre Gedanken wirbelten durcheinander und sie fragte sich, was das für eine geheimnisvolle Frau war.

Hatte er noch eine Freundin auf dem Festland? War das der Grund, warum er sich ihr nicht näherte?

Ähnliche Gedanken gingen auch Scott durch den Kopf, als er hinter Lucas herging. Mühsam versuchte er sich an seine letzten Bekanntschaften, wie er sie gerne nannte, zu erinnern. War vielleicht eine der Frauen von ihm schwanger?

Das wäre die totale Katastrophe, dachte er und wäre beinahe mit Lucas zusammengestoßen, der plötzlich stehen geblieben war.

„Sorry", murmelte Scott. Er wunderte sich, dass sie den Holzsteg schon erreicht hatten. Er war so in Gedanken versunken gewesen, dass er seine Umgebung völlig ausgeblendet hatte.

Am liebsten hätte er ein Blatt Papier oder noch besser sein Handy zur Hand gehabt. Es war anstrengend, seine sexuellen Abenteuer vom Festland nur in Gedanken zu rekonstruieren.

Nach gefühlten Stunden tuckerten sie in den Hafen ein, Scott blickte angespannt nach vorn. Kopf runter und durch, dachte er und straffte die Schultern.

Weit und breit war niemand zu sehen und er fragte sich schon, ob alles nur ein Missverständnis war. Da trat Lucas neben ihn und sagte: „Sie wartet im Restaurant. Wenn du fertig bist, komm zu Ottilia in den Shop. Pass auf dich auf." Der Geistliche klopfte Scott aufmunternd auf die Schulter und sah ihm dann nach, wie er über den Steg ging.

Die Klimaanlage lief auf Hochtouren und Scott sah sich irritiert um. Es war wie in einem Kühlschrank. Niemand schien hier zu sein. Kein Wunder, es war erst elf Uhr und die Gäste zum Mittagessen würden erst später kommen.

Er ging ein paar Schritte in den Gastraum und sah dann am hintersten Tisch eine Person mit einem riesigen Hut. Es musste sich um eine Frau handeln, denn der Hut war rosa und hatte an der Seite eine weiße Feder.

Mit langsamen Schritten näherte er sich dem Tisch, und im nächsten Augenblick fiel ihm das Herz in die Hose.

Jennifer räumte die ganze Hütte auf und putzte wie eine Irre. Konnte es wirklich sein, dass Scott noch eine Freundin auf dem Festland hatte?

Womöglich schrieb er ihr auch. Denn sie hatte ihn einmal dabei erwischt, wie er hastig ein Blatt Papier gefaltet und in einem Buch versteckt hatte.

Jetzt ergab alles einen Sinn. Sie warf das nasse Tuch wütend auf die Veranda. Alles umsonst, dachte sie und hockte sich enttäuscht auf ihr Bett. Sie blickte auf seine Schlafstätte und spürte, wie ihr Tränen über die Wangen kullerten.

Sie hatte so ein gutes Gefühl bei ihm gehabt. Sie war sich so sicher gewesen, dass aus ihnen beiden etwas werden würde.

Und jetzt saß sie da, allein, und fragte sich, ob es noch einen Sinn hatte, hier auf der Insel zu bleiben.

Dann stand sie auf, lief zu seinem Bett und warf sich schluchzend darauf. Sie sog seinen zurückgelassenen Duft ein und weinte bitterlich.

Als sie sich ein wenig beruhigt hatte, drehte sie sich auf den Rücken und starrte an die Decke. Endlich hatte er sich ihr gegenüber geöffnet. Stundenlang saßen sie entweder am Strand oder auf der Veranda und redeten und redeten.

Auch sie hatte sich nach langer Zeit wieder einmal richtig glücklich gefühlt. Dieses Gefühl der Unbeschwertheit hatte sie nach dem Tod ihrer Eltern lange nicht mehr gehabt.

Ihr Blick fiel auf Anastasias Traumfänger und die Sehnsucht nach ihrer Freundin überkam sie wie eine Wucht. Weitere Tränen flossen auf Scotts Kissen und sie ließ es zu.

Obwohl Anastasia erst seit ein paar Tagen weg war, kam es Jennifer wie Wochen vor. Sie schnäuzte sich geräuschvoll und versuchte, sich zu beruhigen.

Im Moment schien ihr ganzes Leben aus den Fugen zu geraten. Scott war auf dem Festland, um sich wahrscheinlich mit seiner Geliebten zu treffen.

Was, wenn er nicht mehr auf die Insel zurückkehrte? Ein Schauer überlief sie und sie griff nach einem Kissen, das sie mit beiden Armen fest umklammerte.

Und Anastasia blieb vielleicht für immer auf *Hillarya*. Wahrscheinlich hatte sie keinen Bock mehr auf dieses kleine Eiland, auf diese bescheidene Hütte. Oder sie siedelte sogar nach *Harmonya* über. Schließlich hatte sie so begeistert und euphorisch von der riesigen Nachbarinsel erzählt.

„Ich werde hier als einsame, alte Jungfer sterben", flüsterte Jennifer und schloss die Augen. Warum musste ihr Leben immer so kompliziert, so schmerzhaft sein? Was nützte ihr all das Geld, das sie geerbt hatte, wenn sie sich keine Liebe und Freundschaft kaufen konnte? Nichts, es nützte ihr nichts!

Und hier auf der Insel konnte sie sich auch nichts anderes kaufen. Wie gerne wäre sie jetzt in eine Boutique marschiert und hätte sich ihren Frust und ihre Trauer einfach weggeshoppt.

Sie begann laut zu lachen und konnte die Absurdität der Situation nicht fassen. Sie lachte und lachte und hörte erst auf, als ihr der Bauch weh tat.

„Du bist eine verrückte alte Jungfer", sagte sie und wischte sich mit dem Kissen über das Gesicht. „Und diese Selbstgespräche machen mir ein bisschen Sorgen. Ich glaube, ich mache jetzt ein Schläfchen. Ja, ein Schläfchen ist wohl das Beste."

Der penetrante Parfümduft hing träge in der Luft, und Scott sah erstaunt auf die sitzende Frau hinunter.

„Hallo, Mutter", sagte er und beobachtete, wie sie langsam ihren Hut vom Kopf nahm und auf den Tisch legte. Dann hob sie das Kinn zur Seite. Er verstand die Geste sofort. Galant beugte er sich vor und hauchte ihr einen flüchtigen Kuss auf die Wange.

„Setz dich, Scott", sagte sie streng und deutete auf den Stuhl ihr gegenüber. Er gehorchte und setzte sich. Die Hände legte er flach auf seine Oberschenkel.

Sie musterte ihn, ohne zu lächeln. Seine Gedanken überschlugen sich und er fragte sich, ob sein Vater ein Problem hatte. Denn tot war er, laut Lucas, nicht.

„Ich nehme an, du weißt, warum ich hier bin?"

Er hob die Augenbrauen und sah sie erstaunt an.

„Gibt es ein Problem?"

„Ein Problem? Du hast Nerven!" Ihre Stimme überschlug sich, und der Kellner, der gerade auf dem Weg zu ihrem Tisch gewesen war, drehte elegant um und ging zurück zur Bar, wo er sich hinter einer Glasvitrine versteckte und versuchte, jedes Wort zu hören.

„Ich habe tatsächlich keine Ahnung, wovon du sprichst, Mutter", sagte Scott lässig und versuchte, so entspannt wie möglich zu klingen. Er wollte auf keinen Fall den Eindruck erwecken, er befürchte ein Problem mit einer früheren Bekanntschaft. Davon musste seine Mutter nichts wissen. Und vielleicht gab es ja gar keine Schwangerschaft.

„Dein Vater und ich möchten, dass du sofort nach Hause kommst!", sagte sie und nestelte an ihrem Hut, den Blick auf die überdimensionale Feder geheftet.

„Auf keinen Fall!", entgegnete er hitzig und seine Stimme wurde nun doch laut. „Mir gefällt es auf *Helenya* und ich sehe keinen Grund, die Insel zu verlassen."

„Du bist obdachlos!", rief seine Mutter und der Kellner lugte erschrocken hinter der Vitrine hervor. „Yvonne hat mir alles erzählt! Wie konntest du nur so dumm sein und deine Hütte auf Sand bauen?!"

Jetzt begriff er, worum es ging. Er atmete ruhig und spürte, wie Wut in ihm aufstieg.

„Ich bin nicht obdachlos", entgegnete er und legte seine Hände, jetzt zu Fäusten geballt, auf den Tisch. „Ich lebe in einer Hütte mit Betonfundament, wenn du es wissen willst. Und ich bleibe dort."

„Das entscheidest nicht du. Yvonne und Tom sind die Besitzer und wir haben vereinbart", sie holte tief Luft, „dass du, wenn du Ärger machst, sofort die Insel verlassen musst. Basta!"

Scott blickte auf seine Fäuste und überlegte, was er erwidern sollte. Es überraschte ihn, dass sein Verlust doch noch zum Thema wurde.

„Warum haben die Coopers nicht das Gespräch mit mir gesucht, um die Sache persönlich zu klären?"

Seine Mutter schnaubte und schnippte nach dem Kellner. Der erschien in der nächsten Sekunde und sah sie lächelnd an.

„Einen doppelten Martini für mich", dann deutete sie mit dem Kinn auf Scott, „was willst du?"

„Eine Cola", antwortete er und sah dem Kellner nach, der eilig wieder hinter dem Tresen verschwand.

„Weil ich das nicht wollte! Ich bin schließlich deine Mutter, … und für dich verantwortlich!"

„Und ich bin siebenundzwanzig! Ich kann mich sehr wohl um meine eigenen Angelegenheiten kümmern. Wie das mit dem Unfall", sagte er und bereute den letzten Satz sofort.

„Mit was?", schrie sie und sah ihn erstaunt an, „du hattest einen Unfall?!"

Scott atmete schwer und hätte sich ohrfeigen können. Zum Glück hatte er sich für eine lange Hose entschieden, sonst hätte er die riesige rote Narbe nicht verbergen können.

„Nichts Schlimmes, nur ein kleiner Kratzer", beschwichtigte er und winkte lässig ab. Er hatte wirklich keine Lust, ihr von den schlimmsten Stunden seines Lebens zu erzählen. Es wunderte ihn, dass Yvonne nichts davon erwähnt hatte.

„Wann war das?", fragte Iris und fixierte ihren Sohn.

„Ach, das war ganz am Anfang, alles halb so wild."

„Und hast du wirklich alle deine Sachen bei dem Sturm verloren?", fuhr seine Mutter fort und nippte an ihrem Martini. Er nickte und trank gierig direkt aus der Flasche. Das eiskalte Getränk schmeckte so anders als in seiner Erinnerung und er verzog angewidert das Gesicht. „Ich möchte wirklich, dass du nach Hause kommst."

„Mutter, ich liebe es, dort zu leben. Endlich bin ich all meine Süchte los. Ich mag nicht einmal mehr diese Brühe!", sagte er und stellte die Colaflasche von sich weg. „Ich habe tolle Menschen um mich herum und ich glaube, ich habe mich sogar verliebt."

„Doch nicht in diese Tina? Sie ist verheiratet!"

Scott verdrehte die Augen und schüttelte den Kopf.

„Nein, nicht in Tina. Die lebt übrigens auf *Hillarya* und nicht auf *Helenya*."

„Ist es diese langbeinige Schönheit? Die Brünette? Die mit der alten Kamera?"

„Nein, es ist auch nicht Annie. Sie heißt Jennifer", sagte Scott und fragte sich im selben Moment, warum er seiner Mutter überhaupt davon erzählte.

„Jennifer Hanks?", rief Iris und sicherte sich so erneut die volle Aufmerksamkeit des Kellners.

Scott nickte müde und wollte nur noch weg von hier.

„Ja, Jennifer Hanks. Könntest du bitte etwas leiser sprechen?", bat Scott eindringlich und warf dem Kellner einen tadelnden Blick zu. Der verstand sofort und wandte sich verlegen ab.

„Die hat doch ein Milliardenvermögen geerbt!", flüsterte seine Mutter verschwörerisch. Scott nickte und überlegte, wie er dieses Gespräch so schnell wie möglich beenden konnte. „Sie ist aber fett und hat rote Haare, oder? Seit wann stehst du auf Dicke?"

Scott schloss die Augen und hätte in diesem Moment alles dafür gegeben, sich mit einem Fingerschnippen auf die Insel beamen zu können.

„Scott! Hörst du mir überhaupt zu?"

„Leider", antwortete er und blickte auf. „Mutter, ich werde jetzt gehen. Ich werde das Gespräch mit den Coopers suchen und wenn nötig, werde ich Buße tun. Aber ich bleibe auf der Insel. Dort ist mein Zuhause", sagte er und stand auf.

„Wenigstens hat sie Geld", fuhr seine Mutter fort.

„Ja, das hat sie tatsächlich. Nur nützt ihr das auf der Insel nichts. Aber das wusstest du ja", sagte Scott und ging langsam zum Ausgang.

Iris legte rasch einen Zwanziger auf den Tisch und folgte ihrem Sohn, den Hut hielt sie in einer Hand.

Die Hitze schlug den beiden entgegen und Scott blieb kurz stehen.

„Bye, Mutter, grüß Vater von mir", sagte Scott und gab ihr einen flüchtigen Kuss auf die Wange. Sie stand wie angewurzelt da und sah ihrem Sohn nach, der schon auf dem Weg zu *Brown's* Shop war.

Auf halbem Weg traf er auf einen Arzt der Notaufnahme, grüßte ihn kurz und ging dann weiter.

Iris sah ihm nach, bis er hinter der geschlossenen Tür verschwunden war. Dann wandte sie sich um und lief zu ihrem Wagen.

„Hey, sind Sie Scotts Mutter?", fragte jemand hinter ihr. Sie drehte sich um und musterte den jungen Mann, der ganz in Blau gekleidet war.

„Wer will das wissen?"

„Gott sei Dank konnten wir sein Bein retten. Und er läuft, ohne zu humpeln. Ein Wunder!"

„Es war doch nur ein kleiner Kratzer, oder?", fragte Iris und sah ihn erschrocken an.

„Ähm … natürlich. Nur ein kleiner Kratzer", wiederholte der Mann, winkte ihr zum Abschied zu und eilte in Richtung Notaufnahme davon.

Iris sah ihm nach und fragte sich, ob Scott ihr etwas verheimlichte. Aber sie hatte keine Lust, noch eine Minute länger in diesem schrecklichen Kaff zu bleiben. Energisch riss sie die Tür der Limousine auf und keifte: „Obi, nach Hause!"

Die Kaffeemaschine surrte und die dunkelbraune Brühe tropfte in eine kleine, schwarze Tasse.

„Wie Puppengeschirr", sagte Lucas und wartete geduldig darauf, den Kaffee vom silbrig glänzenden Gitter zu nehmen.

„Was hast du gesagt?", rief Yvonne und sah von dem Bildband auf, „Puppengeschirr?"

„Ja, schau mal", sagte Lucas und kam schwungvoll näher. Mit dem Daumen und dem Zeigefinger hielt er die Espressotasse und stellte sie andächtig auf den Tisch.

Yvonne nickte lächelnd.

„Gott, bitte segne diesen Kaffee."

„Du betest für den Kaffee?"

„Nein, für mich. Dass der Kaffee mir wohlbekommt", antwortete Lucas und trank mit geschlossenen Augen andächtig den ersten Schluck. „Ich bete für alles, was ich esse und trinke. Denn alles ist ein Geschenk Gottes."

Yvonne beobachtete den Pastor amüsiert und drehte dann den Bildband so, dass Lucas die Fotos nicht mehr verkehrt herum sah.

„Sind schön geworden, oder?"

„Ja. Ich finde es toll, dass die Bilder in Schwarzweiß sind. Das verleiht den Gesichtern mehr Ausdruck, mehr Tiefe. Anastasia ist wahrlich gesegnet mit dieser Gabe.“

„Habe ich meinen Namen gehört?“, kam es von der Tür und eine junge Frau trat herein. Über der Schulter hatte sie ein Handtuch gelegt und ihre Wangen glühten rot.

„Ach, ich wusste gar nicht, dass du hier bist“, sagte Lucas und lächelte sie freundlich an, „die Fotos sind großartig. Du kannst stolz auf dich sein.“

„Danke für das Kompliment“, erwiderte Anastasia etwas verlegen und kam näher.

„Und Lisa hast du gut getroffen. Schau mal, wie sie so nachdenklich dasitzt und ihr langes Haar im Wind weht. Einfach eine schöne Frau … und ein gelungenes Foto“, fügte Yvonne lächelnd hinzu.

Anastasias Miene verfinsterte sich augenblicklich und ihr Körper wurde steif. Die lobenden Köpfe bewunderten noch immer das Bild und bemerkten den Stimmungsumschwung der Fotografin nicht.

„Ja, Lisa ist eine Schönheit … und nett dazu. Ich kann sie gut leiden. Allerdings war sie nicht von Anfang an auf *Harmonya*. Sie kam als eine der Letzten und so hatte ich keine Gelegenheit, viel Zeit mit ihr zu verbringen. Aber Liam hat sie kennengelernt. Er hat doch eine Weile in *Omicron* gelebt.“

Anastasia stand mit hängenden Schultern da und sah Lucas erschrocken an. Der hob lächelnd den Kopf und war im ersten Moment überrascht, als sich ihre Blicke trafen.

„Oh“, war das Einzige, was er herausbrachte.

„Ich gehe duschen“, sagte Anastasia gereizt, machte kehrt und ging davon.

„Was hat sie denn?", fragte Yvonne leise und sah ihr nach. Sie hörten, wie die Tür zum Fitnessraum zugeschlagen wurde, dann war es still.

„Ich glaube, Liam war mal mit Lisa zusammen. Ich erinnere mich vage an ein Gerücht."

„Oh", sagte Yvonne und nickte verständnisvoll.

„Ich glaube, Anastasia hatte keine Ahnung, wen sie da fotografiert hat. Sie schien nicht zu wissen", Lucas deutete auf die Frau vor ihm, „dass es sich um eine Ex von Liam handelte."

„Verstehe. Aber jetzt ist Liam ja mit ihr zusammen. Und er liebt sie, das sieht man", sagte Yvonne und klappte langsam den Bildband zu.

„Ja. Aber die beiden haben eine schwierige Vergangenheit. Dass Liam eine Affäre mit einer anderen Inselbewohnerin hatte, ist nicht gerade förderlich."

„Ja, das mag sein. Aber die Betonung liegt auf ‚hatte'. Man muss die Vergangenheit auch mal ruhen lassen", schloss Yvonne.

Das Wasser spritzte ihr ins Gesicht und vermischte sich mit ihren Tränen. Sie lehnte sich an die kalten Fliesen und weinte bitterlich.

Warum musste ihr sowas passieren? Warum musste Liam ausgerechnet hier eine Affäre mit einer anderen Frau haben? Und warum musste die auch noch so gut aussehen? Dagegen fühlte sie sich wie ein Mauerblümchen.

Diese Lisa war älter und bestimmt sexuell sehr erfahren. Nicht wie sie, seine erste Liebe und eher schüchtern.

An die Stelle der Trauer war nun Wut getreten, und sie stellte energisch das Wasser ab.

Wo war er eigentlich, fragte sie sich und griff nach einem Handtuch. Sie trocknete sich ab und zog sich an.

Draußen auf der Terrasse, der Wind blies ihr ins Gesicht, beruhigte sie sich ein wenig.

Anastasia schaute zum Horizont und versuchte, die Vergangenheit loszulassen. Es kostete sie immer viel Überwindung, im Hier und Jetzt zu leben. Ihr Verstand war gut darin, Geschichten, die Jahre zurücklagen, wieder und wieder hervorzuholen.

Sie setzte sich und atmete die Meeresbrise ein. ‚Anastasia, du lebst hier im Paradies, mit lieben Menschen, mit deiner großen Liebe, du bist gesund und alles ist gut.'

Wie ein Mantra wiederholte sie diesen Satz in Gedanken immer und immer wieder. Sie spürte, wie sich Ruhe und Frieden in ihr ausbreiteten und sie sich leichter fühlte.

Wie lange sie so mit geschlossenen Augen saß, konnte sie später nicht mehr sagen. Aber plötzlich hörte sie ihren Namen.

„Anastasia?"

Sie schlug die Augen auf und sah Anthony vor sich. Sein Lächeln war so ansteckend, dass sie verlegen zurücklächelte.

„Hey, Tony", sagte sie und stand auf.

„Alles in Ordnung?", erkundigte er sich.

„Klar", antwortete sie und strich sich verlegen eine feuchte Haarsträhne hinters Ohr.

„Ich muss dich jetzt entführen", sagte er und hielt mit einer Hand eine schwarze Augenbinde in die Luft.

Sie sah ihn verwirrt an und ihr Lächeln verschwand.

„Keine Angst, es ist nichts Schlimmes. Du darfst es nur nicht sofort sehen, eine Überraschung, sozusagen."

„Okay. Hat Liam etwas damit zu tun?"

„Ich mache von meinem Aussageverweigerungsrecht Gebrauch."

Sie sah ihn irritiert an.

„Zu viele Anwaltsserien geschaut", fügte Anthony achselzuckend hinzu und grinste verschmitzt, „kommst du?"

Zögernd ging Anastasia auf ihn zu und fragte sich, was das sollte. Bestimmt hatte Liam etwas damit zu tun. Sie spürte, wie Anthony ihr einen festen Knoten am Hinterkopf band und die ganze Welt in der Dunkelheit verschwand.

Dann spürte sie seine Hand auf ihrem Rücken und wie er sie langsam führte.

„Vorsicht, jetzt geht's runter. Langsam, Stufe für Stufe, ich halte dich fest", sagte er und nahm ihre Hand. Mit der anderen Hand hielt sich Anastasia am Holzgeländer fest und fand es sehr anstrengend, mit verbundenen Augen die lange Treppe hinunter zum Strand zu gehen. Es dauerte eine Ewigkeit, bis sie den Sand unter ihren nackten Füßen spürte.

„Fast da", sagte er und führte sie ein paar Meter weiter. Sie hörte ein Räuspern, das aber nicht von Anthony kam.

„Liam?"

„Danke, Tony, ich brauche deine Hilfe nicht mehr." Das war definitiv Liams Stimme und sie entspannte sich ein wenig.

„Alles klar, bis später", antwortete Anthony und schien sich zu entfernen. Doch Anastasia stand immer noch blind da und wartete darauf, was als nächstes passieren würde.

Dann spürte sie, wie Liam sie umdrehte und vorsichtig den Knoten der Augenbinde löste. Sein Duft hüllte sie ein und sie atmete erleichtert auf.

„Liebe Annie, kannst du erst einmal aufs Meer schauen, damit sich deine Augen wieder an das Licht gewöhnen?"

Sie nickte und öffnete langsam die Augen. Das türkisblaue Wasser spiegelte so hell, dass sie die Augen noch ein wenig zusammenkneifen musste.

In der Ferne sah sie die grünen Hügel von *Harmonya*. Der Himmel war wolkenlos und strahlend blau.

„Es ist wirklich das Paradies", flüsterte sie.

„Ja. Das finde ich auch. Ich kann mir nichts Schöneres vorstellen. Außer vielleicht eine Kleinigkeit", sagte Liam und drehte sie langsam zum Strand um.

Anastasia staunte und konnte es kaum glauben. Ein breites Lächeln huschte über ihr Gesicht und ihre stahlblauen Augen funkelten.

Da stand ein Miniatur-Riesenrad, gebastelt aus Kokosnüssen, Bambusstäben und Holz. Fünf identische ‚Nussgondeln' hingen an Schnüren und schaukelten sanft im Wind.

Liam kniete sich vor sie in den Sand und hielt ihr ein rotes, samtenes Kästchen entgegen. Mit einem Klick öffnete er es und ein funkelnder Ring strahlte mit der Sonne um die Wette.

„Anastasia Smith, willst du mich heiraten?"

Gerührt blickte sie auf den wunderschönen Ring, dann auf das kreative Riesenrad und schließlich auf Liam. Sie verlor sich in seinem Blick und wollte ihn küssen, doch er wiederholte die Frage: „Annie, willst du mich heiraten?"

„Ja!", sagte sie und warf sich in seine Arme. Er ließ sich zurück in den Sand fallen und drückte sie fest an sich. Ihre Lippen verschmolzen und die Welt um sie herum schien nicht mehr zu existieren.

Nach einer Weile lösten sie sich schwer atmend voneinander und rappelten sich auf.

„Darf ich dir jetzt den Ring anlegen?"

Sie nickte und hielt ihm die Hand hin. Er hatte den Ring bereits aus dem Kästchen genommen und streifte ihn andächtig über ihren Finger.

„Er ist wunderschön", flüsterte Anastasia und betrachtete das funkelnde Schmuckstück.

„Gut, dass Tiffany weltweit liefert."

„Und dass du Silber gewählt hast, gefällt mir sehr", sagte sie und drehte ihre Hand langsam hin und her.

„Es ist Weißgold", korrigierte er, „mit einem echten Diamanten."

„Oh", sagte sie und fragte sich im nächsten Moment, ob er sich das überhaupt leisten konnte.

„Ich habe einen kleinen Vorschuss von Tom bekommen. Die Coopers wollen, dass wir ins Team kommen. Und ich will das auch. Vorausgesetzt, du bleibst auch hier", fügte er etwas kleinlaut hinzu.

„Du hast schon zugesagt? Bevor du mit mir darüber gesprochen hast?" Ihre Stimme überschlug sich und die romantische Stimmung war mit einem Schlag dahin. Passend dazu fegte eine Windböe über den Strand und warf das Riesenrad um.

„Scheiße", fluchte Liam und rannte zu seinem Bastelprojekt, um es wieder aufzurichten. Anastasia folgte ihm.

Die Fäuste in die Hüften gestemmt, stand sie hinter ihm und beobachtete, wie er die Gondeln sorgfältig drapierte. Eine Welle der Liebe durchströmte sie.

Er hatte sich so viel Mühe gegeben. Und ihr wurde klar, dass sie einfach nur bei ihm sein wollte, egal wo.

Er drehte sich zu ihr um und wollte gerade etwas sagen, aber sie legte ihm einen Finger auf den Mund.

„Ich liebe dich und werde immer dort sein, wo du bist. Und ein Leben auf *Hillarya* könnte schön sein", flüsterte sie und zwinkerte ihm zu.

Erleichtert schlang er seine Arme um sie und küsste sie leidenschaftlich.

„Ich hoffe, dieser Antrag hat deine Fantasie vom Pier übertroffen?"

Sie lächelte und nickte glücklich.

„Ich bin eigentlich froh, dass keine Menschen hier sind, die unseren Moment stören", sinnierte sie und blickte zufrieden auf die Weite des Ozeans.

„Na ja, so ganz allein sind wir auch nicht", sagte er grinsend und deutete mit dem Kinn in Richtung Haupthaus. Dort oben stand eine kleine Gruppe und winkte energisch mit den Armen. „Die haben bestimmt genauso geschwitzt wie ich. Sie werden sich freuen, wenn ich ihnen die zukünftige Mrs Jackson vorstelle."

„Und wenn ich meinen Namen behalten will?", wandte Anastasia ein und verdrehte die Augen.

„Ach Annie, wie sollen unsere Kinder dann heißen? Smith oder Jackson? Oder Jackson-Smith?"

„Kinder? Wir müssen eindeutig an unserer Kommunikation arbeiten", erwiderte Anastasia und folgte ihrem Verlobten in Richtung Treppe.

Der Gedanke an Kinder schwirrte in ihrem Kopf, aber sie schob ihn energisch beiseite. Ein Schritt nach dem anderen, dachte sie und nahm eine Stufe nach der anderen.

Oben angekommen, wurden sie mit Glückwünschen überhäuft, Yvonne reichte bereits Champagner.

„Klopf, klopf", sagte Scott und schaute in die dunkle Hütte. Er vermutete, Jennifer würde in ihrem Bett schlafen, aber da war niemand. Dann wanderte sein Blick durch den Raum. Gerade als er sich umdrehen wollte, um am Strand nach ihr zu suchen, hörte er ein Geräusch.

„Scott?"

„Jenny?", sagte er überflüssigerweise und stellte fest, dass es sich seine Mitbewohnerin in seinem Bett gemütlich gemacht hatte.

„Du bist schon zurück?", erkundigte sie sich und gähnte herzhaft, „sorry, ich muss eingeschlafen sein."

Er trat in die Hütte und zog das Tuch vom Fenster, um sich die Situation genauer ansehen zu können.

„Na, na, und du machst es dir gleich in meinem Bett gemütlich?"

Jennifer sah ihn schuldbewusst an und rieb sich die Augen. Was sollte sie da erwidern? Dass sie all ihren Kummer und Schmerz in sein Kissen geheult hatte? Hoffentlich waren ihre Augen nicht gerötet, schoss es ihr durch den Kopf.

„Wie ich sehe, hast du die ganze Hütte geputzt, danke", riss Scott sie aus ihren Gedanken und stellte eine Tüte auf den Tisch. Dann zog er eine kleine Glasschale heraus und griff nach einem Löffel. „Ottilia hat es extra für dich gemacht. Lass es dir schmecken. Allerdings wäre diese süße Aktion beinahe gescheitert."

„Ich hab' keinen Hunger", gab sie schmollend zurück und zuckte mit den Schultern.

„Bist du krank?", erkundigte er sich und setzte sich zu ihr aufs Bett. Scott betrachtete Jennifer genauer und wollte gerade ihre Stirn berühren, als sie erschrocken zurückwich.

„Was war das für eine Frau?"

Scott sah sie erstaunt an. Dann begriff er, lächelte und antwortete: „Na, Ottilia! Wer sonst könnte in diesem Kaff so ein leckeres Tiramisu zaubern? Sie lässt dich übrigens herzlich grüßen."

„Doch nicht Ottilia du Doofi! Warum musstest du aufs Festland? Zu welcher Frau?" Jennifers Herz schlug so heftig in ihrer Brust, dass sie fürchtete, bald in Ohnmacht zu fallen.

„Ach, diese Frau", sagte Scott.

Seine Gedanken wanderten zurück in das unterkühlte Restaurant und ein Schauer lief ihm über den Rücken. Eigentlich passte die klimatisierte Luft perfekt zu der Person, die ihn geordert hatte.

Seine Miene verfinsterte sich bei der Erinnerung und er hoffte, sie für sehr lange Zeit nicht mehr zu sehen.

„Jetzt sag schon!", flehte Jennifer und zerrte an seinem Arm. Erschrocken sah Scott sie an und verstand ihre Aufregung nicht.

„Na, meine Mutter! An wen hast du denn gedacht?"

„Oh", war alles, was Jennifer herausbrachte.

„Aber ich will nicht darüber reden. Die Sache ist erledigt und jetzt bin ich froh, wieder hier zu sein … bei dir", sagte er in einem so liebevollen Ton, dass Jennifer ihn glücklich anlächelte.

Scott verlor sich in ihren braunen Augen und zögerte nun keine Sekunde mehr. Seine Lippen kamen näher und Jennifer schloss die Augen. Sie atmete seinen verführerischen Duft ein und spürte, wie eine Welle des Glücks sie erfasste.

Seine Hände streichelten ihren Hals und sie seufzte wohlig auf. Er war ein guter Küsser und schien zu wissen, was einer Frau gefiel.

Seine schlanken Finger wanderten über ihren Körper und Jennifer zog ihn auf sich.

„Wir haben viel zu lange gewartet", hauchte er in ihr Ohr und begann, an ihrem Hals zu saugen.

Sie streichelte über seinen breiten Rücken und genoss einfach seine Nähe.

Ihre Haut war so weich und glatt, dass er sich beherrschen musste, nicht zu schnell zu sein. Er wollte sich Zeit nehmen, das war ihm wichtig. Vielleicht wichtiger als jede andere sexuelle Begegnung in seinem Leben.

„Zieh dich aus", sagte sie mit heiserer Stimme.

„Bist du dir sicher?"

„Ich war mir noch nie sicherer", antwortete sie und zog sich das Shirt über den Kopf. Mit einem gekonnten Wurf landete es im Wäschekorb in der Ecke.

„Wow, gut gemacht, meine Kleine", flüsterte er und widmete sich dann ihren üppigen Brüsten. Sie stöhnte auf und gab sich ihm ganz hin.

„Warum haben wir damit so lange gewartet?", fragte Scott, nachdem beide wieder zu Atem gekommen waren. Jennifer blickte lächelnd an die Decke.

Sie konnte es kaum glauben, dass ihr größter Wunsch endlich in Erfüllung gegangen war. Und sie war erleichtert, dass das erste Mal mit Scott all ihre Erwartungen übertroffen hatte.

„Ich hätte dich schon viel früher gewollt, aber du warst ein harter Brocken."

„Stimmt, du hast wirklich alle Register gezogen", sagte er und im nächsten Moment mussten sie beide herzhaft lachen. „Ich erinnere mich noch gut an deine Dessous-Präsentation!"

„Ich mich auch! Deinen Gesichtsausdruck werde ich mein Leben lang nicht vergessen … zu lustig", kicherte sie.

„Ich konnte ja nicht mit sowas rechnen. So eine Frau wie dich habe ich noch nie getroffen. Übrigens, wo ist dieses rote Spitzenteil?"

„Es hängt hinterm Haus, frisch gewaschen."

„Gut, dann können wir die Szene nachspielen. Aber ich werde die Regie bitten, den Ausgang dieses Mal etwas anders zu gestalten."

„Das ist eine gute Idee. Ich schlage vor, dass der Hauptdarsteller der Dame das sündhaft teure Teil mit gierigem Blick und geschickten Händen vom Leib reißt und sie sich hemmungslos an Ort und Stelle lieben", sinnierte Jennifer und grinste.

„Ein guter Ansatz. Aber jetzt, wo der Hauptdarsteller, übrigens ein heißer Typ mit vielen Tattoos, weiß, wo die verborgenen Knöpfe sind, würde er die Sache sehr geschickt angehen. Er würde sie an sich ziehen und ihr tief in ihre wunderschönen, unvergleichlichen braunen Augen schauen. Das Ganze natürlich untermalt mit romantischer Musik. Dann würde er sie zärtlich küssen und erst dann ihren schönen Körper aus dem Bustier befreien."

„Oh Scott", sagte sie und schmiegte sich an ihn. Er drückte sie fest an sich und atmete zufrieden ein. „Erzählst du mir jetzt, was deine Mutter wollte?"

Sein Körper spannte sich kurz an, dann atmete er gepresst aus. Er suchte nach Worten, doch seine Gedanken kreisten um seine ungewisse Zukunft.

Jennifer ließ ihm Zeit und genoss es einfach, in seinen Armen zu liegen. Sie war unglaublich erleichtert, dass er keine Freundin auf dem Festland hatte und seine Mutter konnte wahrscheinlich eine komplizierte Frau sein. Jennifer erinnerte sich vage an den mondänen Auftritt auf dem Schiff, als sie ihren Sohn verabschiedet hatte. Da hatte Jennifer zum ersten Mal diesen attraktiven, ihr noch unbekannten Mann gesehen. Und jetzt lag sie mit ihm im Bett und war einfach nur glücklich.

„Sie wollte, dass ich nach Hause komme", sagte er in die Stille, „aber ich habe mich geweigert."

„Gut so, denn dein Zuhause ist hier."

„Das habe ich ihr auch gesagt. Aber weil meine Hütte weggeschwemmt wurde, hat sie ein Drama daraus gemacht."

„Und was hat sie zu deiner Verletzung gesagt?"

„Sie wusste gar nichts davon", antwortete Scott und grinste.

„Im Ernst?"

„Wahrscheinlich waren den Coopers die Hände gebunden. Ärzte und Schweigepflicht, nehme ich an. Und da ich volljährig bin, dürfen sie meine Krankenakte nicht ohne meine Zustimmung herausgeben. Obwohl ich jetzt wahrscheinlich mittellos bin!"

„Warum mittellos?", fragte Jennifer. Mit einem Arm stützte sie ihren Kopf ab, um Scotts Gesicht besser sehen zu können.

„Nun, weil meine Mutter mir den Geldhahn zudrehen wird, nachdem ich mich ihren Anweisungen widersetzt habe. Das macht sie immer, wenn ich nicht nach ihrer Pfeife tanze.“

„Wenn das so ist, dann habe ich ein paar Dollar zu vergeben, wenn du nach meiner Pfeife tanzt!“, sagte Jennifer und gluckste laut auf, weil Scott sich im nächsten Moment auf sie stürzte.

„Was soll das heißen? Willst du mich als Callboy engagieren? Das kostet dich aber eine schöne Stange Geld, das kann ich dir versichern.“

„Nein, nein, lass mich los!“, kreischte Jennifer und wand sich lachend wie ein Fisch unter Scotts Masse. Er ließ sie wieder los und sie schnappte nach Luft.

„Keine Sorge, ich komme schon irgendwie durch. Zum Glück brauche ich hier auf der Insel keinen Cent. Und die Ausflüge zu *Brown's* Shop werde ich tilgen können. Etwas Erspartes hab’ ich noch.“

„Das Tiramisu hat 100 Dollar gekostet, oder? Ich überweise dir den Betrag beim nächsten Landgang“, sagte Jennifer und zwinkerte ihm zu. „Wo ist es eigentlich?“

Scott blickte sich suchend um und fand es neben dem Bett auf dem Boden. Das Glasgefäß stand auf dem Kopf und Scott hob es ehrfürchtig auf.

„Gut, dass es fest verschlossen ist“, sagte er und reichte ihr das Glas. Jennifer drehte es um, öffnete es und leckte genüsslich die Innenseite des Deckels ab.

Scott steckte den Löffel hinein und begann sie zu füttern. Dann genehmigte er sich auch einen Löffel und schloss zufrieden die Augen.

„Oh mein Gott, wie lecker“, schwärmte Jennifer und leckte sich über die Lippen.

„Ich oder das Tiramisu?“

„Genau in dieser Reihenfolge.“

8. LIEBE

Anastasias langes, braunes Haar wehte im Wind, das Boot hüpfte auf den Wellen. Obwohl die Sonne vom Himmel brannte, war das Meer ein wenig unruhig.

Liam stand stolz am Steuer und blickte nach vorn. Sein blonder Haarschopf wirbelte im Wind, legte sich aber im nächsten Augenblick, als er mit einem Handgriff das Tempo drosselte. Konzentriert manövrierte er das Boot durch eine enge Passage zwischen den Korallenriffen.

Anastasia streckte ihre Hand aus und betrachtete den funkelnden Ring an ihrem Finger. Sie kannte solche Szenen bisher nur aus Filmen und war nun erstaunt, dass es in ihrem Leben passierte.

Sie tuckerten in Richtung *Helenya* und in Anastasia wuchs die Aufregung. Sie wollte so schnell wie möglich mit Jennifer sprechen.

„Du willst bestimmt gleich zu Jenny?", erkundigte sich Liam und schaute lächelnd über seine Schulter.

„Kannst du Gedanken lesen?", fragte Anastasia und streckte die Beine aus. Elegant glitt das Boot auf den Steg zu.

Mit geübten Handgriffen war Lucas' Eigentum vertäut und die beiden Verliebten schlenderten Hand in Hand zum Haupthaus.

„Wenn man vom Teufel spricht“, rief Scott und erhob sich grinsend. Er ging auf Liam zu und umarmte ihn freundschaftlich. „Schön, dich zu sehen!“

„Ja, finde ich auch“, sagte Liam und klopfte ihm auf den Rücken.

„Annie!“, kreischte Jennifer und stürzte sich auf ihre Freundin, „du hast mir so gefehlt!“

Überglücklich lagen sich die jungen Frauen in den Armen. „Geht es dir gut?“

„Ja, schau mal“, sagte Anastasia und löste sich aus der Umarmung. Mit strahlenden Augen streckte sie ihren Arm nach vorne.

„Oh mein Gott!“, jubelte Jennifer und griff nach der Hand. „Wow, da hat sich Liam nicht lumpen lassen. Tiffany?“ Sie drehte sich lächelnd zu Liam um.

„Woher weißt du das?“

„Das geschulte weibliche Auge“, antwortete Jennifer und ließ Annies Hand los. „Herzlichen Glückwunsch. Wann steigt die Feier?“

„Wir haben noch keinen Termin“, antwortete Anastasia und setzte sich auf einen Stuhl.

„Dann wohnst du jetzt ganz bei Liam?“

„Sozusagen. Aber ich muss dir noch etwas sagen“, fuhr Anastasia schüchtern fort und suchte fieberhaft nach den richtigen Worten. Wie sollte sie ihrer Freundin möglichst einfühlsam erklären, dass sie nicht mehr auf *Helenya* wohnen würde?

„Bist du schwanger?“, platzte es aus Jennifer heraus und sie musterte ihr Gegenüber genauer.

Anastasia schüttelte heftig den Kopf und beobachtete, wie die beiden Männer neben ihnen Platz nahmen.

“Bekommt ihr ein Baby?“, fragte Scott und blickte von Anastasia zu Liam und wieder zurück.

„Nein!", schrien beide wie aus einem Mund.

„Nein, kein Baby. Wir sind jetzt im Team", sagte Liam geradeheraus und lächelte zufrieden.

Jennifer sah Scott fragend an.

„Welches Team?", fragte Scott und ließ seinen Kumpel nicht aus den Augen.

„Tom hat uns einen Job angeboten, … auf *Hillarya*. Ich werde im Büro arbeiten und Annie wird weitere Fotodokumentationen machen. Von den neuen Inseln."

„Oh", sagte Jennifer und schluckte leer.

„Aber wir bekommen ein eigenes Boot! Dann können wir euch jederzeit besuchen kommen. Natürlich nur, wenn wir Zeit haben und das Wetter mitspielt", fügte Anastasia hastig hinzu und lächelte aufmunternd.

„Immerhin", murmelte Jennifer und griff instinktiv nach Scotts Hand. Dieser drückte sie zärtlich und lächelte sie an.

„Was läuft denn hier?", rief Liam und alle zuckten zusammen. „Seid ihr endlich ein Paar?"

„Ja", antworteten Jennifer und Scott wie einstudiert. Sie grinsten sich verliebt an.

„Das ist ja großartig", sagte Anastasia und stand auf. Mit einem Schlag fiel eine bedrückende Last von ihren Schultern. Wenn Jennifer jetzt mit Scott zusammen war, würde sie ihre Freundin nicht allein lassen.

„Gut gemacht, Alter", sagte Liam und zwinkerte Scott zu. „Jenny ist das Beste, was dir passieren konnte."

„Da kann ich dir nur zustimmen. Hat auch lange genug gedauert, bis ich das geschnallt habe. Aber nun zurück zu euch. Wo findet die große Sause statt? Hoffentlich auf dem Festland, oder wie stellst du dir eine Hochzeit ohne Alkohol vor?"

„Und du brauchst ein schönes Brautkleid", mischte sich Jennifer aufgeregt ein.

„Und einen Junggesellenabschied", sagte Scott.

„Langsam, langsam", beschwichtigte Liam und hob beide Hände. „Ich habe ihr erst gestern einen Antrag gemacht und alles weitere besprechen wir später."

„Darf ich deine Brautjungfer sein?", flehte Jennifer und malte sich in Gedanken schon das rauschende Hochzeitsfest aus.

Ein wallendes, weißes Kleid, ein Brautstrauß aus Magnolien, ein strahlendes Brautpaar und eine orangefarbene Sonne, die die Szene romantisch untermalte. Sie seufzte auf und stellte fest, dass sie sich ihre eigene Hochzeit genauso vorstellte.

„Natürlich bist du meine Brautführerin, das klingt besser als Jungfer. Und ich weiß noch nicht einmal, wo wir heiraten werden. Liam und ich hatten noch keine Zeit, uns über die Details der Hochzeit Gedanken zu machen. Aber falls, und nur falls, ich in einem weißen Brautkleid heiraten sollte, bist du natürlich dabei, wenn ich es aussuche."

„Natürlich heiratest du in einem weißen Traum, das steht wohl außer Frage!", empörte sich Jennifer und sah sie stirnrunzelnd an.

„Wir werden sehen", antwortete Anastasia und dachte besorgt an ihren Kontostand. Sie und Liam wollten die Sache klein und einfach halten, da sie beide nicht viel Geld hatten.

„Ich bezahle die ganze Party. Einfach alles. Vom Junggesellenabschied … ohne Stripperinnen", sagte Jennifer lächelnd zu Scott, „bis hin zum Anzug, dem Kleid, dem Blumenschmuck, dem Essen und allem, was ihr euch wünscht."

Anastasia sah sie mit offenem Mund an.

„Das können wir nicht annehmen, Jennifer", sagte Liam und lächelte verlegen.

„Keine Widerrede! Das ist mein Geschenk an euch. Ihr seid meine Freunde und ich will es so. Und was soll ich denn sonst mit all meinen Millionen anstellen? Hier?" Sie hob ihre Arme in die Luft und lächelte vergnügt. „Das wird so ein Spaß."

„Das ist sehr großzügig von dir", flüsterte Anastasia und drückte die Hand ihrer Freundin. „Aber ..."

„Kein Aber. Ich liebe solche Feste und freue mich, wenn ich euch beschenken kann", entgegnete Jennifer und lehnte sich zufrieden in ihrem Stuhl zurück.

„Es wäre schön, wenn Lucas euch trauen könnte, ... hier auf der Insel. Oder auf *Helenya*", sagte Scott. „Wo ist er eigentlich? Ich habe ihn schon eine Weile nicht mehr gesehen. Und ihr seid mit seinem Boot hier, oder?"

„Er ist bei Ottilia", antwortete Liam und blickte nun bedrückt zu Boden.

„Geht es ihr nicht gut?", erkundigte sich Jennifer sofort und spürte einen dumpfen Kloß im Hals.

„Ihr schon, aber Fred hatte einen Herzinfarkt", antwortete Liam und streckte seine Beine aus. Er atmete schwer und fuhr dann fort: „Gott sei Dank ist die Notfallstation in der Nähe. Anscheinend ist er im Lager zusammengebrochen. Zum Glück fiel ihm dabei eine Rotweinflasche aus der Hand, die er wegräumen wollte. Das Geräusch veranlasste Ottilia, nachzusehen. Da lag er schon bewusstlos auf dem Boden. Ich frage mich, was wohl passiert wäre, wenn er ohne die Flasche umgekippt wäre. Ottilia hätte ihn wahrscheinlich zu spät gefunden."

Alle saßen bedrückt da, die Hochstimmung von vorhin war verflogen.

„Aber es geht ihm den Umständen entsprechend gut", fügte Anastasia zuversichtlich hinzu.

„Ja, er wird wieder. Er ist ein zäher Brocken. Doch jetzt bleibt Lucas für eine Weile bei Ottilia im Shop. Sie braucht seine Hilfe", ergänzte Liam.

„Und du bist jetzt der Hüter seines Bootes?", erkundigte sich Scott und überlegte schon, welche Gegend er mit seinem Kumpel erkunden könnte.

„Ja, aber da das Wetter bald wieder umschlägt, wird mir das nicht viel nützen", antwortete Liam.

„Was faselst du da? Wir haben Sonnenschein und keine Wolke am Himmel", sagte Scott und zeigte zu den Palmen hinauf, die sich nur leicht im Wind bewegten.

„Wir kommen gerade aus *Hillarya* und haben das Wetterradar gesehen. Leider zieht wieder ein Sturm auf, der *Helenya* hart treffen könnte. Deshalb sind wir hier, um euch zu warnen."

„Das hättest du auch über Funk machen können", sagte Scott grinsend.

„Aber wir wollten euch unsere Neuigkeiten doch persönlich überbringen", mischte sich Anastasia augenrollend ein, „und ich habe Jenny vermisst."

„Und mich nicht?", empörte sich Scott.

„Geht so. Aber jetzt, wo du Jennys Freund bist, werde ich mich bemühen, dich gut zu finden", sagte Anastasia und grinste ihn an.

Das Abendessen auf *Helenya* wurde wieder einmal jäh beendet, als die ersten Regentropfen die Insel erreichten. Hastig verstauten sie alles im Haupthaus und flüchteten in ihre Hütten.

Jennifer und Scott beschlossen, den frisch Verlobten Gesellschaft zu leisten und blieben ebenfalls im Haupthaus. Zunächst regnete es nur und die Palmen bogen sich leicht im Wind.

Die vier jungen Leute richteten sich ein gemütliches Matratzenlager ein. Sie unterhielten sich noch eine Weile, schliefen aber bald ein.

Ein heftiger Sturm fegte über die Insel und nahm keine Rücksicht darauf, dass es mitten in der Nacht war.

Mit bloßem Auge konnte man nicht mehr unterscheiden, was Pflanze, was Hütte und was Stoff war, alles schien zu verschmelzen.

Ohrenbetäubend grollte der Donner bedrohlich vom Himmel und nach wenigen Sekunden blitzte es hell auf.

Ein lauter Knall ließ das kleine Eiland fast erbeben und spätestens jetzt war auch der letzte schlafende Inselbewohner wach.

„Rob?", schrie Rebecca, die erschrocken feststellte, dass ihr Partner nicht mehr neben ihr lag. „Rob?!", schrie sie jetzt noch lauter und man hörte ihre Panik in diesen drei Buchstaben.

Dann wurde es wieder hell, aber diesmal nicht von einem weiteren Blitz, sondern von einer Kerze. Robert stand da, hielt das kleine Licht schützend in seiner Hand und suchte unter dem hängenden Dach Schutz vor dem strömenden Regen.

„Zum Glück ist sie nicht hier", sagte er erleichtert und fuhr fort, „sie scheint bei John zu sein."

„Ja, das weiß ich."

„Und du hattest nicht vor, es mir zu sagen?", schrie Robert verärgert und wurde dann von einem erneuten Donnerschlag in seine Schranken verwiesen.

Rebecca strich sich müde über das Gesicht und versuchte, ihre Gedanken zu ordnen.

Der ohnehin kleine Raum ihrer bescheidenen Behausung wirkte nun grotesk. Die eine Hälfte des Daches lag einfach auf dem Boden und teilte die Hütte in zwei Hälften.

Beim Bau der Hütte hatten sie darauf verzichtet, den Raum durch eine tragende Wand zu teilen. Sie wollten es luftig und offen halten und hatten lediglich einen Vorhang als Trennung aufgehängt. Dieser lag nun durchnässt neben Rebecca auf dem Boden und sah aus wie eine dicke, schwarze Schlange. Überhaupt wirkte der zerstörte Raum merkwürdig.

Robert trat ans Bett und setzte sich seufzend zu seiner Liebsten.

„Hausbau ist wohl doch nicht meine Stärke", sagte er matt und sah sie erschüttert an.

„Wir haben unser Bestes gegeben", tröstete sie ihn und griff nach seiner Hand. „Zieh dein nasses Shirt aus und komm zu mir unter die Decke."

„Ich habe jetzt wirklich keine Lust auf Sex."

„Bist du verrückt?! Ich will doch nur in Ruhe überlegen, wie es weitergeht", empörte sich Rebecca.

Robert zog sich umständlich die nassen Sachen aus und schlüpfte unter die tatsächlich noch trockene Decke. Das Bett schien der einzige Ort in der Hütte zu sein, der noch keinen Tropfen abbekommen hatte.

In Gedanken war Robert auf *Harmonya*, wo er noch immer ein eigenes, sturmsicheres Haus besaß. Aber davon wusste Rebecca nichts.

Er überlegte, wie er ihr diese Information möglichst schonend beibringen konnte.

„Wichtig ist, dass niemand zu Schaden gekommen ist", riss Rebecca ihn aus seinen Umzugsplänen. „Wenn der Sturm vorbei ist, gehen wir nachsehen, wie es den anderen geht."

„Das machen wir", sagte Robert und drückte sie fest an sich. Er war erleichtert, dass Rebecca nichts passiert war.

Warum nur mussten diese immer wiederkehrenden Stürme ihr Paradies stören? War es zu viel verlangt, es einfach genießen zu können? Ohne Turbulenzen?

Der Regen prasselte immer noch, aber seine Intensität hatte etwas nachgelassen. Rebecca schmiegte sich an Robert und schloss müde die Augen. Sie lauschte seinem tiefen, gleichmäßigen Atem und driftete ebenfalls in den Schlaf ab.

Als die ersten warmen Sonnenstrahlen den Morgen ankündigten, krochen Robert und Rebecca mühsam aus ihrer zerstörten Hütte. Sie mussten erst einmal tief durchatmen.

Zu ihrem Entsetzen sah die Umgebung wie verwandelt aus. Überall lagen abgeknickte Palmen, zerfetzte Blüten, zerstörte Stühle und Tische und einige Terrassendielen ragten grotesk in die Luft. Es sah aus wie nach einem Bombenangriff.

Beide standen wie angewurzelt da und konnten es nicht fassen. Sie blickten sich um und versuchten herauszufinden, wo der Weg zum Haupthaus gewesen war.

„Scheiße", sagte Robert.

„Treffendes Wort", stimmte Rebecca ihm zu und raufte sich die Haare. „Wo beginnen wir?"

„Am besten hier", antwortete Robert und begann, sich einen Weg zu bahnen. Stuhlbeine, Äste, Blätter, einfach alles, was er greifen konnte, warf er nach links und rechts.

„Werden wir so überhaupt die Insel erkunden können?", zweifelte Rebecca und beobachtete, wie sich ihr Liebster mit kräftigen Armen weiter vorankämpfte.

Er strich sich über die schweißnasse Stirn und antwortete: „Wir haben keine andere Wahl. Komm, gemeinsam schaffen wir es. Zuerst müssen wir das Haupthaus erreichen. Dann sehen wir weiter. Dort befindet sich das Funkgerät und ich glaube, wir brauchen Hilfe aus *Hillarya*."

Rebecca nickte und begann, neben Robert alles Mögliche aus dem Weg zu räumen. Nach ein paar Minuten war der ganze Spuk allerdings vorbei.

Plötzlich standen sie zwischen Palmen und blickten auf eine intakte Landschaft. Stehende Palmen, nur Wassertropfen glitzerten auf ihren Blättern und Blumen blühten am Wegesrand. So als wäre nichts Ungewöhnliches geschehen. Alles sah aus wie immer.

Rebecca schaute Robert verwundert an und blickte dann zurück. Hinter ihr herrschte das pure Chaos und vor ihren Füßen war die Welt völlig in Ordnung.

Der kleine Trampelpfad lag unversehrt vor ihnen und mit langsamen Schritten gingen sie hintereinander in Richtung Haupthaus. Sie sprachen kein Wort. Die Erleichterung und das Erstaunen mussten sie erst einmal sacken lassen.

Kurz darauf standen sie vor dem einzigen gemauerten Gebäude der Insel und blickten sich um. Überrascht hörten sie Gelächter und gingen hinein.

Jennifer und Anastasia saßen auf dem Boden und amüsierten sich über irgendetwas. Scott stand in der kleinen Küche und schien Tee zu kochen.

„Was ist denn mit euch passiert?", rief Scott und stellte den Wasserkessel auf die Arbeitsplatte. Erstaunt sahen die Frauen auf und starrten Rebecca und Robert mit großen Augen an. „Geht es euch gut?", fügte er hinzu und trat näher. „Ihr seht aus, als hättet ihr eine wilde Nacht hinter euch."

„Hey", war das Einzige, was Robert herausbrachte. Erschöpft setzte er sich auf einen Stuhl.

„Unsere Hütte ist total zerstört", sagte Rebecca matt und setzte sich neben Robert.

„Nicht wahr", entgegnete Scott und reichte ihnen eine Tasse Tee, „es hat doch nur geregnet!"

„Hier anscheinend. Aber bei uns hat ein Tornado gewütet. Das könnt ihr euch nicht vorstellen! Chaos, wohin man schaut. Und dann, ein paar Meter weiter, zack, alles in Ordnung!" Robert rieb sich ungläubig über die müden Augen. „So etwas habe ich noch nie gesehen. Da muss eine Schneise direkt über unserer Hütte gewesen sein. Und die Plamen drumherum sind alle umgeknickt."

„Was für eine Scheiße! Jetzt seid ihr auch obdachlos, … willkommen im Club", sagte Scott und setzte sich ihnen gegenüber an den Tisch.

„Du bist nicht obdachlos, du wohnst bei mir", entrüstete sich Jennifer und stupste ihn an.

„Hey", sagte Liam, der mit einem Handtuch um die Hüften ins Haus kam. „Alles in Ordnung?"

„Nicht ganz", antwortete Robert und forderte ihn auf, sich zu setzen. „Ich glaube, du musst uns nach *Hillarya* fahren. Ich muss mit Tom sprechen. Wir haben unsere Hütte verloren."

Die kleine Klingel ertönte und Lucas blickte von der Zeitung auf. Als er John eintreten sah, schob er hastig seine Lektüre unter den Tresen und trat hervor.

„Mein lieber Bruder", rief er und umarmte seinen Freund. „Wie schön, dass du mich besuchst!"

„Hallo Lucas, schön, dich zu sehen", erwiderte John und betrachtete sein Gegenüber genauer. „Wie geht es dir? Und Ottilia?"

„Und Fred?", fragte Lucas und bat seinen Besucher, sich zu setzten.

„Fred geht es ausgezeichnet, würde ich sagen. Ich habe ihn gerade besucht. Er wird dich bald ablösen können. Anscheinend versucht er, das Lager der Notaufnahme neu zu organisieren, sehr zum Ärger der Oberschwester", sagte John und grinste.

„Das ist Fred, wie er leibt und lebt. Einen Kaffee?"

„Gern. Wie geht es euch beiden denn so? Geht ihr euch schon auf den Keks?" John beobachtete, wie Lucas geschickt hinter dem Tresen hantierte und mit einem Tablett zurückkam.

„Was hast du gesagt? Du willst einen Keks? Hier sind frische Amaretti, lass es dir schmecken", antwortete Lucas und setzte sich John gegenüber an den kleinen, runden Tisch. Er trank einen Schluck Kaffee und blickte dann auf.

„Du weichst meiner Frage geschickt aus, mein lieber Freund. So schlimm?", fragte John und biss genüsslich in das frische Gebäck.

Lucas strich sich über die Glatze und überlegte, was er antworten sollte.

„Ich liebe Ottilia von ganzem Herzen."

„Aber?", fuhr John kauend fort und hielt sich entschuldigend eine Serviette vor den Mund.

„Es ist nicht so einfach. Wie soll ich sagen …"

„Bongiorno John, wie schön, dich zu sehen", sagte Ottilia und schloss die Tür zum Lager hinter sich, „tutto bene?"

„Wie soll ich sagen. Mir geht es gut, aber der letzte Sturm hat wieder eine Hütte verschlungen. Diesmal hat es Rebecca und Robert erwischt." Ottilia ließ vor Schreck den Schlüssel fallen. „Aber keine Sorge, den beiden geht es gut", fügte John schnell hinzu.

„Gott sei Dank!", riefen Ottilia und Lucas wie aus einem Mund.

„Und, wie läufts bei euch beiden?", griff John das Thema hartnäckig wieder auf und ließ das Paar nicht aus den Augen.

Lucas schien sich zu winden, Ottilia seufzte.

„Es wird Zeit, dass Fred zurückkommt", sagte Ottilia und ging geschäftig hinter den Tresen. Sie griff nach einem Lappen und begann, die Kaffeemaschine zu polieren.

Lucas nickte und sah zu, wie seine Liebste einer ihrer Lieblingsbeschäftigungen nachging. Wenn er nichts sagte, konnte er auch nichts Falsches sagen, dachte er. Mit dieser Strategie war er schon oft gut gefahren.

„Okay", sagte John und überlegte, ob er noch weiter bohren sollte.

„Fred ist einfach ein Meister im Organisieren und Verwalten … und Lucas … hat andere Qualitäten", brachte sie es auf den Punkt und kam mit einer Flasche Grappa und drei Gläsern an den Tisch zurück. „Lucas gehört nicht in einen Shop, è vero?"

Lucas saß schweigend da und nickte wieder nur.

„Aber ihr seid noch ein Paar?"

„Chiaro!", rief Ottilia und streichelte Lucas liebevoll über die Schulter. John sah sie fragend an.

„Das heißt auf Italienisch ‚klar'", fügte Lucas mit einem verschmitzten Lächeln hinzu. „Ich glaube, wir sind wie geschaffen für eine Fernbeziehung."

„Genau. Wir sehen uns ab und zu, lieben uns … und jeder hat seine Aufgaben. Yvonne und Tom brauchen seine Hilfe! Bald beginnen sie mit der Bebauung der vierten Insel und Lucas muss dabei sein. Ohne göttlichen Beistand wird das ein Fiasko … wie auf *Helenya*!" Die beiden Männer sahen Ottilia verdutzt an. „Stimmt doch! Dieser Hüttenbau ist doch das Dümmste, was man sich nur ausdenken konnte! Als ob jeder Dahergelaufene ein Haus bauen könnte! Lächerlich! Einfach lächerlich!"

„Entschuldige bitte, meine Hütte ist in perfektem Zustand!", empörte sich John, griff nach einem Amaretto und verkniff sich ein Lächeln.

„Du bist aber auch handwerklich begabt", stimmte Lucas seiner Partnerin zu. „Die Hütte von Siena und Thomas wird den nächsten Sturm wohl auch nicht überleben. Yvonne und Tom haben die beiden sogar gebeten, vorübergehend nach *Hillarya* zurückzukehren, … nur zu ihrer eigenen Sicherheit."

„Vielleicht habt ihr Recht", gab John zu und genehmigte sich einen weiteren Amaretto. Zum Glück gab es diese Köstlichkeit nicht auf der Insel, dachte John und spürte, wie ihn der viele Zucker aufpeitschte.

Ottilia füllte großzügig die drei Gläser und prostete den beiden zu: „Auf die vierte Insel, möge sie mit Weitsicht und Augenmaß bebaut werden!"

„Saluti", sagte John.

„So, jetzt muss ich gehen. Du brauchst meine Hilfe nicht mehr?", fragte Ottilia Lucas und drückte ihm einen Kuss auf die Glatze.

„Nein, ich habe alles im Griff. Lass es dir gut gehen, bis später, meine Liebe", antwortete Lucas und gab ihr einen Klaps auf den Hintern. Sie drehte sich empört um, musste dann aber lächeln, weil Lucas so strahlte.

„Immer noch schwer verliebt, wie ich sehe", sagte John und schob den Teller mit den Amaretti von sich. „Kannst du die wegräumen? Sonst wird mir noch schlecht."

„Klar. Und wie steht's bei dir mit der Liebe?"

„Ich liebe und das reicht", antwortete John und sah sich im Shop um. Er war immer wieder erstaunt, wie viel Zeug sich in den Regalen stapelte. Und genauso überrascht war er, dass er auf all das verzichten konnte.

„Wäre es nicht angebracht, wenn du dich auf eine Partnerin festlegst?" Lucas betonte das Wort ‚eine' und hoffte, dass er einen guten Einfluss auf seinen Freund nehmen konnte.

John hob die Augenbrauen und kippte den Kaffee in einem Zug hinunter. Er wollte sich nicht mit dem Geistlichen streiten, zumal er Lucas sehr mochte und überlegte, was er ihm antworten sollte.

„Ich habe nur nachgedacht. Und dass die Hütte von Rebecca und Robert zerstört wurde, könnte ein Zeichen Gottes sein, … schließlich leben die beiden schon lange in wilder Ehe."

„Ich dachte, es gäbe keinen strafenden Gott", erwiderte John und grinste amüsiert. Er liebte es, Lucas aus der Reserve zu locken.

„Du hast völlig recht. Doch, Gott weist uns hie und da den richtigen Weg. Auch mit unkonventionellen Mitteln. Er ist der Hirte, wir sind die Schafe.“

„Aha. Und jetzt hast du Angst um mich?“

„Nein. Ich schließe dich jeden Tag in mein Gebet ein.“

„Soso, und Rebecca und Robert nicht?“, fragte John.

„Aber natürlich! Ich schließe ALLE in mein Gebet ein! Aber, … du könntest dich doch endlich festlegen und dich für eine Frau entscheiden. Das ist doch nicht normal, was du da …“ Lucas strich sich aufgebracht über die Glatze.

„Lucas. Ich werde mich zu gegebener Zeit entscheiden. Aber ich habe es nicht eilig. Und das Universum wird mir zur rechten Zeit schon einen Wink geben.“

„Du und dein Universum!“, murrte Lucas und begann, das Geschirr abzuräumen.

„Und vielleicht ist die Entscheidung schon gefallen. Vanessa ist wieder auf dem Festland. Jetzt, wo die Hütte ihrer Schwester nicht mehr bewohnbar ist.“

„Gott sei Dank!“, rief Lucas und begann, das Geschirr abzuwaschen. John sah seinem Freund zufrieden zu, auch wenn er nur dessen breiten Rücken sehen konnte.

9. ZUKUNFT

Tom saß an seinem Schreibtisch und sah sich die Unterlagen an, die vor ihm lagen. Es ärgerte ihn, dass es im Moment so schwierig war, Rohstoffe zu bekommen.

Der Transport auf die Insel war schon eine Herausforderung, aber jetzt war auch noch der Markt angespannt und machte die Sache noch komplizierter.

Und dann spürte er, dass er ein wenig müde geworden war. Die schweren Verluste auf *Helenya* hatten ihn erschüttert. Er dankte Gott jeden Tag dafür, dass niemand umgekommen war.

Anfangs hatte er die Idee, Hütten zu bauen, gut gefunden. Aber er war sich der großen Risiken nicht bewusst gewesen.

Dass das Wetter in letzter Zeit so wechselhaft und stürmisch war, machte die Sache nicht besser.

Er atmete schwer und dachte angestrengt nach. Anthony wollte das Zepter übernehmen, das spürte er. Aber Tom konnte sich nur schwer mit dem Gedanken anfreunden, nur noch einen kleinen Beitrag zu seiner Vision beisteuern zu können.

Da die vierte Insel ähnlich beschaffen war wie die dritte und fast genauso wenig Platz für eine sichere Bebauung bot, hatte Anthony bereits seine Pläne offengelegt.

Tom konnte sich noch nicht entscheiden. Da Yvonne seit drei Wochen auf dem Festland weilte, um ihre älteste Tochter Jessica zu besuchen, fehlte ihm der Austausch mit seiner Liebsten, den er für solch wichtige Entscheidungen brauchte.

Er sammelte die Papiere ein und legte sie auf einen Stapel. Als hätte er auf diesen Moment gewartet, trat Anthony über die Schwelle und lächelte seinen Boss an.

„Hallo Tony", sagte Tom und konnte seine Müdigkeit nicht verbergen.

„Hey Boss", erwiderte Anthony und setzte sich ihm gegenüber auf einen Bürostuhl. Er hantierte unter dem Sitz herum und ließ die Sitzfläche nach unten gleiten. „Tina", sagte er grinsend, „sie verstellt immer meinen Stuhl." Dann suchte er Toms Blick, als müsste er abschätzen, was er als Nächstes sagen sollte.

Tom nickte nur und war selbst gespannt, was kommen würde, denn er hatte keine Neuigkeiten zu verkünden.

Anthony räusperte sich und begann dann: „Siena und Thomas sind wieder hier, in Sicherheit. Sie haben sich eingerichtet und lassen dich grüßen."

„Gut", sagte Tom knapp, denn er ahnte, worauf sein Geschäftspartner hinauswollte.

„Wie du ja weißt, haben sie eigentlich kein Haus mehr hier auf *Hillarya*, weil alles belegt ist. Doch dank Phoebes Großzügigkeit können sie bei ihr wohnen … vorerst." Anthony machte eine Pause, um seinem Boss die Möglichkeit zu geben, etwas hinzuzufügen, aber der nickte nur, legte seine Fingerspitzen aneinander und wartete geduldig.

Als sich das Schweigen in die Länge zog, fragte Tom: „Und was sagt Brain dazu?"

Anthony sah ihn erstaunt an.

„Er ist ja viel unterwegs, … wahrscheinlich auf der Flucht vor seiner Frau. Und du kennst ja Phoebe, die freut sich über neuen Klatsch und ein bisschen Abwechslung.“

Tom nickte wieder und fragte sich, wann sein Architekt endlich zur Sache kommen würde.

„Ich habe mit John gesprochen und wir beide sind der Meinung, … dass du meinen Vorschlag wohlwollend prüfen solltest. Hier ist noch ein Brief von John. Er konnte mich leider nicht begleiten.“

Tom sah ihn fragend an und zog den Brief zu sich heran, öffnete ihn aber nicht.

„Warum? Hat er wichtige Termine auf *Helenya*?“, erkundigte sich Tom und lachte laut.

„Kann man so sagen. Er wollte sich von Vanessa verabschieden. Sie geht zurück aufs Festland. Hat sich das Inselleben wohl anders vorgestellt.“

„Das wird Lucas freuen. Er hatte anscheinend ein schlechtes Gefühl bei ihr. Wie hat er sie genannt? Unruhestifterin?“, sagte Tom und lehnte sich zurück.

„Gut, dann gehe ich wieder. Sagst du mir Bescheid?“, fragte Anthony und stand auf.

„Mach ich, sobald Yvonne zurück ist und ich mit ihr gesprochen habe“, antwortete Tom und sah Anthony nach, bis dieser aus dem Büro verschwunden war.

Auf dem Boden lagen unzählige Zeitschriften und einige Seiten waren herausgerissen. Es sah aus, als hätte eine Bombe eingeschlagen. Zwei Frauen hockten inmitten des Chaos und studierten Seite um Seite.

„Das ist wunderschön!“, rief Jennifer und riss ganz vorsichtig eine Seite aus einem Hochglanzmagazin. Sie reichte sie Anastasia, die das glänzende Papier aufmerksam betrachtete.

Weiße Klappstühle, ein Torbogen mit bunten Blumen und ein Golden Retriever mit einer weißen Schleife auf dem Kopf lächelte in die Kamera.

„Den Hund nehme ich", sagte Anastasia und zwinkerte ihrer Freundin zu.

„Ich meine die Stühle und den Blumenbogen!"

„Das ist viel zu aufwendig!", protestierte Anastasia und legte die Seite weg. „Sollten wir es nicht einfacher und schlichter halten?"

„Man heiratet doch nur einmal und da soll es schon was hermachen! Und ich bezahle alles! Gib dir einen Ruck, Annie!"

„Ich weiß nicht. Was wird meine Mom dazu sagen?" Anastasias Gedanken schweiften zu ihrer Familie ab, die eher verhalten auf ihre Verlobung reagiert hatte.

„Die werden begeistert sein!", flötete Jennifer und krallte sich die nächste Zeitschrift. „Die müssen das erst mal sacken lassen. War wohl eine Überraschung, zu hören, dass du heiratest. Und dann auch noch Liam."

„Und dass ich hierbleibe", fügte Anastasia kleinlaut hinzu und presste die Lippen zusammen.

„Keine ernste Miene, das gibt Falten", mahnte Jennifer und stupste sie an.

„Ich finde es schade, dass wir die Zeremonie nicht hier machen können", sagte Anastasia und seufzte.

„Hier auf der Abbruchinsel? Bist du verrückt?"

„Hier wäre es so schön privat."

„Schau mal, Ottilia hat alles im Griff und hat mir versichert, dass es auch auf dem Festland schöne, einsame Buchten gibt. Und wo sollen denn die Gäste übernachten? Hier im Gemeinschaftshaus?", empörte sich Jennifer und blickte sich in dem zwar großzügigen, aber karg eingerichteten Raum um.

„Du hast ja recht. Aber wenn Liams Eltern kommen, wird es bestimmt schrecklich!"

„Wissen sie es überhaupt schon?", fragte Jennifer und betrachtete nachdenklich die zukünftige Braut.

„Ich glaube nicht. Liam ist ein wahrer Künstler darin, unangenehme Dinge auf die lange Bank zu schieben."

„Dummkopf", sagte Jennifer und langte nach einer Seite, die direkt vor Anastasia auf dem Boden lag. „Das wäre genau das Richtige für dich!"

„Das ist viel zu teuer!", sagte Anastasia und schüttelte den Kopf.

„Für dich ist mir nichts zu teuer, meine Liebe!", sagte Jennifer und drückte ihre Freundin an sich.

„Was würde ich nur ohne dich tun?"

„Dito", flüsterte Jennifer und wischte sich eine Träne weg. „Und wenn ich heirate, wirst du meine Brautjungfer sein."

„Brautführerin", korrigierte Anastasia lächelnd. „Ist Scott denn schon so weit?"

„Ich setze alles auf eure Hochzeit. Wenn Scott sieht, wie glücklich ihr seid, dann kann er sich diesen Schritt vielleicht auch vorstellen. Also reiß dich zusammen, Annie, damit es eine unvergessliche, schöne Hochzeit wird", sagte Jennifer und lachte laut auf.

„Das einzige Problem könnten unsere Familien sein", fügte Anastasia leise hinzu und wirkte betrübt.

„Das stimmt. Auf Scotts Mutter habe ich auch keine Lust. Auf diese hochnäsige Diva könnte ich verzichten."

„Du kennst sie doch gar nicht", warf Anastasia ein.

„Ich habe sie einmal aus sicherer Entfernung beobachtet. Und ich kenne ein paar Geschichten von

Scott, das reicht mir, um zu wissen, dass ich sie nicht kennenlernen will. Und zum Glück lebt sie sehr weit weg!“ Jennifer widmete sich einer neuen Zeitschrift.

Anastasia nickte und ein ungutes Gefühl beschlich sie. Sie hatte Liams Eltern nur ein paar Mal getroffen und beide als distanzierte, kühle Menschen erlebt. Besonders Liams Mutter war ihr gegenüber sehr unfreundlich gewesen.

Sie erinnerte sich an eine Szene, als sie Liam einmal nach Hause begleitet hatte. Er hatte ihr sein Zimmer zeigen wollen, als sie unerwartet seiner Mutter begegnet waren.

,Wer bist du denn?‘, hatte seine Mutter schroff gefragt und sie kritisch von oben bis unten gemustert.

Ausgerechnet an diesem Tag hatte Anastasia ihre zerrissenen Jeans und ihre ausgelatschten Turnschuhe getragen, die zudem beide nicht mehr ganz sauber waren. Liams Mutter hatte die Augenbrauen hochgezogen, die Lippen zusammengepresst und die Nase gerümpft.

Anastasia hatte sich so geschämt, dass sie am liebsten im Boden versunken wäre. Vor allem, weil Liam etwas von einer Schulfreundin und Hausaufgaben gefaselt hatte, anstatt zu sagen, dass sie seine Freundin war.

Zu allem Elend war seine Mutter auch noch von Kopf bis Fuß elegant gekleidet gewesen. Sogar die roten Ohrringe hatten zu den Pumps gepasst, die sie seltsamerweise im Haus trug. Anastasia konnte sich nicht erinnern, jemals so hohe Schuhe an ihrer Mutter gesehen zu haben.

„Annie? Annie?“ Jennifer riss sie aus ihren Gedanken und hielt ihr ein Foto hin. Weiße Lilien und rote Rosen waren zu einem hübschen Brautstrauß arrangiert.

„Sehr schön", sagte Anastasia nachdenklich.

„Den Strauß musst du aber unbedingt mir zuwerfen. Wir besprechen noch, wo ich stehen soll", sagte Jennifer eifrig und gluckste. „Dann hat Scott keine Wahl und ich bin die Nächste."

„Bestimmt", flüsterte Anastasia und versuchte, das ungute Gefühl zu ignorieren, das in ihr brodelte.

John wischte den Boden und konnte seine Freude kaum unterdrücken. Am liebsten hätte er gesungen oder ein Liedchen gepfiffen. Doch er wollte seriös wirken und Helene nicht erschrecken.

Sorgfältig legte er seine wenigen Habseligkeiten auf das Regal und sah sich zufrieden in seiner Hütte um.

Dann drapierte er die Teedosen auf dem Regalboden über der Küchenzeile und war sichtlich stolz auf sich, dass er daran gedacht hatte, etwas für Helene zu kaufen.

Ottilia hatte eine riesige Auswahl an Tees im Shop und er war etwas überfordert gewesen. Zumal er nicht genau wusste, welche Geschmacksrichtung Helene besonders mochte.

Schließlich hatte er mit Ottilias Hilfe fünf verschiedene Teesorten ausgewählt und dazu noch hübsche Metalldosen gekauft.

Wie ein kleiner Regenbogen standen die fünf Dosen nun nebeneinander und brachten einen schönen Farbeffekt in die Hütte.

„John?"

„Ich bin hier!", rief John und drehte sich zur Tür um.

Da stand sie, wunderschön, ihr langes, graues Haar leuchtete hell. Sie trug ein wallendes, blaues Kleid und hatte beide Hände um eine Decke und zwei Kissen geschlungen.

Ohne ein Wort zu sagen, ging er auf sie zu und nahm ihr das leichte Gepäck ab. Er trug alles auf ihr Bett und legte es andächtig darauf. Als er sich umdrehte, war sie bereits verschwunden. Ohne zu warten, folgte er ihr.

„Danke, Helene. Wir sind unendlich dankbar", sagte Rebecca und umarmte Helene innig. Robert stand daneben und sah grinsend zu John.

„Hallo Nachbar", sagte John und klopfte Robert auf die Schulter. „Habt ihr alles?"

„Wenn man bedenkt, dass fast unser ganzes Hab und Gut vom Sturm zerstört wurde, haben wir doch alles, was wir brauchen."

„Ja, es ist erstaunlich, wie wenig man zum Leben benötigt", sagte John und versuchte, die Frauen zu belauschen, die sich in der Hütte unterhielten. Aber beide flüsterten, so dass er kein Wort verstehen konnte. „Und Helene wird sich an mich gewöhnen", fügte John augenzwinkernd hinzu.

„Ihr seid ein tolles Paar", meinte Robert.

„Offiziell sind wir zwar noch kein Paar. Aber was noch nicht ist, kann ja noch werden."

„Was kann noch werden?", fragte Rebecca, die wieder aus der Hütte trat.

„Nichts", sagte John und ging auf Helene zu, die eine Kiste trug und laut schnaufte.

„Danke, John, wie aufmerksam", sagte Helene, als er ihr galant die Last abnahm und zu seiner Hütte trug. „Und wenn ihr noch etwas braucht, Kleider oder so, sagt Bescheid. Ich habe genug Stoff, um euch etwas zu nähen."

Rebecca nickte lächelnd und ging zurück in die Hütte. Robert folgte ihr und Helene schaute ihm nachdenklich hinterher, dann gab sie sich einen Ruck und löste sich von ihrer Veranda. Mit einem mulmigen Gefühl verließ sie ihr Zuhause und stieg die Stufen zu Johns Hütte hinauf.

„Willkommen", sagte John feierlich und breitete seine Arme aus, „fühl dich wie zu Hause."

„Danke", war das Einzige, was Helene über die Lippen brachte.

Da sie einen betrübten Eindruck auf ihn machte, ließ er seine Arme langsam wieder sinken.

Sie schwebte förmlich in den Raum und sah sich um. Bei den Teedosen blieb sie stehen und strich mit ihren Fingern andächtig über die bunten, gemusterten Dosen.

„Ich wusste gar nicht, dass du Tee hast."

„Ich habe ihn extra für dich gekauft, sozusagen als Willkommensgeschenk", sagte er und trat hinter sie. „Ottilia hat mich beraten. Ich hoffe, er schmeckt dir."

Helene nickte und drehte sich um. Jetzt standen sie sich fast Nase an Nase gegenüber und schauten sich tief in die Augen.

„Willst du mein Lebenspartner werden?"

John blickte erstaunt in ihre hellblauen Augen, die ihn ruhig und amüsiert ansahen.

„Ja", antwortete er und konnte seine Überraschung nicht verbergen.

„Vielleicht musste ich eine Lektion lernen."

„Eine Lektion?", fragte er.

„Ja. Anscheinend musste erst eine andere Frau auftauchen, damit ich verstehe, was ich für dich empfinde. Aber zum Glück ist sie jetzt weg, … und ich bitte dich, … mein fester Lebenspartner zu sein."

Er lächelte sie liebevoll an, hob mit einer Hand ihr Kinn leicht an und küsste sie.

„Und was empfindest du für mich?"

Ihre Augen leuchteten glücklich. Sie nahm ihn bei der Hand und führte ihn zu ihrem Bett.

„Ich habe erkannt, dass du ein wunderbarer, zärtlicher, humorvoller und liebevoller Mann bist. Und dass ich immer ein Kribbeln im Bauch spüre, wenn du in meiner Nähe bist. Ich empfinde tatsächlich Liebe für dich“, sagte sie und setzte sich aufs Bett.

Er blickte auf sie hinunter und lächelte.

„Warum ,tatsächlich‘ Liebe?“

„Weil ich dachte, ich könnte nie wieder so empfinden. Nach all meinen Enttäuschungen“, fügte sie hinzu und beobachtete erstaunt, wie er sich von ihr abwandte. „Wohin gehst du?“, fragte sie erstaunt und spürte, wie eine leichte Panik in ihr aufstieg.

Er griff mit beiden Händen nach seinem Bett und zog es quer durch den ganzen Raum zu ihrem.

„Wenn wir schon ein Paar sind, können wir auch unsere Betten zusammenstellen“, sagte er etwas atemlos und forderte sie auf, ihre Beine hochzuheben. Sie tat es und lächelte ihn erleichtert an. Er schob sein Bett ganz an ihres heran und legte sich dann auf seine Seite.

„So ist es viel besser“, sagte Helene und schmiegte sich an seine Schulter.

„Ja, viel besser“, stimmte John ihr zu und drückte ihr einen Kuss auf die Stirn.

Innert weniger Minuten verdunkelte sich der Himmel und machte den Tag zur Nacht.

Tina stand am Fenster und blickte auf die Wellen, die bedrohlich auf den Strand zurollten, sicher mehrere Meter hoch. Sie erschauerte und war erleichtert, dass alle ihre Lieben in Sicherheit waren.

„Ist dir kalt?“, fragte Anthony und trat hinter sie.

„Nein, aber dieses Wetter", antwortete sie und verdrehte die Augen, „ist echt mies."

„Stimmt. Aber eigentlich perfekt, um eine Sitzung abzuhalten, oder?"

„Oh, das hätte ich fast vergessen", sagte sie und machte Anstalten, sich von ihrem Mann zu entfernen.

„Nicht so schnell, ich will noch einen Kuss."

Sie stellte sich auf die Zehenspitzen und küsste ihn.

„Komm", sagte sie und eilte davon. Er sah ihr glücklich nach, aber im nächsten Moment spürte er ein dumpfes Gefühl in der Magengegend. Heute war der Tag der Wahrheit und es würde sich entschieden, ob seine Idee eine Chance hatte.

Anthony hatte Tom seit dem letzten Gespräch nicht mehr gesehen und wusste daher nicht, ob er den Boss von seiner Idee überzeugen konnte. Er wusste auch nicht, was Yvonne davon hielt. Aber für Anthony war klar, dass es angesichts der Lage und Beschaffenheit der Insel eigentlich nur diese Lösung gab.

Er atmete tief durch, sammelte sich, indem er seine Argumente noch einmal im Kopf sortierte und folgte seiner Frau ins Büro.

„Wie schön, es wird doch noch alles gut", rief Lucas zufrieden und setzte sich neben Tina. „Die beiden geben ein schönes Paar ab."

„Ja, das finde ich auch. Und Beccy und Rob sind froh, eine Hütte auf *Helenya* bekommen zu haben. Helene ist wirklich sehr großzügig."

„Wovon redet ihr?", mischte sich Anthony ein, der sich dazu setzte und feststellte, dass noch vier Stühle frei waren. Es fehlten also noch die Coopers und die beiden Neuen im Team.

„Helene und John sind jetzt ein Paar und wohnen sogar in einer Hütte! Und Beccy und Robert durften in Helenes Hütte einziehen. Nett, oder?", sagte Tina. Lucas saß da, lächelte und faltete zufrieden die Hände vor dem Bauch.

„Entschuldigt die Verspätung", sagte Yvonne und betrat das Büro. Hinter ihr kamen Tom, gefolgt von Anastasia und Liam.

Tom setzte sich auf den freien Platz oben am Tisch und legte einen Stapel Akten vor sich ab. Er lächelte zufrieden, Anthony ließ ihn nicht aus den Augen. Doch zu seiner Überraschung ergriff Yvonne das Wort.

„Geschätztes Team, herzlich willkommen zu unserer … wievielten Sitzung?" Sie blickte fragend zu Tina, die gerade etwas in ihren Laptop tippte.

„Die dreiundvierzigste."

„Vielen Dank, Tina. Ich freue mich, euch zur dreiundvierzigsten Sitzung begrüßen zu dürfen. Anwesend sind: Die Aktuarin Tina King, Anthony King, Lucas Carter, als neue Teammitglieder Anastasia Smith und Liam Jackson und die Eigentümergemeinschaft sowie das Management mit Tom und Yvonne Cooper. Damit sind wir vollzählig."

Anthony klopfte nervös mit den Fingern auf die Tischplatte, als Yvonne fortfuhr: „Ich bin erfreut und aufgeregt, euch mitteilen zu können, dass wir …"

In diesem Moment klingelte das Telefon und alle zuckten zusammen.

„Ich werde mich wohl nie mehr an dieses Geräusch gewöhnen", sagte Lucas und stand auf. Er ging zum Telefon, nahm es aus der Station und schritt damit zu Tom. Der nahm es, drückte auf einen Knopf und hielt es an sein Ohr.

„Hallo?"

Anthony konnte es nicht fassen, dass ausgerechnet in diesem für ihn so wichtigen Moment ein Anruf kam. Er versuchte, etwas in Yvonnes Miene zu erkennen, doch sie sah gebannt ihren telefonierenden Mann an.

„Okay. Wann können Sie liefern? Und das Schiff? Oder sollen wir es wieder mit dem Hubschrauber machen?"

Das Team lauschte gebannt, bis der Boss die Verbindung beendete und das Telefon auf den Tisch legte. Dann huschte ein Lächeln über Toms Gesicht und Anthony schöpfte Hoffnung.

„Wenigstens scheint das Material endlich lieferbar zu sein", sagte er und nickte Yvonne zu, weiterzumachen. „Darling, wo warst du stecken geblieben?"

„Danke. Ich wollte euch mitteilen …" Sie machte eine kunstvolle Pause und blickte in die Runde. Anthony befürchtete, dass er es nicht mehr lange aushalten würde. „Ich wollte euch mitteilen", wiederholte sie, „dass wir Anthonys Plan voll und ganz unterstützen."

Endlich war es geschafft, Anthony sank erleichtert in sich zusammen. Tina lächelte zufrieden und stolz und klopfte ihm auf die Schulter.

„Ich wusste es", sagte sie leise, aber erleichtert, dass die Pläne ihres Mannes angenommen wurden.

„Jetzt müssen wir nur noch einen passenden Namen für die vierte Insel finden. Mein Vorschlag: Wieder ein Name mit dem Anfangsbuchstaben H. Nach *Harmonya, Hillarya* und *Helenya* finde ich das passend", sagte Tom und blickte aufmunternd in die Runde. Zu seinem Erstaunen reagierte das Team alles andere als begeistert.

Anastasia biss sich auf die Lippen, sie wollte sich als Neuling im Team dazu nicht äußern.

„Das ist doch langweilig", rief Lucas und warf die Hände in die Luft.

Yvonne musste sich das Lachen verkneifen und beobachtete amüsiert die Reaktionen der anderen. Sie hatte Tom gewarnt, dass das keine gute Idee sei.

„*Harmonya* war nicht schlecht", fuhr der aufgebrachte Pastor fort, „aber die Sehnsucht nach Harmonie wurde leider nur teilweise erfüllt. Erinnern wir uns an den lasterhaften Schuppen namens LuKo! Dann kommen wir zu *Hillarya*. Diesen Namen verdankt die Insel ihren Vorbesitzern: William und Hillary Clark. Und die dritte Insel wurde auf den Namen *Helenya* getauft, zu Ehren von Toms Mutter Helen, Gott hab sie selig."

Lucas erhob sich und ging auf und ab. Offenbar war ihm die Angelegenheit zu wichtig, um sie im Sitzen zu besprechen. „Und jetzt stehen wir vor einem Neuanfang. Warum entscheiden nicht die beiden Neuen im Team über den Namen? Ganz unabhängig und ohne Altlasten?"

Anastasia schüttelte heftig den Kopf, Liam blickte erstaunt auf.

Tina stand abrupt auf und schritt nun auf der anderen Seite des Tisches auf und ab.

„Oder Tony wird der Insel einen Namen geben. Er ist schließlich der Architekt der Häuser."

Anthony beobachtete sichtlich gerührt, wie seine Frau sich für ihn einsetzte.

„Gute Idee! Was meinst du, Tom?" Yvonne lächelte ihren Mann an und berührte ihn am Arm. Sie spürte, dass er gemerkt hatte, dass sein Vorschlag keine Chance hatte und wollte ihm beistehen.

Tom war ein Gewinnertyp, aber auch er konnte sich eingestehen, wenn er falsch lag.

„Gut. Dann bring mir ein paar Vorschläge", sagte Tom und wirkte erstaunlich gefasst. „Und wir beide müssen nachher die Materiallieferung durchgehen. Und Annie, könntest du den Baufortschritt mit der Kamera dokumentieren?"

„Klar", sagte Anastasia und nickte eifrig.

„Sie heiratet doch", protestierte Tina und stemmte ihre Fäuste in die Hüften.

„Gratuliere. Wann?", fragte Tom, als hätte er es gerade erst erfahren.

Yvonne kicherte und sortierte die Papiere auf dem Tisch. Für solche Neuigkeiten hatte ihr Mann keine Datenbank in seinem Kopf.

„Ja, wann eigentlich?", wandte sich Tina an das junge Paar auf der gegenüberliegenden Tischseite.

Anastasia und Liam sahen sich verlegen an und zuckten mit den Schultern.

„Es gibt noch kein Datum?" erkundigte sich Lucas.

„Äh … korrekt", antwortete Liam und hätte sich am liebsten in Luft aufgelöst.

„Ich dachte, das hättest du bei deinem letzten Besuch auf dem Festland geklärt", sagte Anastasia und sah ihren Verlobten vorwurfsvoll und erstaunt zugleich an.

„Ja, ja. Ich hatte viel zu tun. Nächstes Mal klappt es. Ottilia hilft mir", beschwichtigte Liam und hoffte, das Thema damit beenden zu können.

„Aber deine Eltern wissen davon?", hakte Anastasia nach und fixierte Liam.

„Äh … die waren nicht erreichbar. Sind irgendwo in Europa unterwegs …. du weißt schon."

„Und da haben sie keinen Handyempfang?!", schrie Anastasia jetzt und sprang vom Stuhl auf. Sie raufte sich die Haare und stürmte an Lucas vorbei zur Treppe.

„Geh ihr nach und klär das mit der Hochzeit", sagte Yvonne ruhig zu Liam und wartete, bis auch er nicht mehr zu sehen war.

„Was ist denn da los?", erkundigte sich Tom, der keine Ahnung hatte, was diese Szene zu bedeuten hatte. Er war froh, dass er mit Yvonne keine solchen Auseinandersetzungen hatte.

„Junge Liebe", warf Anthony ein und setzte sich neben seinen Boss. „Sollen wir die vierte Insel in Angriff nehmen?"

„Ja. Tina, hast du alles protokolliert? Dann schließe ich die heutige, vierunddreißigste Sitzung."

„Dreiundvierzigste", korrigierte Tina lächelnd und klappte ihren Laptop zu.

Anastasia saß auf dem Teppich vor dem bodentiefen Fenster und starrte nach draußen, wo der Wind das Meer aufpeitschte. Die düstere Stimmung draußen passte perfekt zu ihrem Gemütszustand.

Sie fragte sich, ob sie Liam wirklich heiraten sollte. Eigentlich hatte sie den Aufenthalt auf der Insel nur als Sprungbrett für ihre weitere Karriere nutzen wollen. Nie hätte sie gedacht, dass ihr Leben innerhalb weniger Monate eine so krasse Wendung nehmen würde. Wollte sie wirklich hier bleiben, für immer?

„Annie?"

Sie hörte Liam ins Zimmer kommen, drehte sich aber nicht zu ihm um. Warum musste er immer alles kaputt machen? Sie spürte den vertrauten Schmerz in ihrer Brust und hätte alles dafür gegeben, um einfach nur mal glücklich zu sein. Aber anscheinend war ihr das nicht vergönnt. Mit aller Kraft hielt sie die Tränen zurück und versuchte, sich zu sammeln.

„Warum hast du nichts gesagt?"

„Weil … ich weiß es nicht", stammelte er und setzte sich neben sie. „Es tut mir leid."

Sie schnaubte und wandte sich ab. Die Tränen liefen ihr nun doch über die Wangen. Hastig wischte sie sich mit den Händen übers Gesicht und schluckte leer.

„Wenn du mich nicht heiraten willst, dann sag es jetzt", sagte sie mit gepresster Stimme.

„Ich will dich heiraten", sagte er und legte ihr einen Arm um ihre Schultern, „ich liebe dich."

„Und warum hast du es deinen Eltern nicht gesagt?" Ihre stahlblauen Augen füllten sich wieder mit Tränen und ihr Anblick zerriss ihm fast das Herz.

„Es tut mir so leid, Annie. Es ist kompliziert. Meine Eltern sind schwierige Menschen."

„Ach, was du nicht sagst! Meinst du, meine Eltern sind vor Freude in die Luft gesprungen, als ich ihnen gesagt habe, dass ich dich heiraten und auf der Insel bleiben werde?", sagte Anastasia vorwurfsvoll und starrte wieder aus dem Fenster.

„Stimmt", erwiderte Liam leise. Er überlegte, mit welchen Worten er ihr klarmachen konnte, dass nicht sie das Problem war. „Am liebsten würde ich dich hier auf *Helenya* heiraten, nur du und ich."

„Einen Pastor haben wir ja", fügte sie mit belegter Stimme hinzu und lächelte bei dem Gedanken.

„Genau. Annie, lass es uns tun. Wir werden einfach ohne unsere Familien heiraten. Nur wir beide und Lucas."

„Und das Team und Jenny und Scott", flüsterte Anastasia. Für einen Moment schien ihre kleine Welt wieder in Ordnung zu sein. „Aber ich will meine Eltern dabei haben … und meinen Bruder."

„Und ich Grace“, sagte Liam und überlegte, wie sie aus dieser verfahrenen Situation herauskommen könnten.

„Du hast es Grace gesagt? Wann denn?“

„Als ich auf dem Festland war. Ich habe zuerst zu Hause angerufen“, antwortete er achselzuckend, „und Grace war zufällig da.“

„Mag sie mich wenigstens?“

„Keine Ahnung. Ich glaube nicht, dass sie sich an dich erinnert. Sie war zu klein, als wir zusammen waren. Und du hast mich ja nicht oft besucht“, antwortete Liam und erntete gleich darauf einen vernichtenden Blick.

„Ja, weil du mich nicht zu dir nach Hause eingeladen hast!“, empörte sie sich und versuchte, sich an die kleine Grace zu erinnern.

Aber sie hatte Liams kleine Schwester nur ein paar Mal gesehen und nie mit ihr gesprochen. Das lag vor allem daran, dass eine überfürsorgliche Nanny das Kind vor Besuchern regelrecht abgeschirmt hatte. „Wie alt ist sie jetzt?“

„Sechzehn, glaube ich.“

„Du weißt nicht, wie alt deine Schwester ist?!“

„Ich kann mir sowas nicht merken“, wehrte sich Liam und legte sich mit dem Rücken auf den weichen Teppichboden. Der Blick an die Decke gefiel ihm weitaus besser als der aus dem Fenster.

Anastasia legte sich neben ihn und nahm seine Hand.

„Es wäre lustig, deine Schwester mit meinem Bruder zu verkuppeln.“ Sie gluckste bei der Vorstellung, was Chris zu ihrem Vorschlag sagen würde.

„Du willst also doch eine Hochzeit mit der Familie?“

„Ja. Schließlich habe ich nette Eltern. Und einen tollen Bruder.“

„Gut. Dann gibt es eine Hochzeit auf dem Festland. Wir machen einen Termin aus und schauen, wer kommt. Hoffentlich bleiben meine Eltern noch eine Weile in Europa. Dann könnte Grace als Vertreterin meiner Familie kommen", sagte Liam zufrieden und drückte Anastasias fest an sich.

Ein lauter Pfiff lockte Robert ans Fenster.

Er schob den Vorhang beiseite und blickte direkt in Johns freundliches Gesicht.

„Hey Nachbar", rief John und winkte.

„Ebenfalls Hey."

„Wollt ihr auf eine Tasse Tee rüberkommen?"

„Gern", antwortete Robert.

Kaum hatte John sich vom Fenster abgewandt, standen seine neuen Nachbarn auf der Terrasse.

„Hallo Rebecca", sagte er und trat mit zwei Tüchern bewaffnet auf die Gäste zu. „Hier", sagte er und reichte Robert ein Tuch.

Schweigend trockneten die Männer die Möbel ab und fegten dann die Terrasse.

„Kann ich dir helfen, Helene?", fragte Rebecca und sah sich in der Hütte um. Überall hingen bunte Tücher und ein undefinierbarer Duft lag in der schwülen Luft.

„Du kannst das Tablett rausbringen", sagte Helene und zeigte auf die Anrichte.

„Riecht der Tee so komisch, … wie soll ich sagen?"

„Nein!", lachte Helene und trat neben Rebecca. „Ich habe gestern ein paar Stoffe gefärbt. Aber als es anfing zu regnen, musste ich alles in die Hütte bringen. Das sind Pflanzenfarben, die riechen ein bisschen stark."

„Aha, und was machst du mit dem purpurnen Stoff da drüben?"

„Soll ich dir ein Kleid daraus nähen?", fragte Helene und ging mit der dampfenden Kanne nach draußen, wo es sich die Männer bereits gemütlich gemacht hatten.

„Das wäre toll!", sagte Rebecca strahlend und setzte sich ebenfalls. „Oder du zeigst mir, wie man das macht. Dann kann ich es vielleicht von dir lernen."

„Gut, dann steht das Damenprogramm schon mal fest. Robert kann mich dann zu meinen Kumpels begleiten", sagte John und nahm dankbar eine Tasse in seine Hände.

„Welche Kumpels?", erkundigte sich Rebecca.

Helene lachte laut und verschüttete beinahe ihren Tee. Johns Blick blieb an Rebecca hängen und er fragte sich, ob sie nackt genauso aussah wie ihre Zwillingsschwester. Er hatte die Zeit mit Vanessa genossen und schaute dann irritiert Helene an, die ihn angestupst hatte.

„Erzähl schon! Wo bist du mit deinen Gedanken?"

John straffte die Schultern, verdrängte seine unangebrachten Grübeleien und antwortete: „Jede Woche zur gleichen Zeit treffe ich meine Kumpels unten an der kleinen Bucht. Und morgen ist es wieder so weit. Dann nehme ich Robert mit und ihr könnt in Ruhe nähen."

Rebecca sah ihn fragend an und Helene löste das Rätsel: „Seine Kumpels, die Rochen!"

„Ach, die. Die kennen meinen Liebsten doch schon, nicht wahr, Rob?"

Robert stellte seine Tasse auf das Tischchen und nickte lächelnd.

„Was hältst du von den Plänen für die vierte Insel?", wechselte John abrupt das Thema und wurde ernst.

„Das ist eine gute Frage. Beccy und ich müssen uns noch beraten, wo unser zukünftiges Zuhause sein wird", sagte Robert und spürte, dass der richtige Zeitpunkt gekommen war. „*Harmonya* oder die vierte Insel, wie heißt sie überhaupt?"

„Warum *Harmonya*? Ich dachte, es gäbe dort keine freien Häuser für Dauerinsulaner?", warf John ein und war überrascht, dass Robert die erste Insel aufs Tapet brachte.

„Hat es auch nicht. Aber ich besitze da immer noch ein Tiny House."

Jetzt war die Bombe geplatzt und die drei starrten ihn ungläubig an.

„Du hast was?", rief Rebecca fassungslos.

„Und warum seid ihr in meine Hütte eingezogen?", fragte Helene. Robert zuckte mit den Schultern und trank seelenruhig seinen Tee.

„Rob?!" Rebecca funkelte ihn böse an.

„Ich dachte nur, falls alle Stricke reißen."

„Und warum seid ihr dann noch hier?", bohrte Helene weiter, die Roberts Gedankengänge nicht nachvollziehen konnte. „Wenn ich obdachlos wäre und ein Haus auf *Harmonya* hätte, wäre ich nicht mehr hier!"

„Aber mir gefällt die menschliche Population hier besser", antwortete Robert grinsend.

„Gut so", pflichtete John ihm bei und genoss seinen Tee und die gute Gesellschaft.

„Ich schätze, das bedeutet, dass wir uns das vierte Projekt genauer ansehen werden", schlussfolgerte Robert mit einem noch breiteren Grinsen.

Fred trat über die Schwelle und lauschte dem Klingeln. Er schloss für einen Moment die Augen und atmete den vertrauten Duft des Shops ein.

Im nächsten Moment hörte er Ottilias Stimme und ein Lächeln huschte über sein wettergegerbtes Gesicht. Er nahm seine Mütze ab und sah sich um.

„Wie schön, dass du wieder da bist! Du kommst genau zur rechten Zeit. Lucas musste gestern zurück nach *Hillarya* … ein wichtiger Termin und ich versinke in Arbeit", plapperte sie ohne Punkt und Komma.

Fred war es recht. Vor allem, weil ihn in letzter Zeit alle immer zuerst nach seinem Wohlbefinden fragten. Und das war ihm äußerst unangenehm. Das ganze Tamtam, das in den letzten Wochen um ihn gemacht worden war, hatte endlich ein Ende.

Er setzte seine Mütze wieder auf, krempelte sich die Ärmel seines karierten Hemdes bis zu den Ellenbogen hoch und folgte Ottilia ins Lager. Wahrscheinlich musste er alles neu sortieren, dachte er und ging in den hinteren Teil des Shops.

Die Tür stand offen und er staunte nicht schlecht. Unzählige Kartons stapelten sich in dem schmalen Korridor.

„Was ist denn hier los?", fragt Fred erschrocken.

„Ich werde dir helfen. Aber ich konnte und wollte nicht, dass Lucas die Sachen ins Lager bringt. Dann finden wir nichts mehr", fügte Ottilia beschwichtigend hinzu und blickte ihn schuldbewusst an.

„Hoffentlich ist im Shop noch Platz, sonst müssen wir das Lager vergrößern."

„Ja, ja. Die Regale sind fast leer", antwortete sie und fasste sich an das goldene Kreuz, das sie um den Hals trug.

„Leer? Warum leer?"

„Ach, Fred. Es war nicht leicht, den Shop ohne dich zu führen. Ich bin so dankbar, dass du wieder da bist. Dass du überlebt hast!"

Es berührte Fred, dass sie so über ihn sprach. Er hatte schon befürchtet, Lucas würde ihm den Platz im Shop streitig machen.

„Und ich dachte, du würdest mich kurzerhand durch Lucas ersetzen", bemerkte Fred leise.

„Gott bewahre. Lucas hat andere Qualitäten. Dafür ist unser Kaffeekonsum drastisch gestiegen!", erwiderte Ottilia und lächelte milde.

„Warum? Hat er den ganzen Tag Kaffee getrunken?"

„Nein! Wo denkst du hin! Mein 'Caro' lief auf Hochtouren, denn alle wollten eine Geschichte von den Inseln hören. Und wenn schon, dann vom Häuptling höchstpersönlich! Kaum zu glauben, wie klatschsüchtig so ein kleines Kaff ist!"

Fred schmunzelte, als er sich vorstellte, wie Lucas die Besucher unterhalten hatte und sich wahrscheinlich zusammenreißen musste, um nichts allzu Privates der Bewohner preiszugeben. Schließlich musste er sich jeden Abend vor Gott rechtfertigen.

Ottilia reichte Fred ein scharfes Messer und die beiden machten sich stillschweigend daran, die vielen Kartons zu öffnen. Hand in Hand arbeiteten sie und waren froh, dass die Klingel an diesem Tag keinen Ton mehr von sich gab.

Rebecca faltete die frisch gewaschene Wäsche zusammen und fragte sich, warum Robert ihr nichts von seinem Haus auf *Harmonya* erzählt hatte.

Vielleicht hatte er gedacht, dass sie dann auch ihres hätte behalten wollen. Schliesslich war es schon lange sein Wunsch gewesen, zusammen zu leben.

Anfangs hatte ihr der Gedanke widerstrebt. Sie liebte ihre Unabhängigkeit und hatte das Inselleben als Single sehr genossen. Ein eigenes Tiny House zu besitzen und gleichzeitig in einer bunten Gemeinschaft zu leben, war die Krönung ihres Lebens gewesen.

Und dass sie mit Robert auch noch einen wunderbaren Lebenspartner gefunden hatte, war das Sahnehäubchen. Nach all den Jahren hatte sie nicht mehr damit gerechnet, sich auf eine feste Partnerschaft einlassen zu können.

Aber vielleicht war der wahre Grund für ihr Singledasein ihr Beruf als Köchin. Damals auf dem Festland hatte sie unmögliche Arbeitszeiten gehabt. Keine ihrer neuen Bekanntschaften hatte länger als drei Monate gedauert.

Sie hatte fast jeden Tag bis spät in die Nacht gearbeitet und war dann bis zur Mittagszeit zu nichts zu gebrauchen gewesen. Und die vielen Events an den Wochenenden hatten es ihr fast unmöglich gemacht, Zeit für eine neue Liebe zu finden.

Auf *Harmonya* hatte sie dann ein gänzlich neues Leben erfahren. Anfangs hatte sie sich zwar nur schwer an den entschleunigten Tagesrhythmus gewöhnen können. Aber mit der Zeit hatte sie das wahre Leben, wie sie es gerne nannte, einfach geliebt.

Ihr Ehrgeiz, möglichst schnell die Karriereleiter zu erklimmen, viel Geld zu verdienen und in einer tollen Wohnung zu leben, war auf der Insel von einem Tag auf den anderen wie weggeblasen.

An ihre Stelle trat das Staunen über die Natur, die Kreativität beim Kochen mit zum Teil ihr noch unbekannten Lebensmitteln und das Innehalten in guter Gesellschaft.

Obwohl das Leben auf *Harmonya* viel lauter und unberechenbarer gewesen war, hatte sie sich von Anfang an sehr wohl gefühlt.

„Beccy?"

Sie wirbelte erschrocken herum und sah, dass ihr Liebster lächelnd in der Tür stand.

„Hast du mich erschreckt!"

„Entschuldige, das war nicht meine Absicht", erwiderte Robert und kam näher. „Danke, dass du die Wäsche machst." Er zog sie an sich und küsste sie zärtlich.

„Ich war in Gedanken auf *Harmonya*", sagte sie und löste sich wieder von ihm. Sie nahm eine Unterhose, faltete sie und legte sie zurück auf den Tisch.

„Willst du zurück?", fragte er und setzte sich aufs Bett. Er beobachtete, wie sie ein Kleidungsstück nach dem anderen in die Hand nahm, faltete und wieder ablegte.

„Was willst du?", gab sie die Frage zurück und arbeitete weiter, ohne seinen Blick zu suchen.

Er dachte nach und streckte sich genüsslich auf dem Bett aus. Dann griff er nach einem Kissen und stopfte es sich in den Nacken.

„Ich würde gerne hier bleiben. Beziehungsweise auf die vierte Insel ziehen, wenn sie bebaut ist."

Rebecca nickte und blickte auf. Ihre blauen Augen ruhten auf ihrem Partner und sie ahnte, warum er bleiben wollte. Trotzdem fragte sie: „Und warum?"

„Ich liebe die Ruhe hier“, antwortete Robert und sein Lächeln zauberte Grübchen auf seine Wangen.

„Manchmal zu ruhig, oder?“

„Meinst du? Mir kann es nie ruhig genug sein. Vielleicht liegt es an meiner beruflichen Vergangenheit. Ich habe im Krankenhaus zu viele Kinder weinen gehört … und schreien. Du kannst dir gar nicht vorstellen, wie laut ein Kind schreien kann!“

„Und ob! Denk nur an die Wilson Boys! Ihre Streitereien habe heute noch in den Ohren“, lachte Rebecca und legte sich zu ihm aufs Bett. Sie schmiegte sich an seine Schulter und seufzte laut. „Ist das der einzige Grund?“

„Natürlich nicht. Ich schätze Johns Gesellschaft. So jemanden trifft man nur einmal im Leben“, sinnierte er und drückte Rebecca fest an sich. „Aber du bleibst natürlich meine Nummer eins.“

„Da bin ich aber froh. Ich verstehe dich, er ist wirklich ein feiner Kerl. Mit Helene muss ich erst noch warm werden. Ihre Art ist etwas gewöhnungsbedürftig.“

Robert versuchte sein Erstaunen zu verbergen und wartete ab, ob sie noch etwas hinzufügen wollte.

„Sie schwebt von Ort zu Ort. Manchmal habe ich das Gefühl, sie ist kein Mensch, sondern eine Waldfee oder so etwas. Ich weiss nicht, sie ist einfach sehr speziell“, sagte sie und zuckte mit den Schultern.

„Es kann ja nicht jeder eine so aufbrausende Naturgewalt sein wie du“, erwiderte Robert und wurde im nächsten Moment 'überfraut'.

Rebecca rollte sich auf ihn und hielt mit ihren Händen seine Arme fest auf die Matratze gedrückt.

„Was unterstellst du mir?“, sagte sie und funkelte ihn gespielt böse an.

„Na, dass du bestimmt nicht von Ort zu Ort schwebst", prustete Robert unter ihr und genoss die Nähe zu seiner Liebsten. „Aber das ist auch gut so, denn genau das liebe ich an dir, … dein Temperament!"

Sie kam mit ihrem Gesicht näher und als sich ihre Nasenspitzen leicht berührten, flüsterte sie: „Da hast du deinen Hals aber geschickt aus der Schlinge gezogen, mein Lieber!" Und im nächsten Augenblick drückte sie ihre vollen Lippen auf seine.

Sein Dreitagebart kratzte auf ihrer Haut, aber Rebecca ignorierte es. Sie zog mit einem Ruck ihr Shirt aus und fummelte an seiner Shorts herum.

„Ich liebe dich", keuchte Robert in ihr Ohr und massierte ihre prallen Brüste.

„Ich dich auch", erwiderte sie atemlos und vergrub ihre Finger in seinem graumelierten Haar.

Alle Bedenken wegen des Umzugs waren wie weggeblasen und sie genoss es einfach, Robert bei sich zu haben.

10.   VERSPRECHEN

Das Boot glitt über das Wasser und die Albatrosse kreischten am Himmel. Jennifer schaute nach oben und hoffte, dass sich keiner der Vögel über ihnen erleichtern würde. Dann konzentrierte sie sich wieder auf die Crew.

Am Steuer standen ein konzentrierter Liam, neben ihm ein grinsender Scott. Jennifer konnte ihr Glück kaum fassen, dass dieser große Kerl ihr Freund war.

„Was grinst du so?", fragte Anastasia und stupste sie an.

„Ach, ich liebe das Leben. Ein Hoch auf die Liebe!", schrie sie in den Wind und lachte laut. Die Männer drehten sich zu ihr um und grinsten.

Anastasia biss sich auf die Lippen und versuchte krampfhaft zu lächeln. Doch ein beklemmendes Gefühl machte sich in ihrem Magen breit.

Am liebsten hätte sie die Zeit um achtundvierzig Stunden vorwärts gedreht. Denn dann würden sie vier wieder in diesem Boot sitzen und in die entgegengesetzte Richtung fahren. Zurück auf die Insel, ihre Oase, als verheiratetes Paar. Dann wäre der ganze Trouble vorbei und das schöne Eheleben könnte beginnen.

„Lächle, meine Süße, lächle. Sonst bekommst du Falten und das wollen wir doch nicht", mahnte Jennifer und berührte das Kinn ihrer Freundin.

Anastasia versuchte, ein unbeschwertes Lächeln aufzusetzen, aber sie ahnte, dass sie ihre Freundin nicht täuschen konnte. Zumindest verbarg die riesige Sonnenbrille die Skepsis in ihren Augen.

„Schon besser", sagte Jennifer und berührte dann Scotts Hintern. „An Land werden sich unsere Wege trennen. Du bist für Liam verantwortlich. Hast du den Zeitplan dabei?"

„Alles hier", antwortete Scott und zog einen zusammengefalteten Zettel aus seiner Brusttasche. „Wir treffen uns am Sonntagmorgen bei Sonnenaufgang in der Bucht."

„Am Samstagabend bei Sonnenuntergang!", kreischte Jennifer und ihr Herz schien für einen Moment auszusetzen.

Scott grinste.

„Oh, richtig, Sonnenuntergang. Hab' ich verwechselt, sorry." Er musste sich das Lachen verkneifen.

„Schau noch mal auf den Zettel! Da ist alles bis ins kleinste Detail beschrieben, Scott Melony!"

„Er zieht dich doch nur auf, Jenny. Er weiß genau, wann er wo sein muss", beschwichtigte Anastasie und schluckte leer. Hoffentlich lief alles so, wie Jennifer geplant hatte. Sie wurde das ungute Gefühl einfach nicht los.

Das Boot wurde langsamer und fuhr gemächlich in den Hafen ein.

„Ist das deine Familie?", erkundigte sich Jennifer und deutete mit dem Finger in Richtung Steg.

Tatsächlich stand dort die ganze Familie Smith und winkte energisch mit den Armen.

„Oh", war das Einzige, was Anastasia herausbrachte. Alle Zweifel waren wie weggeblasen und sie spürte, wie ihr die Tränen in die Augen schossen.

„Alles wird gut, meine Süße. Jetzt lerne ich endlich deine Familie kennen", tröstete Jennifer und drückte sie fest an sich. Anastasia konnte nur nicken.

„Liam, wie schön, dich wieder zu sehen", flötete Anastasias Mutter und beobachtete aus den Augenwinkeln, wie ihr Mann seine Tochter umarmte.

„Hallo Mrs Smith", sagte Liam und lächelte verlegen. Es war ein wenig seltsam, die Eltern seiner Verlobten nach so langer Zeit wiederzusehen.

„Nenn mich Nicole! Schließlich gehörst du jetzt zur Familie!", sagte sie laut genug, damit ihr Mann sie hören konnte und schloss Liam in eine innige Umarmung.

„Mom", sagte Anastasia und löste ihren Verlobten aus der Umarmung. Dann lagen sich Mutter und Tochter schluchzend in den Armen, die umstehenden Personen blickten verlegen zu Boden.

„Hey Liam", ertönte eine tiefe Stimme und ein großgewachsener Teenager streckte ihm die Hand entgegen.

„Chris?", fragte Liam ungläubig und starrte sein Gegenüber mit großen Augen an.

„Jap. Lange nicht gesehen", erwiderte Christopher und ein tadelnder Unterton schwang mit.

„Ja, tut mir echt leid", sagte Liam und drückte seine Hand.

„Martin", sagte jetzt Anastasias Vater und reichte ihm ebenfalls die Hand. Keine Umarmung, dachte Liam und fragte sich, ob diese beiden Männer ihm je verzeihen würden. „Was für ein Zufall", fügte Martin hinzu und fixierte Liam mit denselben stahlblauen Augen wie Anastasia.

„Wie bitte?", fragte Liam irritiert.

„Dass du ausgerechnet auf dieser Inselgruppe unterwegs bist. Es wäre naheliegender gewesen, wenn sich eure Wege in Santa Monica gekreuzt hätten."

Jetzt verstand Liam und nickte leicht errötet.

„Meine Lieben, wir müssen los. Ein gedrängtes Programm wartet auf uns", beendete Jennifer die peinliche Familienzusammenführung und ging mit schwungvollen Schritten in Richtung *Brown's* Shop. Scott zuckte die Schultern und folgte ihr.

Der Boden war noch nass vom Regen, aber das würde sich bald ändern. Der Wetterbericht versprach einen sonnigen Tag und versetzte Lucas in Hochstimmung.

Er hatte gerade die Familie Smith kennengelernt und verließ nun Ottilias Shop.

Die anderen würden ohnehin in wenigen Minuten mit den angeforderten Taxis in die Nachbarstadt entschwinden, um die letzten Vorbereitungen zu treffen.

Jetzt hatte Lucas Zeit, sich um die Bucht zu kümmern. Er schwang sich auf Ottilias knallrote Vespa und setzte den farblich passenden Helm auf.

Den Kopfschutz hatte Ottilia ihm zu Weihnachten geschenkt. Da hatte er allerdings noch nicht gewusst, dass sie auch das passende Gefährt dazu besaß.

Ihr kehliges Lachen klang ihm noch Monate später in den Ohren. Wahrscheinlich war sein irritierter Gesichtsausdruck amüsant anzusehen gewesen.

Er schaute nach links, ob ein Auto kam, was in diesem ruhigen Städtchen nicht oft vorkam, und fuhr los.

Der warme Fahrtwind strich ihm um die Nase und er lächelte vergnügt. Innerlich dankte er seinem Boss, dass er ihnen allen dieses schöne Wetter beschert hatte.

Nach wenigen Minuten bog er auf einen kleinen Kiesplatz ein und stellte die Vespa ab.

Lucas erkannte den bereits geparkten Pick-up und atmete dankbar auf. Die gesamte Ladefläche war leer, was bedeutete, dass sich das Material wohl bereits unten in der Bucht befand. Das freute ihn, denn er gab lieber geistige als körperliche Unterstützung.

Beschwingt stieg er die Treppe zum Strand hinunter und sah, dass die Arbeiten schon weit fortgeschritten waren. Einige Reihen weißer Stühle waren im Halbkreis aufgestellt und ein Torbogen markierte die Mitte.

Tina und Anthony waren gerade dabei, Blumen am Bogen zu befestigen. Tina im unteren Bereich und Anthony musste sich strecken, um die Blumen ganz oben befestigen zu können.

John schien etwas vom Boden aufzusammeln und in eine Tüte zu stecken.

„Hallo mein Bruder, was machst du da?"

John blickte auf, ließ die Tüte auf den Boden fallen und schloss Lucas in eine freundschaftliche Umarmung.

„Hallo Lucas, schön dich zu sehen. Ich sammle Müll ein. Kaum zu glauben, was hier alles rumliegt!"

„Kann ich dir helfen?", fragte Lucas und sah sich um, ob es noch eine zweite Tüte gab.

„Hier", sagte John und zog ein zusammengefaltetes Exemplar aus seiner Hosentasche.

Lucas nahm sie entgegen und schüttelte die Tüte kräftig, bis sie ganz offen war.

Langsam gingen sie nebeneinander den Strand entlang und ließen ihre Augen über die Sandoberfläche gleiten. Hier und da bückten sie sich und legten etwas in die Tüte.

„Was für ein schöner Ort, um zu heiraten", sinnierte Lucas und sah sich zufrieden um.

„Ja, vor allem, wenn der ganze Müll weg ist", stimmte John ihm zu und kniete sich jetzt hin, um ein paar Zigarettenkippen aus dem Sand zu graben, „die Menschen können richtige Schweine sein!"

„Nichts gegen Schweine! Das sind sehr reinliche und intelligente Tiere! Und Tabak konsumieren sie auch nicht, soweit ich weiß!"

John lachte laut auf und erhob sich wieder.

„Wäre das nicht der perfekte Ort, um Ottilia das Jawort zu geben?", wechselte John das Thema und musterte seinen Freund. Dieser hob erstaunt die Augenbrauen und blickte dann gedankenverloren aufs Meer.

Die Wellen kräuselten sich sanft am Ufer und das klare Wasser machte den Anblick einfach perfekt.

„Ich glaube, sie will nicht mehr heiraten", antwortete Lucas nach einer kurzen Gedankenpause und sah John ernst an. „Ich glaube, sie denkt, es wäre ein Verrat an James."

„Warum? Er ist doch tot. Und es heißt doch ‚bis dass der Tod euch scheidet'."

„Vielleicht sind wir zu alt dafür", fuhr Lucas fort und bückte sich, um eine leere Bierflasche aufzuheben.

„Für die Liebe ist man nie zu alt", entgegnete John und blieb stehen, „und ihr seid noch keine sechzig!"

„Ich noch nicht … aber Ottilia ist schon …"

„Lucas! Wir brauchen dich hier", rief Tina und winkte mit den Armen.

„Du weißt doch, dass man über das Alter einer Frau nicht spricht", mahnte John und folgte dem Pastor, der zu den Stühlen zurückging.

„Ist auch egal. Ich glaube einfach, dass sie nicht heiraten will, basta."

„Glauben und Wissen sind zwei verschiedene Dinge, mein lieber Freund. Wenn ich dir etwas mit auf den Weg geben darf, dann die Einsicht, dass es besser ist, eine Frau direkt zu fragen, als zu interpretieren", sagte John mit Nachdruck und nahm Lucas die bereits gut gefüllte Tüte ab. „Ich spreche aus Erfahrung", fügte er hinzu und stieg die Treppen zum Parkplatz hinauf.

Lucas blickte seinem Freund nach und fragte sich, ob er Recht hatte. Vielleicht war es an der Zeit, mit Ottilia offen darüber zu sprechen. Vielleicht sogar noch vor der heutigen Zeremonie.

„Hier ist deine Rede, ich habe sie dir ausgedruckt", sagte Tina und reichte ihm ein Blatt Papier. Lucas sah sie irritiert an. „Alles in Ordnung bei dir?"

„Ja, ja, alles bestens. Danke, Tina. Ich gehe dann mal wieder in den Shop. Oder braucht ihr hier meine Hilfe?"

„Nein. Aber kannst du Ottilia fragen, ob die Hochzeitstorte geliefert wurde und mir dann Bescheid sagen?"

„Mach ich", antwortete er, wandte sich ab und ging zur Treppe.

Und ich werde Ottilia fragen, ob sie mich heiraten möchte, dachte Lucas und erklomm beschwingt Stufe um Stufe.

„Du siehst bezaubernd aus", flüsterte Jennifer und sank zurück in den weichen Sessel.

Anastasia kam langsam aus der riesigen Umkleidekabine und fühlte sich wie eine Prinzessin. Das üppige Kleid hatte fast die ganze Kabine ausgefüllt und der lange Schleier fiel nun auf den roten, weichen Teppichboden.

„Sehr schön, sehr schön", flötete die Verkäuferin und wuselte um Anastasia herum. Sie zupfte den bodenlangen Schleier in Position und musterte die Braut. „Wo sind die Schuhe?"

„Hier", antwortete Anastasia und hob das Kleid hoch.

„Oh gut, ich dachte schon, das Kleid wäre zu kurz. Ich dachte, Sie hätten die Schuhe noch nicht an. Wie fühlen Sie sich? Zwickt es irgendwo?"

„Nein, alles bestens. Ich frage mich nur, wie ich die steile Treppe zum Strand hinunterkomme."

„Dein Vater und dein Bruder werden dich in die Mitte nehmen und sicher nach unten begleiten. Ich habe sie schon eingewiesen", sagte Jennifer und nahm einen Schluck Champagner.

„Pass auf, dass du nicht betrunken zur Trauung kommst", warnte Anastasia und blickte ungläubig in den riesigen Spiegel vor ihr.

Sie erkannte sich kaum wieder. Die langen, braunen Haare waren kunstvoll hochgesteckt, das Make-up verlieh ihr einen makellosen Teint.

Vielleicht lag es an der ungewohnten Frisur und natürlich an dem üppigen Kleid. Eigentlich hatte sie sich etwas Schlichtes gewünscht.

Aber Jennifer wollte eine Traumhochzeit wie aus dem Bilderbuch. Wahrscheinlich lag es an dem ruhigen und bescheidenen Inselleben, dass ihre Freundin sich mit dieser Hochzeit ein wenig austoben wollte.

Anastasia fragte sich gerade, ob Liam sie überhaupt erkennen würde, als die Ladentür aufflog und ein lauter Schrei durchs ganze Geschäft hallte.

„Annie! Oh… mein… Gott!"

Nicole Smith stolperte auf dem sehr weichen Teppichboden und musste sich an einem Kleiderständer festhalten. „Du siehst aus wie eine Prinzessin! Wie eine echte Prinzessin!"

„Danke, Mom", entgegnete Anastasia.

„Champagner?", fragte Jennifer und reichte ihr ein Glas mit prickelndem Inhalt.

„Gern", antwortete Anastasias Mutter und stürzte das Glas in wenigen Schlucken hinunter.

„Mom!", empörte sich Anastasia und stemmte ihre Fäuste in die taillierten Hüften. „Könntest du bitte etwas Anstand wahren und dich von deiner besten Seite zeigen?"

„Entschuldige. Muss wohl an der Aufregung liegen", sagte Nicole und leckte sich verstohlen über die Lippen. Etwas Köstlicheres hatte sie in ihrem ganzen Leben noch nicht getrunken.

„Ist der Wagen da?"

„Ja, ein Chauffeur wartet draußen. Hast du das alles bezahlt?", fuhr Nicole fort und machte mit den Armen eine ausladende Bewegung.

„Mom!", kreischte Anastasia und schämte sich für die direkte Art ihrer Mutter.

„Schon gut, Annie", beschwichtigte Jennifer und zog elegant eine goldene Kreditkarte aus ihrer kleinen, mit Strasssteinen besetzten Handtasche. „Ich schenke Annie und Liam die ganze Hochzeit."

„Das ist aber sehr großzügig von dir", sagte Nicole und sah sich verstohlen nach einem weiteren Glas Champagner um.

„Ich schlage vor, dass wir Sie nun wieder entkleiden, damit Sie in unserer Lounge einen exquisiten Lunch zu sich nehmen können. Schließlich haben sie alle noch einen langen Tag vor sich", sagte die Verkäuferin und machte eine Armbewegung zur Umkleidekabine.

„Und eine lange Nacht", pflichtete ihr Jennifer bei und grinste. „Komm, Nicole, sehen wir uns den Lunch mal genauer an. Bis später, Annie." Jennifer hakte sich bei Anastasias Mutter unter und ging mit ihr davon.

Lucas verlangsamte das Tempo und ließ die Vespa vor dem Shop ausrollen. An der Eingangstür prangte bereits das Schild „Geschlossen" und er lächelte.

Er platzierte den Helm auf der breiten Sitzfläche, schritt zur Tür und klopfte beherzt.

„Wir haben geschlossen, Siesta!", rief die Besitzerin, ließ es sich aber nicht nehmen, nachzusehen, wer es wagte, ihre Mittagspause zu stören.

Als Ottilia Lucas erkannte, hellte sich ihre Miene auf und sie kam freudig näher, um die Tür zu öffnen.

„Lucas, was machst du denn hier?", fragte sie erschrocken und fasste sich an die Brust. „Hast du nicht etwas Wichtiges für die Hochzeit zu erledigen?"

Er betrat den Shop und schloss sachte die Tür hinter sich. Dann wartete er, bis das Klingeln verstummt war und holte tief Luft. Jetzt oder nie, dachte er und sah ihr tief in die Augen.

„Ottilia, willst du meine Frau werden?"

Sie sah ihn überrascht an und ließ die Arme sinken.

„Hast du dich etwa von diesem Romantik-Virus anstecken lassen?", entgegnete Ottilia und musterte ihren Liebsten genauer.

Seine blauen Augen strahlten und er griff nach ihren Händen.

„Ich lasse mich gerne von der Liebe anstecken. Aber meine Frage ist ernst. Willst du mich heiraten?"

„Wir sind verlobt, Lucas, das reicht doch", antwortete sie und lächelte ihn verlegen an.

„Ja. Aber willst du mit mir den nächsten Schritt wagen?"

„Warum fragst du gerade jetzt? Ist die Hochzeit geplatzt? Das wäre schön blöd, denn vor ein paar Minuten wurde die Torte geliefert."

„Nein, die Hochzeit von Anastasia und Liam ist nicht abgesagt. Und ich will dich auch nicht heute heiraten. Aber wäre es nicht schön, wenn wir beide, an einem anderen Tag natürlich, dort unten in der Bucht heiraten würden?"

Ottilia sah ihn nachdenklich an. Die Frage kam so plötzlich, dass sie sich ein wenig überrumpelt fühlte.

„Können wir erst etwas essen? Ich habe Spaghetti all'arrabbiata gemacht."

„Natürlich. Mit vollem Magen können wir der Frage noch besser auf den Grund gehen", antwortete Lucas und folgte seiner Liebsten in die Küche, wo es schon verführerisch duftete.

Glücklich und wohlgenährt legte Lucas die Serviette auf den Tisch, hob das Weinglas und prostete Ottilia zu.

„Du hast dich wieder einmal selbst übertroffen, meine Liebe. Vielen Dank für das vorzügliche Essen."

„Ich möchte dich heiraten, aber nicht in der Bucht", sagte Ottilia und schwenkte ihr Weinglas leicht im Kreis.

„Es gibt doch diese kleine Kapelle in der Nähe des Motels, dort wäre es schön."

„Ja, die Kapelle auf der Klippe?", erkundigte sich Lucas. Ottilia nickte und nahm einen Schluck Wein.

„Ganz schlicht und unaufgeregt. Es ist ja für uns beide die zweite Hochzeit", fuhr sie fort und ihre dunklen Augen leuchteten.

„Ti amo", sagte Lucas glücklich.

„Ti amo", wiederholte Ottilia.

Auf der Terrasse herrschte reger Betrieb, fast alle Tische waren besetzt. Yvonne blickte sich um und war froh über ihren großen Sonnenhut, der ihr wohltuenden Schatten spendete.

Die Sonne brannte regelrecht vom Himmel und die Luft war schwülwarm. Zielstrebig ging sie zu einem Tisch ganz vorne an der gläsernen Balustrade. Von dort hatte man einen ungehinderten Blick aufs Meer und den Hafen.

„Hier seid ihr", sagte sie und berührte die Schulter ihres Mannes. Die beiden Männer blickten erschrocken auf und ließen ihre Zeitungen auf den Tisch sinken.

„Hallo, Darling. Wow, du siehst umwerfend aus. Du stiehlst der Braut die Show", sagte Tom und tätschelte seiner Frau leicht den Po.

„Sicher nicht. Anastasia wird eine traumhaft schöne Braut. Wo ist Tina?", fragte sie an Anthony gewandt und sah sich suchend um.

„Sie ist noch beim Friseur … oder bei der Maniküre. Ich habe den Überblick verloren."

„Hallo, meine Lieben", sagte Lucas gut gelaunt und trat an den Tisch. Yvonne umarmte ihn und setzte sich dann. „Diese Terrasse erinnert mich immer an unseren schlimmen Sturm, wisst ihr noch?“

„Ach, erinnere mich nicht daran“, sagte Anthony und strich sich über seine akkurat geschnittenen Haare, „damals dachte ich wirklich, ich müsste sterben.“

„Ja, das war wahrlich eine sehr unangenehme Erfahrung, die ich auch nicht mehr erleben möchte. Wo ist Ottilia?“, erkundigte sich Tom und blickte hinter Lucas, der offenbar allein gekommen war.

„Sie ist an der Rezeption hängen geblieben. Du weißt schon, Geschäftsklatsch“, antwortete Lucas und setzte sich auf den letzten freien Stuhl.

„Traumhaftes Wetter“, sagte Yvonne und lächelte in die Runde.

„Hast du eigentlich noch Kontakt zu Kevin?“, wechselte Lucas abrupt das Thema und alle sahen ihn erstaunt an. „Ich dachte nur, weil er oft im Shop vorbeikommt. Ein netter Kerl“, schob Lucas nach und bereute sofort, das heikle Thema angesprochen zu haben. Denn Anthony war es sichtlich unangenehm.

„Nein, und zum Glück musste ich nicht mehr in die Notaufnahme“, antwortete er knapp und hoffte, Lucas mit dieser Antwort zufrieden zu stellen.

„Ach, dein Kevin arbeitet da?“, rief Yvonne erstaunt und hielt sich entschuldigend die Hand vor den Mund.

„Schon gut, schrei es nur in die Weltgeschichte hinaus. Dieses Kaff freut sich über jeden Klatsch. Und nein, er ist nicht mein Kevin. Er war mein Kevin. Aber das ist eine Ewigkeit her.“

„Das wusstest du nicht?“ Jetzt war Lucas' Eifer geweckt und er blickte amüsiert zwischen Yvonne und Anthony hin und her.

„Ich hatte ja keine Ahnung. Was macht er denn?“

„Er ist Krankenpfleger", sagte Anthony an Yvonne gewandt und hoffte, dass es keine weiteren Fragen geben würde.

„Was für ein Zufall!", rief sie und wurde dann von einem Kellner abgelenkt, der neben sie trat.

„Ein stilles Wasser für mich und was möchtest du, Lucas?", fragte Yvonne und sah den Pastor eindringlich an.

„Für mich nichts, danke. Ich hatte gerade ein wunderbares Essen mit meiner Liebsten", antwortete er und rieb sich den Bauch. „Wo wir gerade beim Thema sind."

„Das wäre?", horchte Yvonne auf.

„Ottilia und ich werden heiraten!"

„Heute?", riefen Tom und Anthony wie aus einem Mund.

„Nein, nicht heute! Aber bald. Oben in der kleinen Kapelle auf der Klippe. Es wird klein und fein", schloss er und lächelte selig.

„Wie schön! Gratuliere!", rief Yvonne und abermals drehten sich einige Gäste neugierig zu ihr um.

„Das machst du ganz richtig, mein lieber Freund", sagte Tom und klopfte Lucas auf die Schulter. „Man ist nie zu alt für die Liebe!"

„Das hat mir heute schon jemand gesagt. Doch ich fühle mich nicht alt! Noch nicht", schob Lucas nach und blickte dann fasziniert auf, als zwei elegant gekleidete Frauen die Terrasse betraten.

Die eine, klein und zierlich mit langem, blondem Haar, trug ein silbernes, figurbetontes Kleid.

Die andere, ebenfalls klein, aber etwas rundlich mit langen, braunen Haaren, trug ein rotes Samtkleid, das ihrer Figur schmeichelte.

Anthony und Lucas sprangen wie auf Kommando von ihren Stühlen auf und eilten ihren Frauen entgegen.

Dann kehrten die beiden Paare Arm in Arm an den Tisch zurück, während alle Gäste amüsiert zusahen.

„Darf ich bitten", sagte Lucas und bot Ottilia seinen Stuhl an. Er strahlte und hielt verliebt ihre Hand.

„Herzlichen Glückwunsch zur bevorstehenden Hochzeit", sagte Yvonne und tätschelte Ottilias Hand, „mit Lucas hast du das große Los gezogen."

„Vielen Dank, liebe Yvonne. Aber wir werden nicht heute heiraten", entgegnete Ottilia und nickte lächelnd.

„Ich weiß. Eine kleine Zeremonie oben auf der Klippe. Diese Kapelle ist wirklich der richtige Ort für euch beide", sagte Yvonne und nippte an ihrem Wasser.

„Warum?", fragten Ottilia und Lucas unisono.

„Weil ihr beide so gottverbunden seid!", rief Yvonne und wieder blickten einige Gäste auf den begehrtesten Tisch der ganzen Terrasse.

„Meine liebe Schwester, Gott ist überall. Man muss nicht in eine Kapelle oder Kirche gehen. Ganz im Gegenteil. Ich spüre seine Nähe besonders in der Natur", erklärte Lucas voller Inbrunst und Ottilia nickte zustimmend.

„Aber diese Kapelle bedeutet mir sehr viel. Dort habe ich oft gebetet, nach James Tod, und dort wird er uns seinen Segen geben, basta", sagte Ottilia.

„Wie schön", erwiderte Tina lächelnd.

„Wann müssen wir los?", fragte Anthony und sah auf seine Uhr.

„In einer Stunde holen uns die Wagen ab. Dann sind wir für zwei Stunden in der Bucht und anschliessend treffen wir uns wieder hier", antwortete Tina und alle hingen an ihren Lippen.

Christopher betrachtete sich im Spiegel und fühlte sich wie eine Marionette. Sein Vater saß in einem ledernen Ohrensessel und blickte grimmig auf sein Smartphone. Liam schien noch bei der Anprobe zu sein und auch von Scott war nichts zu sehen.

Zweifel beschlichen Christopher und er fragte sich, ob seine Schwester nicht gerade den größten Fehler ihres Lebens beging. Sollte er eingreifen?

Es war noch Zeit und das Brautgeschäft war gleich auf der anderen Straßenseite.

Er lockerte die Fliege ein wenig, so dass sie ihm nicht mehr unangenehm auf den Hals drückte.

Noch nie seinem Leben hatte er sich so unpassend gekleidet gefühlt. Anscheinend hatte diese Jennifer alles bis ins kleinste Detail geplant. Vom Blumenschmuck über die Kleidung bis hin zum Galadinner. Alles roch nach Geld und noch mehr Geld.

Das waren nicht sie, schoss es Christopher durch den Kopf und er ging zum Fenster. Er versuchte, einen Blick auf seine Schwester zu erhaschen, aber drüben schien niemand zu sein. Vielleicht sind sie etwas essen gegangen, dachte er und hörte sogleich, wie sein Magen knurrte.

„Hier sind die Sandwiches", rief ein gut gelaunter junger Mann, kaum älter als er. Wahrscheinlich ein Wochenendjob, um das Taschengeld aufzubessern.

„Wo ist der Bräutigam?", wollte Christopher wissen und griff nach einem Sandwich. Ohne die Antwort abzuwarten, biss er gierig hinein.

„Er ist noch in der Schneiderei, sie müssen die Hose noch ein wenig anpassen. Aber wir liegen gut in der

Zeit", antwortete der junge Mann und verschwand wieder im hinteren Teil des Geschäfts.

„Dad, es gibt was zu essen", sagte Christopher und setzte sich seinem Vater gegenüber.

„Hm", brummte dieser und griff nach einem Sandwich, den Blick immer noch auf den kleinen Bildschirm gerichtet. Mit vollem Mund rief er plötzlich: „Scheiße, was für eine Scheiße!"

„Verloren?"

„Wenn das kein schlechtes Omen ist!", sagte Martin und legte sein Smartphone neben sich auf den Tisch.

„Sollen wir das Ganze abblasen? Jetzt hätten wir noch genug Zeit", flüsterte Christopher und sah sich dann verstohlen um.

„Wie stellst du dir das vor, Chris? Sollen wir Annie kidnappen und mit ihr nach Hause fahren?"

„So in etwa", antwortete Christopher und trank einen Schluck Cola. „Ich traue Liam nicht über den Weg. Er hat sie schon einmal sitzen lassen, … uns", fuhr er fort und spürte dieses vertraute, beklemmende Gefühl, als wäre es erst gestern passiert.

Der schlimmste Sommer seines Lebens, dachte er und seine Gedanken schweiften ab in diese unendliche Traurigkeit. Als Annie in seinen Armen lag und sie beide einfach nur geweint hatten. Sie um ihre erste große Liebe und er um einen guten Freund, wie einen Bruder.

Christopher hatte noch nie in seinem Leben so viel geweint, nicht einmal als seine Großmutter gestorben war.

Und nun wollte ausgerechnet dieser Mann, der im Stande war, so viel Leid auszulösen, seine Schwester heiraten.

„Ich glaube, sie liebt ihn", riss ihn sein Vater aus seinen düsteren Erinnerungen, „und er liebt sie. Er hat mich doch tatsächlich um Erlaubnis gefragt!"

„Heute?", fragte Christopher ungläubig und raufte sich sein kurzes braunes Haar. Seine stahlblauen Augen fixierten seinen Vater.

„Natürlich heute, wann denn sonst?"

„Der hat Nerven. Als würde die ganze Sache platzen, nur weil du Nein sagst! Weißt du eigentlich, was der ganze Spaß kostet?!"

Martin räusperte sich und setzte die Bierdose an, die der junge Mann ebenfalls auf das Tablett gestellt hatte. Er trank die Dose zur Hälfte aus und stellte sie wieder zurück. Dann rülpste er laut und grinste seinen Sohn an. Der lachte laut auf und lehnte sich erschöpft in den Sessel zurück.

„Das solltest du heute lieber lassen, sonst wirst du noch von der Feier ausgeschlossen", sagte Christopher.

„Ich bin der Brautvater, das trauen die sich nicht. Wo ist eigentlich Liam? Hat er kalte Füße bekommen?" Martin sah sich im Geschäft um, das wie ausgestorben war.

„Er ist in der Schneiderei, irgendwo da hinten", antwortete Christopher und nickte mit dem Kinn in die Richtung, in die der junge Mann vorhin verschwunden war. „Mal sehen, ob er noch aufkreuzt."

Scott gähnte herzhaft und klopfte seinem Kumpel auf die Schulter.

„Ich geh mal was futtern, kommst du nach?"

„Ja, geh nur", sagte Liam und wartete geduldig auf seine Hose, die immer noch von der ratternden Nähmaschine bearbeitet wurde.

282

„Hier, Mr Jackson, jetzt müsste sie passen", sagte ein Mann um die fünfzig mit grauem Schnauzbart.

Liam schlüpfte in die Hose und blickte nach unten.

„Perfekt. Wollen sie jetzt den Lunch einnehmen? Danach bügle ich den Anzug nochmals auf", sagte der Mann und reichte Liam eine Jogginghose.

„Ja, danke. Gibt es hier einen Computer, den ich kurz benutzen könnte?"

Der Mann mittleren Alters blickte erstaunt auf und nahm die Hose entgegen.

„Einen Computer?", fragte er verunsichert, ob er den jungen Mann richtig verstanden hatte.

„Ja, ich will nur kurz meine Mails checken."

„Haben Sie kein Smartphone?"

„Nein, leider nicht. Ich lebe auf einer Insel der Coopers", erklärte Liam und hoffte, dass der Mann schon einmal von den Coopers gehört hatte.

„Ah, Sie sind einer dieser Aussteiger?", entgegnete er und legte den Anzug vorsichtig auf einen riesigen Tisch. „Ich habe schon von denen gehört. Stimmt es, dass sie alle ohne Strom leben?"

„Ja, das stimmt. Darf ich jetzt kurz Ihren Computer benutzen?" Liam hatte keine Lust, mit diesem Fremden über das Inselleben zu sprechen. Und die Zeit drängte.

„Kommen Sie. Ich muss noch meine Geschäftsdateien schließen", sagte er und wuselte davon. Liam schlüpfte schnell in die Jogginghose und folgte ihm.

Die Kasse befand sich neben dem Eingang, etwas zurückgesetzt hinter einer Mauer. Das kam Liam gerade recht, denn so konnten ihn seine drei Begleiter nicht sehen. Der Besitzer schloss mit ein paar Klicks seine Dateien und öffnete dann den Browser.

Diskret zog er sich zurück. Liam gab mit klopfendem Herzen das Passwort für sein Mail-Konto ein. Es dauerte gefühlt eine Ewigkeit, bis alle Mails heruntergeladen waren.

Es schienen Hunderte zu sein und er merkte schnell, dass er die Suche eingrenzen musste. Er gab 'Jackson' in das Suchfeld ein und wartete auf die Auswahl.

Drei Mails erschienen. Eine von seiner Schwester, eine von seiner Mutter und die letzte von seinem Vater.

Nervös drückte er zuerst auf die älteste Mail, die seiner Schwester und las den kurzen Satz:
Lieber Bruder, leider bin ich verhindert … aber ich wünsche dir alles Liebe für deine Zukunft, Kuss Grace.

Merkwürdig, schoss es Liam durch den Kopf und er drückte auf die Mail seiner Mutter:
Mein geliebter Sohn,
leider können wir deine Entscheidung, dieses Mädchen zu heiraten, nicht gutheißen. Du zwingst uns zum Handeln. Solltest du Anastasia Smith tatsächlich heiraten, wirst du aus unserem Testament gestrichen. Wir haben auch Grace verboten, an der Hochzeit teilzunehmen. Ansonsten bekommt auch sie nichts vom Erbe. Junge, komm nach Hause, komm zur Vernunft. Es gibt genug hübsche Frauen, die deinem Stand würdig sind. Dieses Inselabenteuer war bestimmt eine aufregende Abwechslung, aber das wirkliche Leben findet hier statt!
Deine dich liebenden Eltern

Liam fuhr sich über das Gesicht und klickte dann mechanisch auf die Mail seines Vaters.

Wie erwartet fand er die gleichen Worte vor, die höchstwahrscheinlich der Wahlkampfleiter verfasst und verschickt hatte.

Er konnte es nicht glauben. Der letzte Satz war so grotesk, dass Liam nur den Kopf schütteln konnte. 'Deine dich liebenden Eltern'.

Liebe war wohl das Einzige, was er von seinen Eltern nicht bekommen hatte. Liebe konnte man nicht kaufen, für kein Geld der Welt.

Dann schlug seine Stimmung um in Erstaunen darüber, dass sie sich an Annies Namen erinnern konnten. Doch das war unmöglich. Offenbar hatte der Wahlkampfleiter ganze Arbeit geleistet und richtig recherchiert.

Liam stand hinter dem Tresen und blickte geradeaus. Auf der anderen Straßenseite sah er eine Braut in einem weißen Kleid. Das Kleid schien die Braut fast zu verschlingen, so üppig war es um sie herum.

Dann trat eine rundliche Frau neben die Braut, ganz in Rot gekleidet und Liam erkannte Jennifer.

„Oh mein Gott", flüsterte er und krallte sich mit den Händen am Tresen fest. Die Braut war Annie, seine Annie!

„Ich glaube, wir hätten besser eine Kutsche nehmen sollen", sagte Nicole und blickte ungläubig auf das Auto vor dem Geschäft.

Anastasia und Jennifer lachten.

„Mom, du glaubst doch nicht wirklich, dass das unser Wagen ist. Da hast du die Rechnung ohne Jennifer gemacht", sagte Anastasia und versuchte, den langen Schleier in ihren Händen nicht zu sehr zu zerknittern.

„Die Limousine müsste jeden Moment hier sein", sagte Jennifer und fächelte sich mit einer Zeitschrift Luft zu. „Ich hoffe, der Chauffeur hat die Klimaanlage eingeschaltet, ich sterbe noch vor Hitze."

„Und für wen ist dieser Wagen?", erkundigte sich Nicole, sah die beiden jungen Frauen prüfend an und wechselte dann den Blick zum üppigen Blumenbouquet auf der Motorhaube. „Der Fahrer hat mir versichert, dass er auf die Jacksons wartet."

„Die Männer sind da drüben", sagte Jennifer und zeigte mit der Zeitschrift auf die andere Straßenseite. Sie konnte nicht sehen, dass Liam sich in diesem Moment hinter dem Tresen versteckte.

„Dann sollten wir vielleicht drinnen auf die Limousine warten, damit Liam Annie nicht sieht. Das bringt Unglück", sagte Nicole gereizt und auch bei ihr bildeten sich erste Schweißperlen auf der Stirn.

Wie auf Kommando bog eine weiße Stretchlimousine um die Ecke und glitt majestätisch vor das Brautmodengeschäft. Auf der Motorhaube prangte ein noch größeres Blumenbouquet und weiße, mit Strasssteinen besetzte Schleifen komplettierten den kitschigen Anblick.

„Oh", war das Einzige, was Anastasia herausbrachte.

Der Chauffeur lief um das Fahrzeug herum, öffnete mit einer Verbeugung die Wagentür und Jennifer half ihrer Freundin ins Innere.

Das Interieur erstrahlte in edlem Rot und ließ die beiden Smith-Frauen staunend verstummen.

„Die Getränke sind hier und wenn Sie eine andere Temperatur wünschen, können Sie hier die gewünschte Kühle einstellen", sagte der Mann und wies die Frauen mit galanten Handbewegungen ein.

„Danke, wir kommen zurecht", sagte Jennifer und atmete erleichtert auf. „Es ist ja nicht so, dass wir zum ersten Mal in einer Limousine fahren", fügte sie mit einem überheblichen Lächeln hinzu. Erst als sie die verdutzten Gesichter ihrer Mitreisenden sah, verging ihr das Grinsen.

„Daran könnte ich mich gewöhnen", rief Nicole und streckte die Beine aus. Geschickt streifte sie ihre Schuhe ab und öffnete neugierig den Kühlschrank. „Die haben sogar Pralinen!"

Anastasia schloss für einen Moment die Augen und fragte sich, wann dieser Wahnsinn ein Ende haben würde. Irgendwie gefiel ihr diese neue Jennifer nicht. Diese fordernde Jennifer, die mit ihrer goldenen Kreditkarte wedelte, war ihr bis anhin nie begegnet. Wie auch? Auf der Insel gab es keine Möglichkeit zu zeigen, was man hatte, wie reich man war.

Sie vermisste schmerzlich die liebevolle Freundin, die sie in den Arm nahm, mit ihr Freundschaftsbänder knüpfte oder um das Lagerfeuer tanzte. Dieses heitere Wesen, das so liebenswürdig und fröhlich war.

Hier auf dem Festland schienen Dämonen von ihr Besitz genommen zu haben: Geld, Gier, und Arroganz.

„Lächle, meine Liebe, lächle", ermahnte Jennifer und stupste Anastasia an.

„Praline?", fragte Nicole und bot ihrer Tochter die kleinen Schokoladenherzen an.

„Bist du verrückt geworden?", schrie Jennifer, „soll sich ihr Kleid etwa in eine braune Wüste verwandeln? Mach die Dinger weg, aber sofort! Das Letzte, was ich jetzt brauche, sind hässliche Flecken auf diesem schönen Traum in Weiß!"

Anastasia schloss wieder die Augen und wünschte sich, weit weg von hier zu sein. Sie dachte an den letzten Abend mit Liam, wie sie einen langen Spaziergang am Strand gemacht und über ihre Zukunft gesprochen hatten.

„Wie redest du mit mir? Das lass ich mir nicht gefallen", fauchte Nicole zurück und steckte sich demonstrativ eine Praline in den Mund.

Jennifer schüttelte genervt den Kopf und blickte aus dem Fenster. Sie sehnte sich nach dem Ende dieses Tages, wenn der ganze Stress, die ganze Anspannung von ihr abfallen würde und sie mit Scott in einem weichen Bett liegen und sich an die Planung ihrer eigenen Hochzeit machen konnte. Natürlich mit einem Planer, der ihr alle Vorbereitungen abnehmen würde. Aber zuerst musste sie Scott einen Antrag machen. Vielleicht war die Zeit dafür noch nicht reif.

John schritt durch die Reihen und begrüßte die Gäste. Einige kannte er noch nicht, da er noch nicht so oft auf *Hillarya* gewesen war.

„Wo ist denn Lucas?", sprach ihn eine ältere Frau mit frechem Kurzhaarschnitt an. John sah sie an und versuchte sich zu erinnern, wer sie war und ob er sie schon einmal gesehen hatte. „Mein Name ist Phoebe und ich lebe auf *Hillarya*", sagte sie, als hätte sie seine Gedanken gelesen.

„Hallo Phoebe, ich bin John", antwortete er und reichte ihr freundlich die Hand. „Und Lucas müsste jeden Moment eintreffen."

Phoebe drückte seine Hand und ließ sie nicht mehr los. Ohne Scham musterte sie ihn eindringlich und nickte dann anerkennend.

„Ich habe von dir gehört. Ein weltoffener Schnitzer, der gerne mit den Rochen schwimmt, nicht wahr?"

John antwortete: „Ich hoffe, ich bin viel mehr als das."

„Hey, ich bin Brain. Freut mich, dich persönlich kennenzulernen. Lucas hat schon viel von dir erzählt", sagte ein älterer George-Clooney-Verschnitt und grinste ihn an.

„Hallo Brain", erwiderte John und erinnerte sich wieder daran, warum er solche Partys eigentlich mied. Er konnte mit Smalltalk nichts anfangen und spürte, dass er richtiggehend aus der Übung war.

„Schatz, schau mal, da drüben sind Siena und Thomas, lass uns zu ihnen gehen", sagte Phoebe und wollte ihren Mann weiterziehen, doch der blieb stehen und musterte John. „Jetzt komm, vielleicht können wir sie überreden, für immer auf *Hillarya* zu bleiben. Wäre doch gut, wieder einen Arzt auf der Insel zu haben. Nur diese Physiotherapeuten sind doch kein würdiger Ersatz", plapperte sie weiter und verdrehte die Augen.

„Soweit ich informiert bin, werden sie nach …", John räusperte sich und hielt gerade noch rechtzeitig inne. „Sie werden wohl auf die vierte Insel ziehen, sobald sie bebaut ist."

Jetzt starrte Phoebe ihr Gegenüber an und runzelte die Stirn.

„Ich dachte, die vierte Insel wäre schon ausgebucht?", entgegnete Phoebe empört.

Brain amüsierte sich darüber, wie seine Frau sich regelrecht auf den neuen Klatsch stürzte.

„Das ist korrekt. Und Siena und Thomas bekommen ein Haus", antwortete John ruhig und lächelte vergnügt. Innerlich war er sehr erleichtert, dass alle Plätze bereits vergeben waren. Denn mit so einer Frau wollte er keine Minute länger als nötig auf einer einsamen Insel verbringen. Ihre negative Aura schien ihm fast die Luft zum Atmen zu nehmen.

„Haus?", kreischte Phoebe und sah ihn entsetzt an. „Ich dachte, es gäbe wieder so einfache Holzhütten!"

„Hütte, Haus, egal wie man es nennt, Hauptsache man hat ein Dach über dem Kopf", entgegnete John gelassen.

„Komm, Schatz, wir suchen uns einen Platz. John hat bestimmt anderes zu tun, als uns zu unterhalten", sagte Brain. Er zwinkerte John zu und zog seine Frau mit sich.

John bewunderte die Geduld dieses Mannes und dass er immer noch zufrieden lächelte. Er atmete tief durch und sah im nächsten Moment, dass sich oben auf der Treppe einige Menschen versammelt hatten.

„Gott sei Dank seid ihr da", flüsterte John und ging zufrieden auf die Neuankömmlinge zu.

Die Männer geleiteten ihre Frauen vorsichtig zum Strand hinunter. Zuerst kamen Yvonne und Tom, dann Tina mit Anthony, gefolgt von Ottilia und Lucas. Alle waren fein herausgeputzt.

Unten angekommen, ging John auf sie zu und nahm ihnen die Schuhe ab. Er legte sie paarweise in eine große Kiste und folgte dann den nun barfüßigen Gästen.

Yvonne und Tom begrüßten lächelnd die bereits sitzenden Gäste. Dann setzten sie sich demonstrativ in die vorderste Reihe, wo eigentlich die Familie des Bräutigams sitzen sollte.

Tina, Anthony und Ottilia nahmen neben ihnen Platz. Lucas blickte sich strahlend um und fasste kurz in seine Brusttasche, um sicher zu gehen, dass er seine Rede auch wirklich dabei hatte.

Seine Glatze glänzte im hellen Sonnenlicht und er stellte sich so unter den üppigen Blütentorbogen, dass er etwas Schatten bekam.

In wenigen Minuten würde die Trauung beginnen und Lucas schickte ein letztes Gebet zum Himmel.

Die Limousine schlich fast an der Küste entlang und Anastasia fragte sich, ob sie mit dieser Geschwindigkeit nicht ein Hindernis für die anderen Verkehrsteilnehmer darstellten. Oder, schlimmer noch, zu spät zu ihrer eigenen Hochzeit kommen würden.

Jennifer rutschte neben ihr auf dem Sitz hin und her und tippte angespannt auf ihrem Smartphone herum. Eigentlich gehörte es Tina, denn Jennifer hatte keins mehr. Aber für den heutigen Tag und die ganze Organisation hatte sie es der Brautführerin überlassen.

„Kommen wir zu spät?", erkundigte sich Anastasia und sah ihre Freundin besorgt an. Diese blickte kurz auf und schürzte die Lippen.

„Alles bestens", murmelte sie und tippte wieder auf den kleinen Bildschirm.

„Kann der Chauffeur nicht etwas schneller fahren, bei dem Tempo schlafe ich noch ein", sagte Nicole und stopfte sich die letzte Praline in den Mund.

„Wir sind gleich da", beruhigte Jennifer und blickte angespannt aus dem Fenster. Warum hatte Scott ihr nicht geantwortet? Leichte Panik stieg in ihr auf und sie fragte sich, was bei den Männern los war. Hatte Liam doch noch kalte Füße bekommen?

„Aber die Zeremonie sollte doch jetzt beginnen", sagte Anastasia zaghaft und das flaue Gefühl in ihrem Magen schien Saltos zu schlagen.

„Wir sind gleich da!", zischte Jennifer und in diesem Moment bog der Wagen auf den schmalen Kiesplatz. „Siehst du, alles läuft nach Plan."

Nicole öffnete die Wagentür, sprang heraus und rannte zu einer Hecke. Dort übergab sie sich lautstark.

„Oh mein Gott", flüsterte Anastasia und schloss die Augen.

„Friss noch mehr Schokolade!", schrie Jennifer und versuchte, nicht durchzudrehen.

Nicole übergab sich noch einmal und taumelte dann neben der Hecke. Der Chauffeure eilte zu ihr und konnte sie im letzten Moment auffangen.

„Das darf doch alles nicht wahr sein! Sind denn alle verrückt geworden?", schimpfte Jennifer und sah sich um. Etwas weiter entfernt parkte der Wagen der Männer und Jennifer atmete erleichtert auf. „Wenigstens sind die Männer da."

„Hoffentlich. Reich mir mal das Wasser", sagte Anastasia und zeigte mit einem Finger in den Innenraum der Limousine.

„Halt dich von deiner Mutter fern!", befahl Jennifer und langte zum Kühlschrank. Energisch holte sie eine Flasche Wasser heraus und ging wutentbrannt auf Nicole zu.

„Ich glaube, ich vertrage den Champagner nicht", sagte Nicole und nahm dankbar die Flasche entgegen. Sie spülte sich den Mund aus und tupfte sich die Lippen mit einem Taschentuch ab.

„Oder die vielen Pralinen. Wir werden es nie erfahren. Können wir? Ich hole die Männer", sagte Jennifer bestimmt und wandte sich schon ab.

Mit entschlossenen Schritten ging sie zum Ende des Kiesplatzes und versuchte herauszufinden, warum die Männer noch nicht ausgestiegen waren. Doch die getönten Scheiben ließen nicht erkennen, ob sich noch jemand im Wagen befand. Etwas weiter entfernt sah sie, wie der Chauffeur genüsslich eine Zigarette rauchte und ihr zuwinkte.

Jennifer riss die Tür auf und konnte es nicht fassen. Drei Männer sassen liegend da und schliefen.

„Seid ihr alle übergeschnappt?!", schrie sie ins Innere und konnte es nicht fassen.

Scott, Christopher und Martin waren schlagartig wach und sahen sich erschrocken um.

„Wo ist L-i-a-m?" Ihre Stimme überschlug sich fast.

„Beruhige dich, Jenny. Er musste sich kurz zurückziehen, sich sammeln und kommt gleich wieder", antwortete Scott und gähnte herzhaft.

„Wo?"

„Die Straße rauf, er kommt gleich wieder", mischte sich Christopher ein und stieg aus dem Wagen. „Das Nickerchen hat echt gut getan."

„Ihr habt sie doch nicht alle! Da unten warten die Gäste, … die Braut ist eben angekommen und ihr hockt hier im Wagen und macht ein Nickerchen?"

Scott stieg ebenfalls aus und wollte seine Freundin umarmen, doch sie wies ihn mit weit aufgerissenen Augen zurück. Er musterte sie und fragte sich, ob schon einmal ein Mensch explodiert war, denn Jenny schien kurz davor zu sein.

„Okay, okay. Wir machen es anders. Du und du", sie zeigte entschlossen erst auf den Brautvater, dann auf den Bruder, „ihr geht jetzt langsam die Treppe runter, … mit Annie! Und wartet auf dem Treppenabsatz. Ich suche Liam und befördere ihn mit einem kräftigen Arschtritt zum Altar.

„Gibt es am Strand einen richtigen Altar?", erkundigte sich Martin und überlegte, wie absurd diese Hochzeit noch werden würde.

„Natürlich nicht!", schrie Jennifer und griff sich an die Brust, „wir können Annie nicht hier oben lassen."

„Das sehe ich genauso, Liebes. Wir gehen jetzt alle da runter, atmen tief durch und sammeln uns. Bis dann ist

Liam wieder da und wir können uns der Trauung widmen. So machen wir das", sagte Scott entschlossen und führte seine Freundin mit seinen starken Armen in Richtung Braut.

Stufe um Stufe schritt die kleine Gruppe wie in Trance die Treppe hinunter.

Unten hatte Lucas wohl die Planänderung bemerkt, denn er unterhielt die wartenden Gäste mit Anekdoten aus dem Inselleben. Gebannt hingen sie an seinen Lippen und Ottilia fragte sich, ob an ihrem Liebsten nicht ein Comedian verlorengegangen war.

Lautes Gelächter hallte über den Strand und löste die Anspannung der Neuankömmlinge.

Scott führte Jennifer und Nicole zu ihren Plätzen und verbot sich, zur Treppe zurückzuschauen. Denn dann hätten die Gäste wahrscheinlich bemerkt, dass der Bräutigam fehlte. Oder schlimmer noch, sie hätten die Braut gesehen.

Anastasia klammerte sich an ihren Vater und ihren Bruder und hoffte, dass dieses ganze Theater bald vorbei sein würde. Sie fühlte sich wie die Hauptdarstellerin in einer schlechten Komödie.

„Soll ich mich nicht zu den Gästen setzen?", flüsterte Christopher ihr ins Ohr und sah sie lächelnd an.

„Nein, Chris, ich will dich dabeihaben, … mit Dad", antwortete Anastasia und versuchte, zurückzulächeln.

Martin nickte und fand die Idee gut. Doch seine Gedanken kreisten um den zukünftigen Schwiegersohn, der sich anscheinend in Luft aufgelöst hatte. Wenn er nicht auftauchte, würde er ihn eigenhändig erschießen. Eine grimmige Miene verfinsterte das Gesicht des Brautvaters.

Oben auf der Treppe stand Liam und blickte auf die Szenerie hinunter. Lucas schien die Gäste bestens zu unterhalten, denn er hörte das Gelächter bis hierher.

Anastasia stand zwischen ihrem Vater und ihrem Bruder, etwas abseits von der Festgesellschaft. Sie schien zur Salzsäule erstarrt zu sein, den Blick fest auf Lucas gerichtet.

Vielleicht war dieser Moment für ihn eine Prüfung, eine Lebensprüfung, dachte Liam und holte tief Luft.

Sich hinzustellen, in sich zu gehen und zu fühlen, was das Herz will, nicht der Verstand.

Zu spüren, wohin die Reise geht, ohne Fallschirm oder Sicherheitsnetz. Einfach über die Klippe springen, ohne genau zu wissen, was einen auf der anderen Seite erwartet. Aber mit dem sicheren Gefühl, dass der Sprung richtig ist.

Ein Zitat aus seiner Schulzeit kam ihm in den Sinn: 'Mut ist nicht die Abwesenheit von Angst, sondern die Überzeugung, dass etwas wichtiger ist als die Angst'.

Auch wenn einige schreien, man solle es nicht tun, man würde alles verlieren, ins Verderben stürzen. Aber Liam spürte, dass sein Mut größer war als seine Angst.

Er ließ seinen Blick über das glitzernde Meer schweifen und war sich in diesem Moment sicher, genau das Richtige zu tun. Sein Herz jubelte, sein Verstand verwarf die Hände, die Angst kapitulierte.

Ein zufriedenes Lächeln vertrieb die anfängliche Anspannung von seinem Gesicht. Sein Leben fühlte sich plötzlich leicht und unbeschwert an.

Beschwingt nahm er eine Stufe nach der anderen. Endlich hatte er den Mut, zu seinen Gefühlen zu stehen. Endlich lebte er das Leben, das er wollte.

Danksagung

Mein größter Dank gilt meinem Mann. Er hat mein Buchprojekt von der ersten Minute an unterstützt und interessiert begleitet. Dank seiner Hilfe kann ich mich voll und ganz auf meine Inselwelt konzentrieren und in meine Fantasiewelt eintauchen. Es ist immer ein Vergnügen, mit ihm über die fiktiven Figuren zu philosophieren.

Vielen Dank auch an meine treuen und interessierten Leserinnen und Leser. Euer Mitfiebern, wie es mit den Inselgeschichten weitergeht, treibt mich an. Der Austausch über die Geschichten macht mir große Freude!

Herzlichen Dank, Bina

399 Seiten, ISBN 978-3-7412-3700-3

Harmonya: Eine Insel ohne Technik wird das Zuhause einer bunt zusammengewürfelten Gemeinschaft. Keine störenden Smartphones, Computer oder Fernseher. Stattdessen weiße Sandstrände, eine grüne Oase und jede Menge Zeit. Der Trend zum Minimalismus, die raffinierten Tiny Houses und die Aussicht auf ein Leben in Harmonie locken auch Linda Green und ihren Mann George auf die Insel. Jetzt wo die Kinder aus dem Haus sind, wagen sie einen neuen Lebensabschnitt. Doch die Inselidylle wird für sie zu einer ungeahnten Herausforderung.

www.binabotta.com

326 Seiten, ISBN 978-3-7583-1270-0

Hillarya: Die zweite Insel der Coopers hält einige Überraschungen bereit: Nur verheiratete Paare dürfen die Inselidylle bewohnen, was aber noch lange kein ruhiges und gesittetes Zusammenleben garantiert.   Im Gegenteil: Der Verzicht auf Technik, die viele Freizeit in paradiesischer Umgebung und die Ungezwungenheit verleiten zu manch unüberlegter Handlung. Das müssen auch Irma und Robin Newton am eigenen Leib erfahren. Eigentlich wollte sich Robin von seinem stressigen Job in einer renommierten Anwaltskanzlei erholen, doch die erhoffte Ruhe währt nicht lange.

www.binabotta.com